비밀
학교

1

비밀학교 ❶

초판 1쇄 찍은 날 § 2010년 3월 12일
초판 1쇄 펴낸 날 § 2010년 3월 18일

지은이 § 김은아
펴낸이 § 서경석

편집장 § 문혜영
편집책임 § 유경화
편집 § 조수희

펴낸곳 § 도서출판 청어람
등록번호 § 제1081-1-89호
등록일자 § 1999. 5. 31
어람번호 § 제5-0251호

주소 § 경기도 부천시 원미구 심곡 2동 163-2 서경B/D 3F (우) 420-822
전화 § 032-656-4452 팩스 § 032-656-4453
http://www.chungeoram.com
E-mail § chungeoram@chungeoram.com

ⓒ 김은아, 2010

ISBN 978-89-251-2115-4 04810
ISBN 978-89-251-2114-7 (SET)

비밀 학교 1

김은아 지음

도서출판
청어람

차례

1

봄을 시샘하는 꽃샘추위가 기승을 부리는 3월.

부산발 서울행 KTX 안은 평일이라 그런지 한산하고 조용했다.

짧은 머리에 비니를 뒤집어쓴 정원은 목도리에 얼굴을 파묻은 채 꾸벅꾸벅 머리를 조아리며 졸고 있었다. 잠결에 여자들의 수군거리는 소리가 설핏설핏 들려왔다.

"귀엽지 않냐?"

"그러게."

"딱 내 취향이라니까."

역에서 정상가격보다 30% 정도 싼 4인 동반석 표 하나가 남는다며 접근해 동행을 권유했던 세 여자들이었다.

뭐가 귀엽고 뭐가 자기 취향이라는 거야?

정원은 호기심 충족보다 꿀처럼 달콤한 잠이 먼저라는 생각에 가느다란 의식의 끈을 놓아버렸다. 그리고 코가 가슴에 닿을 정도로 목을 접고 자다가 뻐근하면 곧추세우고 또다시 접는 식으로 잠을 잤다. 그러기를 여러 번. 정원은 어느 순간 중심을 잃고 크게 휘청거렸다.

쿵!

죄없는 유리창에 자해에 가까운 헤딩을 하고 만 정원은 눈을 번쩍 떴다. 잠이 확 달아난 상태였다. 마주 보고 앉아 있던 여자들이 느닷없이 일어난 일에 놀란 얼굴을 했다가 이내 손으로 입을 가리고 웃기 시작했다.

아이씨, 창피해.

정원은 비니를 잡아당겨 눈을 가리고 목도리에 얼굴을 깊게 파묻었다. 그러나 여전히 부끄러워 미칠 지경이었다.

설상가상으로 이제는 배꼽시계가 울어대기 시작했다. 그것도 아주 대놓고 망신을 줄 작정인지 유난히 크게 꾸르륵꾸르륵 울어댔다. 정원은 외투 주머니 속으로 손을 집어넣어 최대한 음량을 줄여보려 애를 썼다.

"이거 드실래요?"

고개를 살짝 들어보니 초콜릿과 막대사탕, 과자가 보였다. 여자들이 내민 것들이었다.

정원은 훈훈한 휴머니즘의 인간애를 보여주는 여자들에게서 진한 감동을 받았다.

"아, 뭐 이런 걸 다! 감사합니다."

정원은 활짝 웃으며 냉큼 두 손을 꺼내 앞으로 모았다.

"이거 드세요. 이게 맛있어요."

"아니에요! 이게 훨씬 더 맛있고 비싸고 몸에도 좋은 거예요!"

"이걸 먹어야 허기가 사라지죠."

여자들이 서로 자신의 것을 받으라는 식으로 작은 몸싸움을 벌이기 시작했다.

"뻥치고 있네!"

"뻥은 무슨 뻥? 너야말로 구라 치는 거잖아!"

"구라? 너 말이면 다 말인 줄 알아?"

"그럼 말이 말이지, 소냐?"

"아유, 시끄러워 죽겠네. 그냥 얘네들 신경 쓰지 마시고 이 과자 드세요."

그까짓 사탕, 초콜릿, 과자가 맛있으면 얼마나 더 맛있고 비싸면 얼마나 더 비싸다고 저 난리들인지 알 수가 없었다. 그냥 다 주면 될 것을 말이다. 좀처럼 유치한 실랑이는 끝날 기미가 보이지 않았다.

"어떤 남자가 모양 빠지게 그런 사탕을 쪽쪽 빨면서 가니?"

"남자가 그러면 좀 어때? 난 멋있기만 하더라."

"나도 나도."

남자?

정원은 그제야 깨달았다. 여자들이 이때까지 그녀를 남자로 오해하고 있었다는 사실을 말이다. 키 175센티미터에 커트머리, 씩씩한 말투, 운동화에 청바지, 남녀공용 외투 차림을 하고 있으니 오해를 할 만도 했다. 그녀는 하도 이런 오해를 빈번하게 받아온 터라 대수롭지 않게 웃어넘기기로 했다.

"저기요, 뭘 오해하신 모양인데요, 저 남자 아니고 여자예요, 여자."

"네에?"

티격태격 언쟁을 벌이던 여자들이 말도 안 된다는 식으로 쳐다보았다.

정원은 머리부터 발끝까지 훑어 내리는 여자들의 시선을 아무런 태클 없이 받아주었다.

"진짜 여자예요?"

도저히 믿을 수 없다는 물음에 정원은 목도리를 내려 굴곡 없는 목을 보여주고 외투를 양쪽으로 활짝 열어젖혀 봉곳한 가슴도 확인시켜 주었다.

"말도 안 돼!"

"웬일이니!"

"어머! 어머!"

소름 돋을 정도라는 말투에 정원은 그래도 그게 진실이니 어쩔 도리가 없지 않느냐는 식으로 씨익하고 웃어주었다.

오해도 풀리고 분쟁도 해결된 상황, 그녀는 한껏 기대감에 부푼 눈을 해가지고 이제 곧 자신의 손아귀에 들어올 먹을 것을 바라보았다.

그때였다. 스피커를 통해 잠시 후 기차가 종착역인 서울역에 도착한다는 안내방송이 흘러나왔다.

정원은 그러거나 말거나 상관이 없었다. 오로지 먹을 것에만 온 정신이 팔려 그런 소리는 귀에 들어오지도 않았던 것이다.

하지만 여자들은 달랐다. 방송이 다 끝나기도 전에 주섬주섬 짐을 챙겨 통로를 빠져나가기 시작했다. 미련 따위는 없어 보였다.

"어, 저, 저기요!"

짐도 무거울 텐데 먹을 것은 주고 가란 말이 차마 나오지 않았다. 정원은 점점 멀어져 가는 여자들을 아쉽게 바라보았다. 원망스럽기까지 했다.

아니, 이럴 거면 차라리 금방이라도 줄 것처럼 굴질 말든가. 사소한 일에 괜히 빈정 상하게 만드네.

정원은 유리창에 비친 자신의 모습을 바라보았다. 자신한테는 그저 평범한 모습이었다. 하지만 세상 사람들 눈에는 이런 모습이 남자로 보이는 것이다. 그 사실을 어제오늘 깨달은 건 아니었다.

굳이 그렇게 착각하도록 만들 의도는 추호도 없었다. 단지 어려서부터 유난히 아들에 대한 집착이 심했던 친할머니와 아버지에게 더 많은 애정을 받고 싶다는 마음에서 그 모든 게 비롯됐을 뿐이다.

남자가 되고 싶었던 게 아니라 아들이 되고 싶었다. 그래서 직업군인이셨던 아버지를 쫓아 이발소에 드나들었고 동네에서 공을 차고 노는 사내아이들을 부러운 눈길로 바라보는 할머니 때문에 무릎이 깨지고 멍이 들어도 함께 어울려 내달렸다. 그러는 사이에 남자 같은 말투며 행동거지가 점점 고착되었다. 나중에는 고치고 싶어도 고칠 수 없는 그런 지경에 이르고 말았다.

하도 오해를 받아서 뒤늦게 여자다워지려는 노력을 해보았지만 헛수고에 지나지 않았다. 모든 게 몸에 맞지 않았다. 스스로를 고문하는 기분이 들었다. 도무지 어색해서 견딜 수가 없었다. 극심한 스트레스로 몸과 마음이 괴롭기까지 했다.

그녀는 결국 포기를 선택했다. 세상 사람들의 이목과 빈껍데기뿐인 형식이 부담스러웠지만 구애받지 않으려 했다. 자신의 취향과 개성을 존중하며 편하게 살기로 마음먹었다. 모든 건 자신에게 달려 있고 마음먹기에 따라 모든 게 낙원이 될 수도 지옥이 될 수도 있다는 생각을 스스로에게 주입시켰다.

포기하고 나니 모든 게 편해졌다. 진작 포기하면 될 것을 왜 그렇게 속 끓이며 몸에 밴 습관과 모습을 뜯어고치려 했는지 모르겠다는 생각마저 들었다. 혼기가 찬 손녀와 딸을 걱정스레 바라보는 할머니와 아버지, 그러다 평생 시집 못 가고 늙어 죽을 수 있다고 악담 아닌 악담을 하는 친구들, 오해로 빈번하게 빚어질 해프닝을 생각하면 마음을 고쳐먹고 다시 생각해 볼 문제였다. 하지만 남보다 자신을 더 아끼며 위하면서 살아가기로 했다. 있는 모습 그대로의 자신을 위해.

정원은 배낭을 챙겨 기차에서 내렸다.

서울역 앞은 화려한 도시의 불빛으로 물들어가고 있었다.

정원은 잠시 걸음을 멈추고 호흡을 가다듬었다. 미처 생각할 겨를도 없이 매우 급하게 결정한 일 년 만의 상경(上京)이었다. 지난해 겨울 마음의 상처를 안고 떠난 곳을 다시 밟고 있으려니 마음이 뒤숭숭하기까지 했다. 그녀는 29살이라는 나이에 또 다른 시작을 꿈꾸고 있었다.

서울 강북에 위치한 사립 고등학교에서 체육 선생으로 일하고 있는 고교 선배 유준이 점심때쯤 전화를 걸어왔다.

[강정원, 지금 당장 서울로 와라.]

"네? 무슨 일인데요?"

[자세한 내막은 올라와서 듣고 당장 짐 챙겨 오늘 안으로 와.]

"뭐가 그렇게 급해요? 도대체 무슨 일인데요?"

[우리 학교에서 급히 기술 가정 기간제 교사를 뽑게 됐거든.]

"그래요?"

그 말을 들은 순간 일 년 넘게 무직 상태였던 그녀는 드디어 일자리를 얻을 수 있는 기회가 온 건가 싶어 기대감에 사로잡혔다. 하지만 그것도 잠시였다.

[원래 우리 학교는 여선생을 뽑지 않지만…….]

"네? 그게 무슨 소리예요? 여선생을 뽑지 않는다고요?"

별난 이력에 정원은 유준의 말을 끊고 되물었다.

[응. 이놈의 학교는 학교인지 군대인지 알 수 없을 정도로 절대 여선생을 고용하는 법이 없거든. 뭐, 완전히 남녀고용평등법에 위반되는 일이지만 칼자루를 쥐고 있는 학교 이사장의 절대 불가 방침이라 어쩔 도리가 없는 거지.]

"말도 안 돼. 아니, 도대체 무슨 사연이 있어서 그런 말도 안 되는 방침이 생겨난 거예요?"

정원은 어처구니가 없어 실소하며 물었다.

[몰라.]

뭔가가 구부러져 있고 삐뚤어져 있는 게 있으면 그냥 지나치지 못하는 성격이라 정원은 당장 그 학교로 달려가 고용이 되느냐 마느냐를 떠나서 교육의 현장에서 그런 시대착오적인 발상을 하고 있으면 이 나라를 짊어지고 갈 학생들이 뭘 배우겠냐고 따지고픈 정의감에 불타오르고 말았다.

"그런 일은 시정이 되든 안 되든 간에 절대 묵과해서는 안 될 일이죠. 반드시 누군가는 나서서 바로잡아야 하지 않나요?"

[그렇지! 그래서 내가 너를 부르는 거 아니겠니. 이런 건 아무나 할 수 없거든. 너처럼 용감하고 딱 부러지게 말할 수 있는 사람만이 할 수 있는 일이야. 그러니까 당장 올라와, 당장! 게다가 이번만큼은 정교사도 아닌 기간제 교사에 기술 가정이라는 과

목 특성상 여선생을 뽑을 확률이 많으니까 더할 나위 없이 좋은 기회거든.]

그리하여 정원은 앞뒤 재지 않고 그 즉시 냅다 짐을 챙겨 부산 당일 서울행 기차에 몸을 실었던 것이다. 하지만 막상 와서 생각하니 유준이 던진 미끼를 너무 빨리 문 게 아닐까 하는 뒤늦은 후회가 일었다. 한숨이 나왔다.

한편으로는 긍정적인 마음도 슬쩍 고개를 들었다. 기왕 이렇게 온 거 대한민국 교육계의 무궁한 발전을 위해 따끔한 말 한마디 던져 주고 내려가는 것도 나쁘지 않을 것 같았다. 정원은 마음을 다잡고 다시 발걸음을 재촉했다.

열심히 씩씩한 걸음걸이로 버스정류장을 향해 갔다. 그런데 어느 순간부터 경로를 이탈하고 있었다. 그건 바로 콧속으로 파고들어 와 폐부를 휘젓고 오장육부를 미치게 만드는 붕어빵 향기 때문이었다. 정원은 코를 벌름거리며 붕어빵을 굽고 있는 노점상으로 다가갔다.

"아저씨! 붕어빵 이천 원어치만 주세요."

하얀 봉투 속으로 붕어빵이 쏙쏙 들어갈 때마다 목구멍으로 군침 넘어가는 소리가 더욱 커졌다. 배고픔이 극에 달했을 때 대면하게 된 노르스름한 붕어빵의 자태는 그 어느 때보다 아름답고 먹음직스러웠다.

돈과 맞바꾼 붕어빵 봉투를 들고 정원은 행복한 미소를 지으며 다시 버스정류장으로 향했다. 손으로 전해지는 따끈따끈한

온도가 행복바이러스로 변해 온몸을 살살 녹였다. 정원은 다소 추해 보이기는 하겠지만 이 순간의 유혹을 그냥 넘길 수가 없었다. 붕어빵 하나를 꺼내 들었다.

"대박이다."

정원은 환상적인 맛을 기대하며 입을 크게 벌렸다. 요란한 리액션과 의성어는 이미 준비해 둔 상태였다. 한입 베어 물려 하는 순간이었다.

누군가가 뒤에서 다급하게 외쳤다.

"도, 도, 도둑이야! 누가 저 사람 좀 잡아줘요!"

도, 도둑?

붕어빵 맛도 보지 못한 상태에서 정원은 뒤를 돌아보았다. 그러나 무언가를 보기도 전에 그녀를 향해 돌진해 온 뭔가에 부딪쳐 뒤로 벌러덩 자빠지고 말았다.

그 충격으로 손에 있던 붕어빵과 봉투가 짧게 공중부양을 하더니 이내 땅바닥으로 떨어지고 말았다. 순식간에 일어난 일이었다.

정원은 자신이 무슨 일을 당한 건지도 알 수 없었다. 불길이 확 일어난 것처럼 엉덩이가 화끈거리고 아팠다. 하지만 지금 그녀에게 중요한 것은 그런 육체적인 아픔이 아니었다.

"어우! 내 붕어빵!"

정원은 땅에 떨어져 먹을 수 없게 된 붕어빵들을 안타깝게 바라보았다. 하지만 늦지 않았다. 지금이라도 주우면 봉투 속에 남겨진 붕어빵은 먹을 수 있었다. 그녀는 그것만이라도 사수하기 위해 자리에서 일어났다.

하지만 그런 그녀에게 두 번째 가혹한 재앙이 일어났다. 그녀와 함께 나뒹군 것으로 추정되는 남자가 벌떡 일어나 몇 개 남지도 않은 붕어빵 봉투를 베이스 삼아 발로 밟고 달아나 버린 것이다.

"안 돼!"

정원은 뭉크의 절규라는 그림이 연상될 정도로 고통스럽게 외쳤다. 오장육부가 찢어져 나갈 것 같았다. 군침을 내뿜었던 침샘에서 쓴 물이 퐁퐁 솟구쳤다.

그때였다.

"애고! 내 가방! 내 가방! 이 일을 어쩌면 좋아!"

옆을 보니 가방을 빼앗긴 할머니가 다가와 울부짖고 있었다. 대상이 붕어빵이냐 가방이냐가 좀 다를 뿐이었다. 갑자기 밀어닥친 재앙에 눈앞이 깜깜한 것은 할머니나 그녀나 마찬가지였다.

무고한 노약자의 재산을 약탈한 극악무도한 놈이 자신의 일용한 양식에 잔인한 테러까지 감행했다는 사실을 도저히 그냥 넘길 수가 없었다. 정원은 두 주먹을 불끈 쥐고 도둑을 잡기 위해 냅다 달리기 시작했다.

"야! 너 거기 못 서!"

하긴 서라고 해서 서는 도둑이 어디 있겠는가. 그럼에도 불구하고 정원은 다시 한 번 기회를 주듯 외쳤다.

"좋은 말 할 때 서라! 야!"

시내 한복판에서 추격전을 펼쳤다. 정원은 민중의 지팡이 경찰들이 간절하게 보고팠다. 하지만 하나도 보이질 않았다.

에너지가 충분하지 않은 상태에서 장거리 달리기는 무리였다. 정원은 메고 있던 배낭을 풀어 머리 위로 들었다. 그리고 도둑의 머리를 정확히 조준해 있는 힘껏 날렸다.

"에잇!"

제법 무게가 나가는 배낭의 태클에 도둑이 중심을 잃고 휘청거렸다. 그러더니 이내 꼬인 스텝으로 땅속을 기어들어 갈 것처럼 달리다가 앞으로 나자빠지고 말았다.

정원은 냉큼 도둑의 등에 올라타 앉았다. 그리고 쉽게 움직일 수 없도록 두 팔을 재빨리 뒤로 결박했다.

"경제가 어렵고 힘들수록 땀 흘려 일할 생각을 해야지, 남의 물건에 손을 대? 그것도 힘없는 할머니 걸?"

정원은 숨을 헐떡거리며 도둑에게 훈계를 늘어놓았다.

그런데 뭔가가 이상했다. 격하게 반항할 거라는 예상을 깨고 도둑이 별다른 저항을 하지 않았기 때문이다. 뭐 이런 도둑이 다 있나 싶을 정도로 몸부림 한 번 치지를 않았다. 도둑은 차가운 땅바닥에 엎드린 채 힘 빠진 짐승처럼 가쁜 숨소리만 토해내고 있었다. 모든 걸 포기한 것처럼 눈빛마저 공허했다.

여기저기에서 사람들이 웅성거리며 모여들었다. 큰일을 했다며 박수를 치는 사람들, 빼앗긴 가방을 되돌려받고 기뻐하는 할머니, 볼거리를 놓치고 싶지 않아 휴대폰으로 사진을 찍어대는 사람들 등등.

하지만 정원은 마냥 기뻐할 수만은 없었다. 오히려 찜찜하고 혼란스러웠다. 범상치 않은 도둑 때문이었다.

도둑이 걸친 옷과 신발 모두가 값비싸 보였다. 부유한 집안에서 귀하게 자란 티가 확 나는 용모에 어려 보이는 얼굴까지 이상한 점이 한두 가지가 아니었다.

어디선가 경찰차의 사이렌 소리가 들려왔다.

짧은 순간이지만 정원은 이대로 도둑을 경찰한테 넘길 수 없다는 생각을 했다. 이유를 알고 싶었다. 조금은 특별할 것 같은 이유를. 그렇지 않으면 두고두고 후회가 될 것 같았다.

정원은 황급히 도둑을 부축해 일으켜 세우고 자신의 배낭을 챙겨 들었다. 그리고 도둑에게 속삭였다.

"지금부터 내가 하자는 대로 해. 하나, 둘, 셋 하면 뛰는 거야. 알았어?"

"뭐라고요?"

어이없다는 눈빛과 말투였다.

"하나, 둘, 셋 하면 뛰라고! 뛰어!"

정원은 말이 끝나기가 무섭게 도둑의 팔을 움켜쥐고 사람들 사이를 뚫고 빠져나갔다.

두 번 찾아오라고 하면 절대 찾아올 수 없는 곳에 위치한 감자탕 가게였다. 닥치는 대로 뛰었고 어디가 어디인지 알 수 없는 골목으로 접어들었다가 더 이상 달릴 힘이 없을 때쯤 발견하고 들어온 가게였다.

정원은 도둑에게 의향도 묻지 않고 일방적으로 서너 명이 먹을 수 있는 감자탕을 시켰다. 그리고 감자탕이 끓는 동안 차려진 반찬을 이것저것 주워 먹으며 허기를 달랬다.

함께 달리는 동안 둘 사이에 뭔가가 생성되었을 리는 만무했다. 하지만 도둑은 더 이상 결박된 상태도 아닌데 도망갈 생각은커녕 오히려 언제 그런 일이 있었냐는 듯 태평하게 앉아 있었다.

정원은 도둑을 유심히 쳐다보다가 도둑의 얼굴에 난 상처를 발견했다. 넘어질 때 생긴 모양이었다. 정원은 배낭을 뒤져 일회용밴드를 꺼냈다. 어려서부터 상처가 생기는 경우가 많다 보니 습관처럼 가지고 다니는 것이었다. 보통 밴드와 다르게 흉터를 남기지 않는다 해서 가격이 비싼 걸 까서 붙여주려는데 녀석이 경계를 하듯 멀찌감치 거리를 뒀다.

"이거 비싼 거라 나도 아껴 쓰는 거거든. 다 깠는데 버리라고?"

"줘요. 내가 붙이게."

도둑 주제에 말투도 절대 고분고분하지 않았다. 상전이 따로 없었다.

"어딘 줄 알고 붙여? 넌 손에도 눈이 달렸냐? 이리 와."

도둑이 망설이다 마지못해 얼굴을 내밀었다.

정원은 상처에 밴드를 붙여주고 얼추 다 끓여진 것 같은 감자탕을 식신 강림한 사람처럼 허겁지겁 먹기 시작했다.

하지만 도둑은 그런 그녀와 감자탕을 떨떠름한 눈으로 쳐다보기만 했다.

"배 안 고파? 안 먹고 뭐 해?"

"이딴 걸 어떻게 먹어요? 냄새도 역겹고 우리 집 개도 안 먹게 생긴 걸."

버릇없는 말은 둘째 치고 팔짱을 끼고 늘어져 있는 자세가 영 건방져서 등짝이라도 한 대 갈기고 싶었다. 하지만 정원은 먹기에도 부족한 손이라 참고 말았다.

"그렇게 지체가 높고 귀하신 분이 남의 물건에 손을 대시나?"

정원은 살짝 눈을 흘기며 핀잔을 주었다.

"남이야 그러든 말든 무슨 상관?"

기죽지 않고 낮게 읊조리는 녀석을 보며 정원은 인성교육의 멀고도 험난한 길을 예상했다.

"다른 사람들한테는 네가 남이겠지만 교사를 직업으로 둔 나한테는 남이 아니거든. 어쩌겠냐. 이것도 직업병인 걸. 네가 이해해라."

약간 놀라는 기색이었다.

정원은 계속 말을 이어나갔다.

"왜 그랬니?"

녀석이 입을 꾹 다물고 침묵했다.

정원은 또다시 입을 열었다.

"뭐가 부족해서 그런 짓을 한 것 같지는 않았거든. 뭔가 특별한 다른 이유가 있을 것 같은데?"

"아는 척 떠들어대기는."

녀석이 속내를 들킨 것에 대한 불편한 감정을 가시 돋친 말로 드러냈다.

정원은 벽을 쌓는 녀석을 빤히 쳐다보다가 한발 물러서기로 했다.

"그러지 마라. 이런 사실 아시면 너희 부모님도 가슴 미어지실 거 아니니."

말이 떨어지기가 무섭게 녀석이 콧방귀를 뀌며 비웃기 시작했다.

"아는 척은 교실에서나 하시고 입 좀 다물어주실래요? 아니면 그 이상한 거나 계속 드시던가요."

"감자탕."

"뭐요?"

황당하다는 듯 물었다.

"얘도 감자탕이라는 이름 있다고. 그리고 내 눈엔 살신성인해서 배고픔 달래주는 애보다 네가 더 이상해 보이거든."

녀석이 자존심이 상했는지 뚱한 표정을 지었다.

"저 이제 가도 되죠?"

“누구 맘대로?”

제멋대로인 녀석이 허락을 구하는 게 우스웠지만 정원은 괜히 으름장을 놓았다.

“경찰서에 넘기기라도 하실 건가요?”

“전혀 반성하는 기색이 없으면 그럴 수도 있고.”

“그러려면 그러세요.”

눈 하나 깜짝 않고 남의 일 말하듯 했다.

정원은 또다시 어이가 없어졌다.

“무슨 배짱이야? 안 무서워?”

“무서워해야 하는 거예요?”

녀석이 조롱하듯 되받아쳤다.

정원은 눈살을 찌푸렸다.

“너 어느 별에서 떨어진 외계인이니? 무슨 사고방식이 그래?”

“차라리 출신성분 뚜렷한 외계인이었으면 좋겠어요. 그래야 기분이라도 더럽지 않죠.”

“몇 살이야? 열…… 일곱?”

정원은 녀석의 얼굴을 뚫어지게 쳐다보며 나이를 가늠했다.

“내 얼굴에 그렇게 써져 있어요?”

“맞구나? 내 눈이 자거든, 자.”

뿌듯한 기분도 잠시였다.

“그런데 남자예요? 여자예요? 아까부터 헷갈려서요.”

정원은 얼굴에 확 피어올랐던 웃음기를 거둬들였다.

"네 눈엔 어떻게 보이는데?"

"헷갈린다고 말했잖아요."

"여자."

답을 말해줘도 못 믿는 눈치였다.

"여자라니까! 여자!"

정원은 억울하다는 표정으로 다시 말했다.

"웃기고 있네. 여자는 무슨."

혼잣말이라고 하기엔 귀에 쏙쏙 잘 들어오는 말이었다.

정원은 지갑을 꺼내 주민등록증을 까보였다.

"봐! 보라고. 여자잖아, 여자!"

"수술비가 없어서 그렇게 살고 있는 거예요?"

"뭐?"

정원은 황당한 표정으로 녀석을 쳐다보았다.

"남자가 되고 싶은데 수술비가 없어서 그런 모습으로 살고 있는 거냐고요."

"야! 나 그딴 수술 한 번도 생각해 본 적 없거든! 여자라고 반드시 머리 기르고 치마에 하이힐 신고 다녀야 해?"

"목소리라도 여자 같아야 할 거 아니에요?"

"남이야 그러든 말든 네가 무슨 상관인데? 뭐 보태준 거라도 있어?"

정원은 어린 녀석의 계속되는 공격에 이성을 잃고 발끈하고 말았다.

"난 그냥 내 생각을 말했을 뿐이에요. 그게 뭐, 죄라도 되나요?"

약을 바짝바짝 올리는 재주가 탁월한 녀석이었다.

정원은 차마 더 대응하지 못하고 불만 가득한 얼굴로 코와 입의 근육을 씰룩거렸다.

"휴대폰 진동 소리 안 들려요? 전화 온 거 같은데."

얄미운 녀석이 귀도 밝았다.

정원은 외투 주머니에서 휴대폰을 꺼내 귀에 가져다 댔다.

"여보세요?"

[야! 너 이게 몇 번째 전화인 줄 알아? 어디야?]

다짜고짜 들려온 것은 화가 잔뜩 난 유준의 목소리였다.

"여기요? 여기가 어디더라."

정원은 열심히 주위를 두리번거렸지만 알 길이 없어 우물쭈물했다.

[서울 도착했어 안 했어?]

"진작 도착했죠."

[그러면 여태까지 어디서 뭐 하고 있는 거야? 전화도 안 하고 안 받고. 내가 얼마나 기다린 줄 알아?]

"아, 미안, 미안해요. 저 지금 감자탕 먹고 있었어요."

[뭐? 너 나랑 저녁 먹기로 했잖아. 잊어버렸냐?]

"아! 맞다!"

미안해 죽을 것 같은 표정을 짓는데 그때까지 조용히 지켜보던 녀석이 자리를 툭툭 털고 일어났다. 그러더니 아무 말도 없이 가게문을 열고 나가 버렸다.

워낙 순식간에 일어난 일이라 정원은 녀석을 부를 생각조차 못하고 눈만 껌벅였다.

[그런데 너 혼자 먹고 있는 거야?]

"아뇨, 둘이요. 아니, 혼자요."

건성으로 대답하다가 녀석이 숟가락 한 번 든 적이 없다는 사실을 깨닫고 말을 고쳤다.

[뭐야? 무슨 대답이 그래?]

"그러게요."

이렇게 만난 것도 다 인연인데 인사 한마디 없이 가버린 녀석한테 괜히 서운한 마음이 들었다. 정원은 뜨거운 국물을 푹 퍼서 입에 넣었다.

[강정원! 그래서 오늘 나랑 만날 거야, 말 거야?]

귀청이 떨어져 나갈 것 같은 목소리였다.

정원은 놀라면서 사레들려 심한 재채기를 해댔다. 간신히 진정이 된 그녀는 휴대폰에다 대고 고래고래 소리를 질렀다.

"선배! 하마터면 저승사자부터 만날 뻔했잖아요!"

2

서울 강북에 위치한 진학고등학교 정문 앞 도로 위였다.

신혁은 까만 고급승용차 뒷좌석에 반듯한 자세로 꼿꼿하게 앉아 있었다.

"여기서 내리겠습니다."

"여, 여기서요?"

평소와 다른 행동이라 충분히 할 수 있는 되물음이었다. 하지만 신혁은 매번 두 번씩 말해야 알아듣는 기사가 못마땅하기만 했다. 귀가 어두운 노인이라면 몰라도 자신보다 나이도 어린 사람이 그러고 있으니 짜증스러웠다.

"네, 분명히 여기서 내리겠습니다, 라고 했습니다."

신혁은 찬기가 도는 까칠한 말투도 모자라 매서운 눈초리로 룸미러를 노려보았다.

이를 발견한 기사가 당황했는지 이번에는 급브레이크를 밟아 차를 세워 버렸다.

그 바람에 무게 중심이 앞으로 쏠려 신혁은 앞좌석에 이마를 박고 말았다. 일그러질 대로 일그러진 얼굴을 해가지고 천천히 고개를 들었다.

기사가 이제는 죽었구나 하는 표정으로 눈을 질끈 감은 채 온몸을 바들바들 떨어대고 있었다.

한심해서 말문이 막힐 정도였다. 더 이상 상대해서 뭐가 남겠는가 싶어 신혁은 시선을 거둬들이고 차에서 내렸다.

"안녕하세요, 이사장님!"

아침 등굣길에 학교 정문 앞에 나타난 그를 알아보고 학생들이 반갑게 인사를 해왔다.

신혁은 냉랭한 표정으로 고개를 건성건성 끄덕여 답례했다. 그리고 학생들이 더 귀찮게 굴기 전에 자리를 떠났다.

그는 정문에서 학교 건물까지 이어지는 길가에 심겨진 나무의 손질 상태를 점검하며 걸어갔다. 영 마음에 들지 않아 다시 하라고 지시했더니 지난번보다는 좀 나아진 것 같았다. 그래도 성에 차지는 않았다. 다시 하라고 할까 생각 중인데 학교 건물이 눈에 들어왔다. 심각한 문제점을 발견한 그는 인상을 확 구기며 학교 건물을 향해 성큼성큼 빠르게 걸어갔다.

“도대체가!”

날카로운 시선과 붉으락푸르락한 그의 얼굴이 무섭게 느껴졌는지 학생들이 급히 길을 터주며 달아났다.

때마침 교내를 돌다 그런 그를 발견한 교장이 황급히 달려왔다. 땅딸막한 체구에 옆머리를 동원해 제법 많이 벗겨진 이마를 가리고 있는 교장은 짧은 다리로 뛰어오느라 숨이 턱까지 차오른 상태였다.

“어, 언제 하악하악 오, 오셨습니까? 하악하악.”

듣기 불편한 숨소리였다. 교장은 바람에 흐트러진 머리카락을 손으로 쓸어 올리기 바빴다.

신혁은 그런 그를 곱지 않은 시선으로 내려다보며 꾸짖듯 따져 물었다.

“학교 건물 색이 왜 저 모양입니까?”

“네?”

예상치 못한 지적이었는지 교장이 적지 않은 당혹감을 드러냈다. 학교 건물과 신혁의 얼굴을 번갈아 보던 교장이 입을 열었다.

“이사장님께서 시키는 대로 했는데 뭐가 잘못됐습니까?”

“제가 언제 저딴 색으로 칠하라고 했습니까?”

어이가 없어 신혁은 버럭 소리를 질렀다.

“전에 오셔서 갈색으로 칠하라고 하셨잖습니까? 그래서 말씀하신 대로 했…….”

신혁은 냉정하게 교장의 말을 싹둑 잘라 버렸다.

"저게 똥색이지 어디가 갈색입니까? 색깔 구분 못하십니까?"

얼굴이 화끈 달아오른 교장이 어쩔 줄을 몰라 했다.

"뭐, 의도하신 색과 다소 차이가 나더라도 보기가 영 나쁜 것 같지는……."

신혁은 쇠꼬챙이 같은 섬뜩한 눈빛으로 교장을 푹 찔렀다.

이에 기가 확 죽은 교장이 말끝을 흐리다가 다시 말을 바꿔 나갔다.

"나쁘네요. 정말 나쁘네요."

"당장 바꾸십시오. 제대로 된 색깔 짚어드릴 테니 오늘 내로 페인트 샘플 가지고 이사장실로 오시고요."

신혁은 으르렁거리며 말했다.

"네! 알겠습니다. 그런데 다시 칠하려면 비용이 만만치 않을 텐데요."

말이 떨어지기가 무섭게 신혁은 더욱 매서운 눈빛과 말투를 날렸다.

"제가 언제 교장선생님께 그런 걱정까지 하라고 했습니까? 전 뭐든지 어정쩡한 거 딱 질색인 사람입니다. 일이나 제대로 시키는 대로 해주십시오!"

신혁은 찬바람을 날리며 자리를 떠났다. 듣는 사람의 기분 따위는 신경도 쓰지 않았다. 일 하나 제대로 하지도 못하는 교장 때문에 큰돈을 날리게 생겨서 좀처럼 분이 풀리지 않았다.

"내 맘에 쏙 들게 일 잘하는 사람 어디 없나?"

신혁은 때마침 지적할 사항이 하나 더 떠올라 방향을 확 틀어 교장을 바라보았다. 그러다 차마 내뱉을 수 없는 욕설을 꿀떡꿀떡 삼키며 불끈 말아 쥔 주먹에서 가운뎃손가락을 치켜 올리고 있는 교장과 눈이 딱 마주쳤다.

아침부터 시작된 날벼락에 잔뜩 스트레스를 받은 얼굴을 해 가지고 씨근거리던 교장이 빠르게 빳빳해졌다. 가뜩이나 탈모 증상으로 우울한데 그가 신임 이사장으로 온 뒤로 그 증상에 더한 증상까지 겹쳐 도대체가 살맛이 나지 않는다고 교감한테 하소연하다 걸린 지 얼마 되지도 않았는데 또 한 번 정통으로 걸린 교장이었다.

신혁은 그런 교장을 잡아먹을 것처럼 무섭게 노려보며 다가가 여전히 치켜 올려진 교장의 가운뎃손가락을 꺾어 아래로 접어주었다. 그리고 호랑이처럼 사납게 으르렁거렸다.

"내년엔 기필코 교복 색깔, 디자인 모조리 바꾸십시오. 아주 촌스러워서 더 이상 봐줄 수가 없습니다!"

신혁은 와르르 무너져 내릴 것 같은 교장을 내버려 두고 다시 등을 돌렸다. 그리고 최근에 최신식으로 개조한 교무실을 살펴보기 위해 발을 재촉했다.

학교는 대내외적으로 40여 년의 전통을 제일 자랑거리로 내세우고 있었다. 하지만 40여 년의 전통은 무슨 얼어죽을 놈의 전통이란 말인가. 사람이고 물건이고 모든 게 낡고 오래돼서 쓸

만한 것들이 없었다. 그나마 몇 개월 동안 애를 써서 좀 나아지기는 했지만 아직도 묵은 때를 벗기고 개선해야 할 것들투성이였다.

이 학교의 최초 설립자는 그의 아버지였다. 그런 아버지가 최근 뇌출혈로 급작스럽게 쓰러졌다. 워낙 학교에 강한 애착을 보였던 아버지라 주위의 안타까움도 컸다.

반면 그는 애초부터 학교에 대한 관심이 전혀 없었다. 아버지의 바람과 주위의 권유로 어쩔 수 없이 학교를 떠맡았을 뿐 애정 같은 건 없었다.

교육이면 교육이고 사업이면 사업이지 왜 어울리지도 않는 둘을 함께 묶는지 이해할 수가 없었다. 그는 교육보다는 사업에 더 관심이 많았다. 그게 적성에도 맞았다.

교육의 목적은 사람다운 사람을 양성하고 사람의 생각과 판단의 폭을 넓혀주고 도와주는 데 있다. 반면 사업의 목적은 돈이다. 목적의 길이만 보더라도 교육은 골치 아픈 일이고 사업은 간단명료한 일이었다.

그는 복잡한 건 딱 질색이었다. 명확한 게 좋았다. 그의 경험에 따르면 사람과 사람이 얽히는 일은 늘 갈등이 존재했다. 그 과정만큼이나 해결 방법도 쉽지 않아 답이 나오지 않는 경우가 허다했다.

하지만 돈은 달랐다. 정직하게 땀을 흘리면 그에 상응하는 결과만큼이 모였고 정확한 답을 보여주었다.

이 학교는 돈 잡아먹는 애물단지였다. 그래서 사업이 될 수 없었다. 차라리 돈이 목적이라면 학교를 허물고 넓고 넓은 대지에 고층아파트를 지어 파는 게 훨씬 나은 일이었다.

억지에 가깝게 이사장이란 직함을 물려받았을 때 돈이 아니라 명예로 받아들이자 마음먹었다. 하지만 번듯한 대학도 아니고 그다지 유명하지도 않은 학교로 무슨 명예를 얻을 수 있단 말인가.

게다가 마음에 드는 구석이 한 군데도 없는 학교였다. 올 때마다 정이 들기는커녕 없던 정나미마저 뚝뚝 떨어지는 곳이었다.

지금도 슬리퍼를 신고 있는 선생 하나가 앞서 걸어가면서 바닥을 질질 끄는 소리를 내고 있어 짜증이 치솟았다. 눈과 귀를 고문당하는 기분이었다. 보기도 싫고 듣기도 싫어 미칠 지경이었다. 마음 같아선 당장 달려가 슬리퍼를 벗겨 창밖으로 휙 내던져 버리고 싶었다.

뒤에서 퍽 하는 소리가 나 돌아보았다.

겁없는 학생 녀석들이 깨끗하게 칠해놓은 벽에 신발 자국을 내놓고선 좋다고 시시덕거리고 있었다. 혈압이 있는 대로 올랐다.

저런 돼먹지 못한 것들은 발목을 비틀어 버리든가 퇴학을 시켜 버려야 하는데!

교무실 가는 도중에 그는 화장실에 들렀다. 학생들이 이용하는 화장실임에도 불구하고 휴지통에 담배꽁초가 담겨 있었다.

이런! 빌어먹을!

전에도 이와 똑같은 일이 있어 교장한테 전교생 대상으로 금연교육을 철저히 시키라고 신신당부를 했다. 그런데 하나도 나아진 게 없었다. 다시 화가 끓어올랐다.

내 차라리 과학수사대를 동원하든지 CCTV를 설치해 학칙을 어긴 대가가 얼마나 뼈아픈 것인지 보여주는 게 낫겠다!

신혁은 치밀어 오를 만큼 오른 화를 안고 교무실로 향했다. 교무실 문을 열려고 하는데 때마침 누군가가 문을 열고 나왔다. 수학을 담당하고 있는 안 선생이었다.

"어? 안녕하십니까?"

안 선생이 건넨 인사에 신혁은 고개를 숙였다. 사실 인사라기보다는 복장 검사에 가까운 행동이었다. 지난번에 만났을 때 제대로 된 복장을 갖춰달라고 분명히 말했는데 오늘도 여전히 넥타이를 생략한 불량한 차림이었다.

실력도 좋고 성격도 좋아 학생들한테 인기도 많다는 선생이었다. 결혼을 못한 것도 아니었다. 그런데 왜 이렇게 단정치 못한 차림으로 돌아다니는 건지 이해가 되지 않았다. 순진한 척 맑게 웃지만 은근히 사람 말을 무시하는 구석이 있는 것 같아 반갑기는커녕 괘씸했다.

그는 사람의 말을 말 같지 않게 듣는 사람과는 절대 상종하는 법이 없었다. 그저 모르는 척하지 않은 것만으로도 감사하라는 식으로 안 선생을 지나쳐 버렸다. 기분이 상하든 말든 상관할 바 아니었다.

개조시킨 교무실 내부를 눈으로 꼼꼼히 살피며 돌아다녔다. 하지만 이사장인 그가 들어왔음에도 다들 자기 할 일들이 바빠 누구 하나 그의 존재를 눈치 채지 못했다.

바로 그때였다. 그의 눈에 칸막이 위에 걸쳐져 있는 수건 하나가 포착되었다. 위치상으로 볼 때 항상 책상 주변이 어수선한 국어담당 심 선생의 것이 틀림없었다.

전에 심 선생한테 왜 그렇게 주위가 너저분하냐고 했더니 워낙 책상이 좁고 물건을 둘 데가 마땅치 않아서 그렇다고 했다. 널찍한 책상에 넓은 수납공간까지 마련해 준 상황에서 오늘은 어떤 핑계거리를 댈지가 궁금해졌다. 신혁은 궁금증을 해결하기 위해 심 선생에게 다가갔다.

"오늘 신문 보셨어요?"

그가 다가가는 줄도 모르고 심 선생이 신문을 보면서 큰소리로 말했다.

"뭐 대단한 거라도 실렸습니까?"

주변에 있는 선생들이 자기 할 일을 해가며 대화에 응했다.

"어젯밤 서울역 앞에서 용감한 이십대 청년이 날치기를 잡았다네요."

"그래요?"

"시민이 찍었다는 사진도 실렸어요."

그 말에 심 선생 주변에 있던 선생들이 하나둘씩 일어나 모여들었다.

"어우, 씩씩하게 잘생겼는데요!"

"우리 사위나 삼았으면 좋겠네."

웃는 얼굴로 농담을 던진 영어담당 박 선생이 허리를 펴다가 신혁을 발견하고 재빨리 인사했다.

"안녕하십니까?"

이에 다른 선생들도 그를 발견하고 모두 자세를 바로 하며 인사를 건넸다.

신혁은 고개를 숙여 일일이 답한 후 심 선생을 똑바로 쳐다보았다.

"저한테 무슨 하실 말씀이라도 있으십니까?"

시선을 받은 심 선생이 질문을 던졌다.

"이런 건 왜 여기다 올려두는 겁니까? 미관상 좋지 않게."

신혁은 바로 옆 칸막이에 걸린 수건을 눈으로 가리키며 차갑게 말했다.

심 선생이 별걸 다 가지고 트집을 잡는다는 표정을 지으며 수건을 수거했다.

"그리고 제가 누누이 복장에 신경을 써달라고 하지 않았습니까? 그런데 왜 그렇게 시정이 안 되는 겁니까? 제발 신경 좀 써주십시오."

신혁은 넥타이를 매고 있지 않은 선생들을 하나하나 눈으로 지적하고 내 말을 개떡으로 알아듣는 거냐는 식으로 싸늘한 눈총을 주었다.

화기애애했던 교무실 분위기는 순식간에 얼어붙고 말았다.

신혁은 자신이 떠나고 나면 선생들끼리 모여 온갖 험담을 다 할 거라는 것을 알았다. 하지만 그 또한 알 바 아니라는 듯 휙 뒤돌아섰다.

예상대로 교무실 문 밖으로 나가자 선생들이 약속이나 한 것처럼 그에 대한 욕을 쏟아내기 시작했다.

"아우, 재수없어!"

"진짜 밥맛 떨어지는 위인이라니까요!"

신혁은 그러거나 말거나 괘념치 않고 교무실과 정반대로 1층 맨 끝에 위치한 이사장실로 향했다.

그는 자리에 앉기 전에 커피메이커를 조작해 커피를 내렸다. 향긋한 커피 향을 들이마시며 아침부터 언짢아진 마음을 다스렸다. 아무것도 첨가하지 않은 커피를 들고 책상 앞에 앉았다. 그리고 책상 위에 놓인 신문을 뒤적거렸다. 그러다 아까 교무실에서 선생들이 화젯거리로 삼은 기사를 발견했다. 그는 눈여겨 기사를 꼼꼼하게 읽어나갔다.

시간이 갈수록 격렬한 분노가 마음을 뒤흔들었다. 피를 뜨겁게 달구었다. 쥐고 있는 커피 잔이 책상과 맞부딪쳐 달그락거리기까지 했다.

“에잇!”

한계에 다다른 그는 더 이상 참을 수가 없어 신문을 넘기던 손으로 책상을 탕 내려쳤다. 그 바람에 뜨거운 커피가 손 위로 넘쳐흘렀다.

“빌어먹을!”

그는 잔을 내려놓고 자리에서 일어나 손수건을 꺼내 젖은 손을 닦아냈다. 축축해진 손수건을 책상에 신경질적으로 내던진 그는 창가로 걸어갔다. 한참을 창가 주위를 맴돌다 떨리는 두 손을 바지 주머니에 꽂고 바깥풍경을 눈에 담았다.

밋밋하게 치솟은 겨울나무가 바람에 흔들리고 있었다. 살아 있는 나무만이 바람에 흔들린다고 했던 누군가의 말이 머리를 스치고 지나갔다. 살면서 이런 바람 저런 바람에 흔들리는 건 어찌 보면 자연스러운 일인데 때로는 왜 이렇게 버거운지 모르겠다는 생각이 들었다.

어제의 일이 기억났다. 그는 출장에서 돌아와 본가에 들러 병석에 누워 계신 아버지께 인사를 드리고 나왔다. 그러다 대문 앞에서 정우와 마주쳤다. 얼굴에 붙인 일회용밴드가 눈에 들어왔다. 무슨 일이 있었나 싶어 위아래를 훑어보았더니 옷도 더러웠다.

그는 정우에게 싸움이라도 한 거냐고 물었다. 정우는 아니라고 했다. 그런 일이 아니라면 문제될 게 없다 싶어 그는 더 이상 길게 묻지 않고 지나쳤다. 그런데 이런 식으로 뒤통수를 칠 줄은 몰랐다.

오늘 신문에 날치기로 표현되어 나온 건 정우였다. 틀림없었다. 사진에 나온 얼굴로는 알아보기 힘들었지만 어제 보았던 옷이 분명했기 때문이다.

"도대체 무슨 생각으로 그런 바보 같은 짓을 하고 돌아다니는 거야?"

도무지 알 수가 없었다. 하루가 멀다 하고 문제를 일으키는 정우만 생각하면 가슴이 답답하고 한숨이 절로 나왔다.

1교시를 알리는 종이 울렸다. 뒤늦게 후문으로 등교한 학생들이 부리나케 뛰어가는 모습이 창문 너머로 보였다. 그런데 그중 한 명이 유독 시선을 끌어당겼다. 자신과는 전혀 상관없는 일이라는 듯 별개의 모습으로 느긋하게 걸어오고 있었기 때문이다.

"사는 재미도 없고 살아갈 의욕도 없고. 도대체 생각이 있는 건지 없는 건지 한심하기가 짝이 없군. 쯧쯧."

저런 자식을 둔 부모는 얼마나 애가 탈까 싶어 혀를 찼다. 어떻게 생겨먹은 아이인지 낯짝이라도 보자는 심산으로 끝까지 지켜보았다. 얼굴을 확인할 수 있는 거리까지 아이가 걸어왔다.

"이런!"

그는 끙 하는 신음을 내뱉으며 눈을 감고 말았다. 그 아이는 다름 아닌 정우였기 때문이다. 그는 화를 참지 못하고 이사장실을 박차고 나갔다.

빠른 걸음으로 복도를 지나 현관에 다다랐다. 신혁은 정우를 본 순간 그만 이성을 잃고 말았다. 손을 하늘 높이 쳐들었다가 정우의 뺨을 사정없이 내려친 것이다. 아마 주위에 다른 사람들이 있었더라면 그러지 못했을 것이다. 잠시 둘만 남기를 기다렸다가 도대체 무슨 마음으로 그런 일을 벌인 거냐고 말로 다그쳤을 것이다.

"왜 이래요?"

정우가 독기 오른 눈으로 그를 쏘아보았다.

"몰라서 물어? 어제 서울역!"

어떤 경로로 전달되었는지 몰라도 자신이 자초한 일 때문에 그런 봉변을 당했다는 걸 깨달은 얼굴이었다. 하지만 막상 당하고 나니 서럽기도 하고 더 못되게 굴고 싶은 마음이 얼굴에 고스란히 드러났다. 이를 악문 채 화를 삼키던 정우가 그를 남겨두고 가버렸다.

"저 자식이!"

정우는 어느 순간부터 급속도로 삐딱해져 있었다. 물과 기름처럼 겉돌았다. 툭하면 반발하고 의도적으로 문제를 일으켰다. 사춘기에 접어든 아이처럼 반항했다.

처음엔 타일렀다. 그러다가 으름장을 놓기도 했다. 하지만 아무런 소용이 없었다. 이제는 일탈의 정도가 심각한 수준에 이르러 특단의 조치가 절대적으로 필요한 상황이었다.

그러기 전에 이유를 먼저 파악해야 할 필요가 있었다. 짚이는 구석이 아주 없는 건 아니었다. 하지만 그게 아닐 수도 있는데 지레짐작으로 더 큰 파장을 일으킬 순 없었다. 설사 그게 이유라 해도 그 위험한 비밀을 어찌 털어놓을 수 있단 말인가. 서로를 위해 평생 묻어두는 게 상책인 비밀을.

그렇다면 점점 심해지는 반항과 일탈을 어떤 식으로 막고 해결해야 할까. 신혁은 막막하기만 했다.

묵직한 마음을 안고 신혁은 현관을 나섰다. 발길 닿는 대로 교정을 걷다 보니 운동장에서 시끌벅적한 소리가 들려왔다. 가까이 가서 보니 체육 선생이 심판을 보고 편을 나눈 학생들이 축구 시합을 벌이고 있었다.

별다른 생각 없이 지켜보는데 한 아이가 골대를 향해 공을 날렸다. 그런데 그 공이 골대를 넘어 정문을 향해 큰 포물선을 그리며 날아가 버렸다. 신혁은 그런 공을 계속 눈으로 쫓았다. 그러다 방금 정문을 통해 들어오는 한 사람이 발리슛으로 공을 다시 학생들에게 넘기는 광경을 목격했다.

"저 사람 뭐야?"

신혁은 깜짝 놀랐다. 공을 넘겨받은 학생들도 마찬가지였다. 대단한 장면을 연출한 사람을 향해 환호성을 지르고 난리가 났다.

신혁은 멋쩍은 웃음을 머금고 걸어오는 사람을 유심히 쳐다보았다. 이 학교에 근무하는 사람인가 싶어서였다. 하지만 그가 기억하는 한 교사 및 교직원은 아니었다. 되게 씩씩하게도 걸어온다 싶었는데 어느새 그의 앞에까지 왔다.

"안녕하세요."

처음 듣는 목소리였다. 그런데 왠지 낯설지 않았다. 신혁은 고개를 숙여 인사를 하면서도 계속 머리를 굴렸다. 분명 어디선가 본 얼굴인데 생각이 나지 않았다.

그런데 이 사람 남자야, 여자야?

신혁은 이제 이 사람이 누구냐를 떠나서 제대로 구분되지 않는 성별 때문에 혼란스러웠다.

짧다고 할 수도 길다고 할 수도 없는 어중간한 길이의 커트머리, 화장기 하나 없이 깨끗한 얼굴, 목을 감싼 터틀넥 니트에 단조로운 디자인의 코트를 입은 사람은 중성적인 이미지를 풍기고 있었다.

"뭐 하나만 여쭈어볼게요. 가사실로 가려면 어디로 가야 하죠?"

"거긴 무슨 일로 가시는 겁니까?"

원래 누구한테 친절하게 또는 사근사근하게 대하는 법이 없어 신혁은 딱딱하게 물었다.

"아, 네. 오늘 기간제 교사 면접을 거기서 한다고 해서요."

밝았다. 표정이며 말투며 모든 게 밝고 환했다. 뭐가 그렇게 좋고 즐거운 거냐고 묻고 싶을 정도였다. 하지만 지금은 그게 문제가 아니었다.

"기간제 교사 면접이요?"

전혀 듣도 보도 못한 소식이었다.

“네. 아, 여기서 일하시는 분 아니세요?”

이 학교에서 일하는 사람이면 그 정도는 알아야 하지 않느냐는 말로 들렸다. 신혁은 자존심이 살짝 상했다. 그리고 이 일에 대해 아무런 보고를 하지 않은 교장을 당장 호출해 호통을 치고 싶었다. 일을 이딴 식으로 할 거냐고 말이다.

“여기서 일하는 거 맞습니다.”

게다가 전 이 학교 이사장입니다, 라는 말을 차분하게 덧붙이려는 순간이었다.

“그렇군요. 만나서 반갑습니다. 강정원이라고 합니다.”

신혁은 정원이 불쑥 내민 손을 빤히 쳐다볼 뿐 잡을 생각을 하지 않았다.

기간제 교사 주제에 그것도 아직 될지 안 될지도 모르는 예비 교사 주제에 감히 이사장의 말을 끊고 악수를 청해?

마음에 들지 않았다. 신혁은 굳게 다물었던 입을 열었다. 가사실과는 전혀 거리가 먼 엉뚱한 방향을 가리키며.

“저리로 가시면 됩니다. 그럼.”

신혁은 어차피 두 번 볼 일은 없을 거라 생각하며 냉랭한 기운을 남기고 자리를 떠났다.

다시 이사장실로 돌아온 신혁은 교장을 호출했다. 보고하지 않은 기간제 교사 건에 대해 추궁하고 책망하기 위해서였다. 기다리는 동안 그는 신문이나 마저 읽기로 했다. 그러다 뭔가를 깨닫고 급히 문제의 사진을 들여다보았다.

틀림없었다. 바로 방금 전에 만난 그 사람이었다. 믿을 수 없는 일이었지만 실제로 발생한 일이었다. 신혁은 이 놀라운 일을 어떤 식으로 해석해야 할지 몰랐다.

나도 다루기 힘든 애를 맨손으로 제압한 남자라…….

흥미가 생겨났다. 그렇지 않아도 남자인지 여자인지 헷갈렸는데 기자가 친절하게 이십대 청년이라는 설명까지 달아놓았다. 남자치고는 호리호리하다는 생각이 들었지만 별다른 의심은 하지 않았다.

그때였다. 누군가가 소심하게 문을 두드렸다.

"들어오십시오!"

문을 연 교장이 우물쭈물하며 얼굴부터 디밀고 들어왔다.

"부르셨습니까?"

이렇게 부르는 거 전혀 반갑지 않다는 표정이었다. 하긴 볼 때마다 잔소리를 해대니 그럴 만도 했다.

"그런데 말씀하셨던 페인트 샘플은 아직 준비가 안 됐습니다."

교장이 호출 이유를 다르게 생각했던 모양이다.

"기간제 교사 모집합니까?"

신혁은 단도직입적으로 물었다.

"앗!"

그제야 그것에 관해 보고하지 않았다는 생각이 났는지 교장이 어쩔 줄을 몰라 하며 서둘러 말을 꺼냈다.

"그게…… 그게…… 이사장님께서 출장으로 자리를 비운 사이에 학교에 일이 좀 있었습니다."

"무슨 일입니까?"

"그게…….."

설명하기가 어렵다는 듯 교장이 계속 뜸을 들였다.

"지금부터 그게라는 말은 빼고 말씀하십시오."

답답해 죽겠다는 어투로 낮게 다그쳤다.

"네. 알겠습니다. 아시다시피 저희 학교는 여선생을 뽑지 않는 관계로 옛날부터 기술 가정을 한꺼번에 도맡아 가르쳐 주시는 분이 계십니다. 최 선생님이라는 분인데 그분께서 갑자기 수업 중에 쓰러지셨습니다."

"과로라도 하신 겁니까?"

"과로는 아닙니다. 원래 연로하시기도 했지만 그 반이 워낙 극성맞은 학생들이 많아서요. 평소에 혈압이 좀 높았던 분인데 수업 중에 무슨 말을 듣고 충격을 받으셨는지…… 하여간 그리되셨습니다."

"그 반이 몇 반입니까?"

"1학년 12반입니다."

"정우가 있는 반 아닙니까?"

"네. 그렇습니다."

교장이 민망하다는 듯 고개를 끄덕였다.

"그럼 혹시 문제를 일으킨 학생도 정우입니까?"

"송구스럽지만…… 그렇습니다. 그런데 그 문제는 걱정 안 하셔도 될 것 같습니다. 제가 최 선생님께 잘 말씀드려 놨기 때문입니다. 뭐, 그렇다고 제가 미주알고주알 떠들어댄 건 아닙니다. 적당한 선에서 더 이상 문제 삼지 않을 정도로만 잘 말씀드렸습니다."

신혁은 새롭게 알게 된 사실로 인해 또다시 머리가 아프고 복잡해졌다. 알면 알수록 문제의 심각성이 높아져만 갔다. 이대로 두고 볼 수만은 없다는 판단이 섰다. 신통한 묘안이 필요했다.

침묵이 계속되었다.

무거운 침묵과 긴장을 이기지 못한 교장이 두 손을 맞잡고 계속 꼬무락거렸다.

신혁은 그게 또 신경이 쓰여 교장이나 우선 내보내고 다시 생각을 해보려 했다. 그러다 드디어 좋은 생각이 떠올랐다.

"오늘 기간제 교사 뽑는 거 맞습니까?"

기대감을 잔뜩 실어 물었다.

"네! 그렇습니다."

방심하고 있다가 갑자기 질문을 받은 교장이 화들짝 놀라며 대답했다.

"그럼 무조건 이 사람으로 뽑으십시오."

신혁은 교장에게 신문에 실린 사진을 보여주었다.

"네?"

교장이 눈을 휘둥그레 뜨며 되물었다.

“반드시 이 사람이어야만 합니다. 가능하다면 12반 담임까지 시키십시오.”

어서 신문을 받으라며 재촉하자 교장이 난감하다는 듯 울상을 지었다. 이건 또 무슨 해괴한 미션인가 싶은 얼굴이었다.

“어차피 12반이 최 선생님 반이라 담임이 비어 있는 상태입니다. 하지만 도대체 이 사람을 어디서…….”

그것까지 일일이 설명해 줘야 하는 거냐고 핀잔을 줄 거라 예상했는지 교장이 기어들어 가는 목소리로 물었다.

“그 사람 지금쯤 가사실에 있을 겁니다. 이름은 아마도…… 강정원 씨일 겁니다.”

신혁은 기억을 더듬어 정보를 제공했다.

“네?”

교장이 이건 또 무슨 뚱딴지같은 소리냐며 고개를 갸우뚱했다.

아, 거참, 사람! 무슨 심보로 길을 그따위로 가르쳐 준 거야?

정원은 학교 지리를 외울 만큼 돌고 돌다 간신히 5층에 위치한 가사실을 찾아냈다. 손목시계를 들여다보았다. 학교에 일찍 도착한 보람도 없이 약속된 시간보다 다소 늦어버렸다.

혹시 라이벌 아냐? 사람이 그래도 그렇지 어떻게 그럴 수가 있어? 생긴 건 멀끔하게 생겨가지고.

언짢은 표정과 뛰어오느라 가빠진 호흡을 정리하고 조심스럽게 문을 열었다.

다행히 면접 시작 전이었다. 급하게 모집을 했는데도 지원자들이 꽤 많은 편이었다. 죄다 여자들이고 모두 젊고 예쁘고 똑똑해 보였다. 그런데 이 학교에서는 여선생을 고용하지 않는다는 사실을 알고나 온 걸까 싶었다.

기술 가정이란 과목 특성상 남선생보다 여선생의 비율이 큰 게 사실이었다. 그리고 안정성을 보장받는 정교사가 아닌 특정한 기간만 계약 임용되는 기간제 교사의 경우는 더 그러했다.

정원은 눈이 마주친 사람들과 가볍게 인사를 나누고 빈 의자에 가서 앉았다.

"준비해 온 서류는 저한테 주시면 됩니다."

행정직원으로 보이는 남자였다.

"아, 네. 여기 있습니다."

서류를 건넨 정원은 최근에 새롭게 꾸민 것 같은 가사실을 둘러보았다.

되게 좋다!

이 정도로 잘 갖춰진 시설이라면 선생도 학생들도 가르치고 배울 맛이 나겠다 싶었다. 정원은 다시 교육의 현장에 와 있으려니 처음 부임해서 작년 초까지 계속 근무했던 학교에서의 추억들이 새록새록 되살아났다.

그때가 참 좋았는데, 애들도 착하고 예쁘고 말도 잘 듣고 살갑게 따르고……

학교를 그만두었음에도 불구하고 아이들한테서 계속적으로 연락이 왔다. 보고 싶다고, 이제는 정말 다시 돌아올 수 없는 거냐고 아쉬움을 토로하고 눈물을 흘렸다. 그런 아이들이 떠올라 정원은 눈시울이 화끈거렸다. 심호흡을 해서 몽글몽글 피어오르는 그리움을 애써 가라앉혔다.

불가능한 일이지만 학교를 그만둘 수밖에 없었던 그날 그 상황으로 되돌아갈 수 있다면 자신은 어떤 선택을 할까 하는 생각을 해보았다. 아마 똑같은 선택과 결정을 하지 않을까 싶었다. 자신을 굳게 믿어준 아이들에게 큰 상처를 주고 그게 늘 마음에 걸리고 평생 아쉬움으로 남을지라도 말이다.

그다지 오래된 것 같지도 않은데 분필을 잡았을 때의 느낌이 어땠는지, 교단에 서서 강의를 했을 때의 기분이 어땠는지 잘 기억나지 않았다.

하지만 아이들과 연관된 것들은 생생했다. 수업 시간에 조는 아이에게 다가가 이름을 부르며 확 끌어안았을 때 버둥거리던 느낌이라든지 시간만 나면 찾아와 참새처럼 조잘조잘 떠들어대고 별일도 아닌 일에 호들갑을 떨며 냈던 맑은 웃음소리 등등.

별다른 기대를 하지 않고 참여한 면접이었다. 하지만 다시 기회가 주어진다면 교직자로서의 길을 걸으며 아이들과 소중한 교감을 나누고 싶다는 생각이 들었다. 어쩜 그런 생각은 아까 정문을 들어설 때부터 생겼는지도 모른다. 자신을 향해 날아온 공을 넘겨주었을 때 실로 오랜만에 보고 들은 아이들의 미소와 목소리로 인해서 말이다. 굉장히 사소한 일이지만 그런 게 생각했던 것보다 참 많이 그리웠던 모양이다.

역시 오길 잘했어.

굳이 이 학교가 아니더라도 다시 교단에 설 수 있도록 노력해야겠다는 새로운 결심이 섰다. 그것만으로도 큰 수확이었다.

이런저런 생각에 잠겨 있는데 서류를 받아갔던 행정직원이 교단에 올라섰다.

"안녕하십니까? 추운 날 먼 길 와주셔서 대단히 감사합니다. 저는 이 학교 행정실장인 서민국이라고 합니다. 오늘 면접은 바로 옆 교실에서 진행되겠습니다. 여기에서 대기하고 있다가 이름을 호명하면 옆 교실로 자리를 옮겨 면접에 응해주시면 되겠습니다. 면접이 끝나면 귀가해 주시고 추후 결과를 통보받으시면 될 것 같습니다. 면접은 서류를 접수하신 순서대로 하겠습니다."

정원은 길을 엉뚱하게 가르쳐 준 남자를 향해 이단옆차기라도 날리고픈 마음이었다. 한 명당 5분씩을 계산하더라도 거의 두 시간 이상을 기다려야 순서가 돌아올 것만 같아서였다. 하지만 좋은 인상을 주기 위해서는 절대 티를 낼 수가 없었다.

드디어 면접이 시작되었다. 한 사람씩 호명되어 나갔다. 그런데 면접이 그녀가 생각했던 것보다 굉장히 빠른 속도로 진행되었다. 면접이라 할 것도 없었다. 거의 인사 수준으로 끝나는 분위기였다.

뭐가 이렇게 빨라?

40분도 되지 않아 모든 사람들의 면접이 끝나고 그녀의 차례만이 남았다. 정원은 행정직원의 안내를 받아 옆 교실로 향했다. 하지만 행정직원이 옆 교실을 그냥 지나쳐 버렸다.

"저기, 여기서 하는 거 아닌가요?"

정원이 옆 교실을 가리키며 물었다.

"교장실로 모셔오라고 해서요."

"교장실이요?"

이해가 가지 않아 되물었다.

"네."

정원은 뭔가가 이상했지만 행정직원이 끌고 가는 대로 갈 수밖에 없었다. 계단을 통해 1층까지 내려간 정원은 행정직원을 쫓아 교장실 안으로 들어갔다.

"어서 오십시오."

신문을 보고 있던 교장이 그녀를 보고 자리에서 일어났다.

"안녕하십니까? 처음 뵙겠습니다. 강정원이라고 합니다."

"네. 반갑습니다. 자, 편하게 앉으세요."

정원은 교장이 가리킨 소파에 앉았다. 하지만 편하지 않았다. 왜 자신만 다른 형식의 면접을 받는 건지 도무지 알 수가 없었기 때문이다.

행정직원으로부터 서류를 건네 받은 교장이 돋보기안경까지 동원해 꼼꼼히 살펴보았다. 그러다 뭔가가 이상하다는 듯 고개를 갸우뚱했다.

"저기…… 강…… 정원 선생님?"

"네?"

"혹시 이거 잘못 기입하신 거 아닙니까?"

"제가 여러 차례 검토해서 드린 건데 어디를 말씀하시는 거
죠?"

정원은 당황해서 물었다.

"주민등록번호 뒷자리를 잘못 쓰신 것 같아서요."

"그럴 리가 없는데요."

정원은 교장이 내민 서류를 들여다보았다. 하지만 틀린 부분
하나 없이 모든 게 정확했다.

"다 맞는데요."

교장이 정원과 서류를 번갈아 보며 아주 이상하다는 표정을
지었다.

"확실합니까?"

"네."

자신있게 대답하자 교장이 더욱 고개를 갸웃거리며 책상으로
가 신문을 가져왔다.

"이거…… 선생님 맞으시죠?"

"어?"

신문에 날치기 잡은 용감한 청년이란 기사 제목으로 정면에
서 찍힌 그녀의 사진이 실려 있었다.

정원은 신문을 거의 빼앗다시피 가져가서 살펴보았다. 처음
겪어보는 일이 되게 신기하고 놀라웠다. 그녀는 쑥스러운 표정
을 하고 웃어댔다.

“하하! 이런 게 실릴 줄은 몰랐네요. 그런데 이거 완전히 오보네요! 청년이라니요. 전 여자인데요.”

정원은 신문에서 교장에게로 눈을 돌렸다.

교장이나 옆에 서 있는 행정직원 모두 무척 당황한 표정을 하고 있었다.

“제가 워낙 씩씩하고 남자 같아서 그런 오해를 많이 받는 편이에요. 그런데 이 기사 은근히 기분 나쁘네요. 누구 혼삿길 막을 일 있나? 이런 식으로 보도하면 곤란한데…….”

정원은 더 적극적으로 해명했다.

잠시 침묵이 흘렀다.

이윽고 교장과 행정직원이 심각한 표정으로 서로를 마주 보고 눈으로 상의했다. 이 사태를 어떻게 해결해야 하느냐고 말이다. 그러다 교장이 정원을 보며 입을 열었다.

“사실은…… 저희 이사장님께서 선생님을 기간제 교사로 지명하셨습니다.”

“이사장님께서요?”

얼토당토아니한 말이라 되묻고 말았다.

“네.”

아무리 생각해도 어처구니가 없었다. 정원은 잠시 머리를 굴려보았다.

혹시 우리 집안 사람들 중에 낙하산 취직을 시켜줄 만큼 돈 있고 백 있는 사람이 있나? 없는데.

그녀가 아는 족보 한도 내에는 그럴 만한 위인이 절대 없었다.

그럼 유준 선배? 에이, 그 선배가 무슨 힘이 있다고?

별의별 생각을 다 해봐도 추리가 막히고 오리무중으로 빠져드는 느낌이었다.

"혹시 이사장님께서 저를 안다고 하시던가요?"

"그 신문을 주시면서 무조건 뽑으라고 하셨습니다."

교장이 정원의 손에 들려 있는 신문을 가리키며 말했다.

"신문만 보시고 절 지명하셨다고요?"

"그렇습니다. 담임까지 시키라고 하셨습니다."

더욱더 놀랄 수밖에 없었다. 궁금증이 증폭되었다.

도대체 이사장이 누구야? 어떤 사람인데 이런 말도 안 되는 결정을 했다는 거야? 낯짝이라도 봐야 속이 시원할 것 같다.

"그런데…… 저희 이사장님께서 기사만 보고 오해를 하신 모양입니다."

교장이 말했다.

"오해라니요?"

"저희 학교는 되도록 여선생님을 뽑지 않고 있습니다."

"저도 이미 들어 알고 있는 사실입니다."

"그런데 신문에 난 선생님을 남자로 생각하고 지명하신 것 같습니다."

정원은 그제야 어느 정도의 의문이 해결되었다.

"오해가 풀리면 지명을 취소하실 수도 있겠군요."

"글쎄요. 아마 그럴 수도 있을 겁니다. 그래도 모르는 일이니까 한번 직접 만나보시는 게 좋지 않겠습니까?"

교장이 조심스럽게 물었다.

"뭐, 어려운 일도 아니니까 그렇게 하도록 하죠."

피할 이유도 없고 이사장이 어떤 사람인지 궁금해서 정원은 그렇게 말했다.

"그럼 가시죠."

자리에서 일어난 교장이 그녀를 데리고 이사장실로 향했다.

이사장실 앞에 이르자 교장이 손수건을 꺼내 얼굴을 닦고 크게 숨을 들이마셨다. 마치 괴물이 사는 영역에 접근하는 사람처럼 바짝 긴장한 상태로 말이다.

이사장이 아무리 서열상으로 대하기 힘든 존재라 해도 이렇게까지 겁먹은 얼굴을 하나 싶어 정원은 교장이 애처롭기까지 했다. 도대체 어떻게 생겨먹은 괴물인지 빨리 확인하고픈 마음이었다.

조폭처럼 생겼나? 눈이 확 찢어지고 드라큘라 버금가는 송곳니를 가졌을까?

정원은 이사장과 대면하기 전 그 짧은 시간에 가장 흉측한 인물화를 그려가며 온갖 상상을 다했다. 하지만 떨리거나 두렵지는 않았다. 괴물이라고 해봤자 기껏 엉뚱한 발상이나 해내서 아랫사람들 곤혹스럽게 만드는 안하무인에 지나지 않을 테니 말이다.

교장이 문을 두드렸다. 그런데 안에서 아무런 기척이 없었다. 한 번 더 두드렸다. 그래도 마찬가지였다. 교장이 문을 열고 안을 들여다보았다. 괴물은커녕 개미새끼 한 마리도 보이질 않았다.

"어딜 가셨나? 들어오세요."

정원은 교장을 따라 안으로 들어갔다.

"잠시만 계세요. 제가 이사장님을 찾아 모시고 오겠습니다."

교장이 서류를 책상에 올려두고 정원을 홀로 남겨둔 채 사라졌다.

정원은 우두커니 서서 여기저기를 살펴보았다. 군더더기없는 실내장식과 차가운 계열 색깔의 가구들, 가지런히 놓인 책상 위의 물건들. 빈틈없고 철저하고 완벽을 추구하는 성격을 가진 사람의 공간이었다. 감정보다는 이성이 강하고 독단적이고 엄격해서 타협이 쉽지 않은 스타일의 사람 같았다. 이미 유준이나 교장을 통해서 받은 선입견 때문인지는 몰라도 살가운 이미지는 절대 떠올릴 수가 없었다.

"어떻게 오셨습니까?"

인기척 하나 없는 상태에서 들려온 남자의 굵직한 목소리는 그야말로 공포 그 자체였다. 정원은 바닥으로 뚝 떨어질 것 같은 심장을 받아내듯 가슴에 얼른 손을 얹었다. 그리고 소리가 난 쪽으로 고개를 돌렸다.

"헐!"

비록 의성어에 지나지 않지만 그 상황에서 할 수 있는 말은 그게 다였다. 언제부터 원수는 외나무다리가 아닌 이사장실에서 만나게 된 걸까. 정원은 오늘 자신한테 제대로 골탕을 먹인 남자를 달갑지 않게 쳐다보았다. 그리고 눈으로 따졌다.

사람이 인간의 탈을 쓰고 어쩜 그럴 수 있어요? 내가 얼마나 개고생을 한 줄 알아요?

그런데 점점 이상한 기분이 들었다. 남자가 아무렇지도 않게 이사장 책상으로 다가가더니 굉장히 값비싸 보이는 의자에 앉아 교장이 두고 간 서류를 들여다보았기 때문이다.

뭐야, 저 사람?

정원은 머릿속이 뒤죽박죽이 되어버렸다.

설마…….

아주 좋지 않은 예감이 들었다. 절대 인정하고 싶지 않은 그런 예감이.

때마침 교장이 되돌아왔다. 그리고 끔찍한 사실을 확인시켜 주었다.

"오셨군요. 이사장님께서 말씀하신 선생님을 모시고 왔습니다."

정원은 눈앞이 캄캄해졌다.

저, 저 저 싸가지없는 인간이 그 괴물 이사장이라고?

눈으로 마음으로 되물어본들 아무 소용이 없었다. 이 상황에서 그 사실을 인정하고 싶지 않아 하는 건 그녀뿐이었다.

가만! 그런데 이상하잖아. 처음에 만났을 때는 가사실 방향도 제대로 가르쳐 주지 않아 면접에 차질을 빚게 만든 사람이 왜 돌연 마음을 바꿔 날 지명해? 그사이에 신문을 보다가 보기보다 기특하고 대견해서 포상이라도 해주고 싶었던 거야?

답을 모르니 직접 물을 수밖에 없었다. 나름 예를 갖춰서 말이다.

"안녕하십니까? 강정원이라고 합니다."

정원은 고개를 숙여 인사한 후 자신을 소개했다.

서류에서 고개를 든 괴물과 눈이 마주쳤다. 아주 당당하고 자신만만한 강한 눈빛이었다.

"기억하고 있습니다. 전 이 학교 이사장 노신혁이라고 합니다."

그가 은근히 이름보다 이사장이라는 직함을 꾹꾹 눌러 말했다.

얄미웠다. 사람 보는 눈이 그렇게 없냐고 비아냥거리는 것 같아서. 하지만 상식적으로 이렇게 젊은 남자를 이사장으로 본다는 게 더 이상한 일이지 않은가. 어쨌든 자기가 이사장이라 하고 교장도 그렇다 하니 인정할 수밖에 없는 일이었다.

"오늘부터 근무하실 수 있으면 하십시오."

그가 아무렇지도 않게 말했다.

정원은 자신의 귀를 의심했다. 아직 뭘 하겠다는 의사를 밝힌

게 없는데 그가 일방적으로 결정을 했기 때문이다. 말이 나오지 않을 만큼 어이가 없었다.

"저기…… 최종 결정을 하신다 해도 오늘부터는 힘들지 않겠습니까?"

교장이 정원의 눈치를 보며 입을 열었다.

"그럼 내일부터 하십시오."

정원은 순간 머리뚜껑이 확 열렸다.

"이사장님!"

일부러 이사장이라는 단어에 힘을 잔뜩 실었다.

"네, 말씀하십시오."

아주 태연하고 느긋한 목소리였다.

"죄송합니다만, 전 아직 뭣도 결정한 일이 없습니다."

"그럼 결정하십시오. 결정하셨습니까?"

뭐 이런 막무가내 일방통행 제멋대로인 괴물이 다 있어?

이미 상실할 대로 다 상실해 버린 어이를 어디서 찾아야 할지 몰라 멍해졌다. 그가 다시 입을 열었다.

"일하고 싶어서 오신 거 아닙니까? 일 드리겠다는데 더 따져야 할 게 있습니까? 서류를 보아하니 경력이 아주 없으신 것도 아니고 말입니다."

"다 떠나서 왜 저를 지명하셨는지 알고 싶습니다."

더 이상 밀릴 수 없다는 생각에 정원은 쟁점을 제기했다.

"가장 적합하다고 생각했습니다."

“저에 대해 아는 바가 많지 않으실 텐데요.”

“무슨 일이든 모든 걸 다 알고 판단하진 않습니다. 몇 가지 정도면 충분합니다.”

“그 몇 가지가 어떤 건지 여쭈어봐도 되겠습니까?”

“사실 몇 가지라고 할 것도 없습니다. 단 하나만 봤으니까요.”

“단 하나요?”

“네. 단 하나요.”

“그게 뭡니까?”

단지 정의감에 불타오른 남자라서 채용해도 되겠다는 판단이 섰냐고 묻고 싶었지만 정원은 괴물이 직접 밝히는 이유를 듣고 싶어 그렇게 물었다.

“저한테는 없는 단 한 가지라고 해두죠.”

괴물이 애매모호하게 대답했다.

정원은 눈살을 찌푸렸다. 마음 같아서는 괴물의 멱살을 쥐어 흔들고 싶어졌다.

그렇게 어물쩍 넘기지 말고 무슨 속셈인지 밝혀! 이 괴물아!

어쩌다 눈빛 대결이 벌어졌다. 정원은 대결에서 지고 싶지 않아 눈이 쓰리고 아파도 끝까지 버텼다. 사소한 싸움이지만 자존심이 걸린 것처럼 절대 피하지 않았다.

그건 괴물도 마찬가지였다. 절대 만만하게 보지 못하게 만들겠다는 강철 같은 의지를 담고 그녀를 노려보았다.

"저기……."

중간에서 입장이 난처해진 교장이 안절부절못하고 입을 열었다.

"뭡니까?"

괴물이 갑자기 끼어든 교장에게 신경질적으로 물었다.

"서류를 잘 보셔야 할 것 같습니다."

괴물이 어쩔 수 없다는 듯 눈싸움을 포기하고 서류로 눈을 돌렸다.

"이게 뭐 어쨌다는 겁니까?"

"그게…… 그러니까 말입니다."

"저기, 그게, 이런 말 좀 빼고 말씀하시면 어디가 덧납니까? 말씀을 하시려면 처음부터 뜸 들이지 말고 확실하게 하십시오."

"여자 선생님이십니다!"

교장이 누구나 알아들을 수 있을 만큼 크고 정확하게 말했다.

그럼에도 불구하고 괴물이 방금 들은 말을 의심하듯 다시 서류를 자세히 들여다보았다.

"이 학교는 여자 선생님을 뽑지 않는다고 들었습니다. 신문에 난 기사로 저를 남자로 착각하시고 그런 결정을 내리신 모양인데 어떻게 하시겠습니까? 결정을 취소하시겠습니까? 아니면 여자인 저를 채용하시겠습니까?"

정원은 또박또박 말했다.

교장이 자신도 하고픈 말이 그거라는 듯 괴물을 향해 고개를 끄덕였다. 그리고 생각하는데 도움을 주려는지 입을 열었다.

"어차피 기술 가정이란 과목 특성상 남선생님을 구하기는 쉽지 않습니다. 정교사도 아니고 기간제 교사이기 때문에 더욱 그렇습니다. 참고로 오늘 지원자들 모두 여선생님들이었습니다."

심각한 표정으로 고민하던 괴물이 다시 그녀를 뚫어져라 쳐다보았다. 부담스러울 정도로 강렬한 눈빛이었다. 결코 짧지 않은 시간을 가진 후에 괴물이 입을 열었다.

"제 결정은 변함이 없습니다. 이제 선생님만 결정하시면 될 일 같습니다."

괴물이 어떤 결정을 내릴지 궁금해서 귀를 쫑긋 세우고 있었는데도 정원은 지금 들은 말을 믿을 수가 없었다. 그건 옆에 있는 교장도 마찬가지였다.

"진심으로 하시는 말씀이십니까?"

정원은 심각하게 물었다.

"장난처럼 들렸습니까?"

"그런 건 아니지만……."

"길게 시간 끌 필요 있겠습니까? 싫으면 싫다 좋으면 좋다, 명확한 입장을 밝혀주십시오."

괴물이 말을 끊으며 말했다.

정원은 인상을 찡그렸다. 제대로 된 설명 없이 이 말도 안 되는 채용을 받아들여야 하나 싶어서였다. 그러나 한편으로는 이 학교만의 고질적이고 고전적인 장애요소가 자신으로 말미암아

제거될 수 있다는 생각이 들기도 했다. 정원은 결단을 내리기로
했다.

"알겠습니다. 내일부터 출근하겠습니다."

괴물의 눈에 잠시나마 번뜩이는 빛이 얼비쳤다. 입가에서는
아주 희미하게나마 미소가 걸렸다가 사라졌다. 승리감에 도취
된 사람처럼 보였다.

왜 낚인 것 같은 기분이 드는 거야?

정원은 왠지 모를 미심쩍음을 느꼈다.

"그럼 내일 뵙는 걸로 하겠습니다. 안녕히 가십시오."

괴물의 말을 끝으로 정원은 고개를 숙이고 교장과 함께 이사
장실을 나왔다. 그런데 그녀는 결정을 내리고도 얼떨떨한 기분
에서 벗어날 수가 없었다.

교장이 옆에서 무슨 말을 계속 하기는 하는데 귀에 전혀 들어
오지 않아 마이동풍 식으로 흘려듣고만 있었다. 그러다 어느 순
간 교장이 곁에서 사라지고 없다는 사실을 깨달았다.

가만히 기억을 더듬어보았다. 하지만 자신이 어떤 식으로 인
사를 하고 헤어졌는지 전혀 기억이 나지 않았다. 뭔가에 홀린
기분이었다.

얼빠진 모습으로 터벅터벅 긴 복도를 걸어가는데 마침 수업
이 끝났는지 학생들이 우르르 계단으로 내려오고 정신없이 왔
다 갔다 했다.

"야! 야! 들었어? 들었어?"

“뭐가? 뭐가?”

애들은 왜 항상 버퍼링 대화를 하는 습관이 있는지 모르겠다며 무시하고 가려는데 귀를 확 잡아당기는 이야기가 들려왔다.

“드디어 우리 학교에 여자 선생님이 오신대!”

“진짜, 진짜?”

“그래, 1학년 기술 가정 담당!”

“씨발! 존나게 쭉쭉빵빵 예뻤으면 좋겠다!”

귀에 거슬리는 언어를 두고 한마디 해줄까 했다. 하지만 정원은 이야기 흐름이 깨질까 봐 그냥 듣고만 있었다.

“그럼 담임도 맡는 거야?”

“글쎄다. 맡게 된다면 1학년 12반 담임 대신 오는 거니까 그 반을 맡지 않을까?”

“아놔! 왜 나는 1학년 12반이 아닌 거야! 12반 완전 대박 축제 분위기이겠는데! 우씨, 새끼들 존나 좋겠다!”

계속 이야기꽃을 피우며 뒤에서 걸어오던 학생들이 서로 장난을 치다가 정원을 툭 쳤다. 서로 뒤를 돌아보았다. 시선이 부딪쳤다.

“죄송합니다.”

그토록 기대하고 있는 여자 선생님이 그녀라는 것을 알 리가 없는 학생들이 정원을 그저 학교에 볼일이 있어 방문한 사람쯤으로 생각하고 꾸벅 인사를 하고 지나가 버렸다.

정원은 깨달았다. 적어도 자신은 아이들이 열망하는 선생님의 이미지가 아니라는 사실을. 마음이 복잡하면서도 아이들한테 괜히 미안해졌다.

정우는 1학년 12반 교실 문을 열었다.

왁자지껄한 소음이 한꺼번에 터져 나왔다. 교실은 아침부터 축제 분위기에 휩싸여 있었다. 칠판 테두리는 핑크빛 풍선들로 장식되어 있고 그 안에는 형형색색의 분필로 환영의 뜻을 전하는 문구들이 가득했다. 교탁엔 커다란 꽃다발까지 놓여 있었다.

"선배들이 뭐라는 줄 알아? 우리더러 완전히 계 탄 거래!"

"맞아 맞아! 전생에 나라를 몇 개나 구해야 그런 복이 있는 거냐고 하더라."

"솔직히 보건실 마귀할멈은 여선생으로 치지도 않잖아. 존나 부러워 뒈질려고 하더라."

"어제 면접 보러 온 선생님들 본 애들이 있는데 진짜 죽이게 생겼대."

"와우! 대박 킹왕짱 대박! 나 어제 진짜 떨려서 한숨도 못 잤 잖아."

"소녀시대 윤아 같았으면 좋겠다!"

"지랄! 요즘은 유이가 대세야!"

12반의 소문난 악동 삼총사가 칠판 앞에 나란히 서서 분필을 들고 설쳐 대는 꼴이 가관이었다.

지랄하고들 있네.

대화 내용이며 하는 짓이 하도 유치해서 더 이상은 봐줄 수가 없었다.

정우는 관심없다는 표정으로 창가 맨 끝 자리로 걸어갔다.

"야, 비켜."

발로 의자를 툭 치며 말하자 먼저 와서 앉아 있던 현수가 기 분 상한 표정으로 정우를 올려다보았다. 불만은 많은데 차마 표 현은 못하고 참는 얼굴이었다.

"두 번 말하게 하지 마. 비키라고."

현수가 꾹 참으며 주섬주섬 짐을 챙겨 다른 자리로 가서 앉았 다.

아무런 죄책감 없이 빼앗은 자리에 털썩 앉은 정우는 늘어진 자세로 창문 너머로 보이는 하늘을 응시했다.

하늘이 유난히 눈부시게 파랬다.

사람마다 어떤 마음으로 하늘을 보느냐에 따라 그 느낌도 다 다르겠지만 강한 파란색이 주는 느낌이 싫어 눈을 감아버렸다. 짧게 눈에 담았을 뿐인데 싸늘해진 마음의 온도가 더 내려간 기분이었다. 짜증이 난 그는 그대로 책상에 엎드렸다. 아무런 소리도 아무런 생각도 담고 싶지 않았다.

차라리 이대로 사라져 버렸으면 좋겠다.

소원이 이루어진 것처럼 어느 순간 교실에 정적이 찾아들었다. 쥐 죽은 듯 조용했다.

이상한 기분이 들어 정우는 엎드린 상태에서 고개만 살짝 들어 앞을 보았다. 아이들이 모두 굳은 상태로 앞문 쪽을 바라보고 있었다. 그런 가운데 누군가가 침묵을 깼다.

"누, 누구세요?"

정우는 대답할 차례가 된 사람을 보기 위해 허리를 펴고 앉았다. 그리고 뭔가를 잘못 본 것 같아 눈을 가늘게 뜨고 힘을 주었다.

아니, 저 인간은!

심장이 아주 오랜만에 쿵 하고 울렸다.

"안녕!"

낯익은 목소리를 듣는 순간 정우는 마른침까지 삼켰다.

다들 불안하고 불길한지 더 이상 아무것도 묻지 않았다.

하지만 인사를 건넨 사람이 문을 닫고 교단으로 걸어가 교탁 위에 출석부를 내려놓자 교실은 한순간에 아수라장이 되고 말았다.

"으악!"

"말도 안 돼!"

"헐! 진짜 저 사람이야?"

"이건 악몽이야!"

"내 기필코 전학을 가서라도 이 군대 같은 학교에서 벗어나고 만다!"

"아놔! 여자라며? 여자라고 하지 않았어?"

"너 눈에도 여자로 안 보이냐? 나도 그렇게 안 보여!"

"여자는 무슨! 완전히 형님이잖아! 살맛 안 나!"

"풉!"

정우는 갑자기 자기도 모르게 웃음이 터져 버렸다. 스스로도 당황스러워 다시 엎드렸다. 우는 건지 웃는 건지 분간이 안 가게 몸을 들썩였다. 간신히 웃음을 참은 정우는 눈만 보이게 고개를 들었다.

아이들의 기대를 처참하게 무너뜨린 선생은 아무런 말이 없었다. 그저 폭풍이 휘몰아친 교실이 잠잠해질 때까지 기다릴 뿐이었다. 분위기가 수그러들자 선생이 입을 열었다.

"다 끝났니?"

그러자 여기저기에서 또 한탄이 터져 나왔다. 현실을 인정하고 싶지 않은 모양이었다.

그걸 충분히 이해하고 수긍한다는 듯 선생은 또 입을 다물고 기다렸다.

"질문 있습니다!"

악동 삼총사 중 한 명인 태현이 손을 번쩍 들었다.

"해봐."

"첫째, 기술 가정 담당 맞으십니까? 둘째, 저희 반 담임도 맞으십니까? 셋째, 여, 여자 맞으십니까?"

세 번째 질문은 거의 절규에 가까웠다.

"맞고, 맞고, 맞아."

모두 혼란에 빠져 소란스럽게 웅성거렸다. 답을 알려주었음에도 여자가 맞다 그럴 리가 없다 등등 의견이 분분했다.

정우는 왠지 점점 이 상황이 재미있어졌다.

태현이 답답하다는 듯 다시 손을 들었다.

"이번엔 또 뭐?"

"농담이시죠?"

진심으로 농담이길 바란 말투였다.

"난 농담도 최상급 아니면 안 하는 여자야."

다들 입을 떡 벌리고 경악을 금치 못했다. 더 이상의 꿈도 희망도 사라진 교실은 초상집 분위기로 변해갔다. 누구의 잘못도 누구의 책임도 아닌 상황에서 운명으로 받아들여야 하는데 쉽지 않은 분위기였다.

"아흐, 짱나!"

"용돈 털어서 꽃다발 사들고 온 내가 미친놈이지."

“어쩐지 어젯밤 꿈자리가 사납더라.”

“최악이다, 최악.”

정우 바로 앞자리에 앉은 악동 삼총사들이 돌아가며 한마디씩 했다.

“그런데 학급회장이 누구니?”

선생이 두리번거리며 묻자 항상 두 번째 줄을 고수하는 민호가 손을 들었다.

“전데요.”

“인사받은 기억이 없어서.”

“차렷…… 경례…….”

공부만 죽어라 하고 이런 일에 별 관심을 두지 않을 것 같았던 모범생 민호도 매가리가 없어 보였다.

“안녕하세요.”

죽도 못 얻어먹은 것처럼 아이들이 비실거렸다.

짧기만 한 조회, 따분한 수업이 끝나고 점심시간이 되었다. 교실에서 나온 정우는 두 손을 바지주머니에 꽂고 어슬렁거리며 5층에 있는 급식실로 향했다. 계단을 올라가고 있는데 뒤에서 수군거리는 소리가 들려왔다.

“들었냐? 새로 온 여선생님 이야기?”

“오늘 대박이었다며?”

“12반뿐만 아니라 1학년 애들 완전히 새됐다고 난리더라.”

오늘 학생들 사이에서의 가장 큰 화젯거리는 단연 새로 온 여선생이었다. 어딜 가나 그 이야기뿐이었다.

"야, 호랑이도 제 말 하면 온다더니 뒤에 오신다."

정우는 뒤를 돌아볼까 말까 망설였다. 담임이 자신을 제대로 알아보면 어떤 말을 하고 어떤 표정을 지을지가 궁금했다. 또한 오늘 반나절 학생들한테 시달린 모습이 어떤지도 보고 싶었다. 호기심을 이기지 못하고 그는 고개를 쓱 돌렸다. 그런데 그 순간 뭔가가 바람처럼 옆을 휙 하고 지나갔다. 정우는 반사적으로 다시 앞을 보았다.

그 바람의 정체는 바로 담임이었다. 담임이 남자들 못지않은 큰 보폭으로 계단을 두 칸씩 오르고 있었다. 굉장히 바빠 보이면서도 활기가 넘치는 모습이었다. 전혀 시달리거나 지친 기색이 보이지 않았다. 학생들이 인사를 건네면 밝은 미소로 답했다.

어느새 정우는 그런 담임을 바짝 쫓고 있었다.

그런 담임이 급하게 간 곳은 다름 아닌 급식실이었다.

밥 먹으려고 그렇게 부지런히 온 거야? 완전 어이없네.

정우는 실소했다.

담임이 아무렇지도 않게 식판을 들고 배식을 기다리는 학생들 뒤로 가서 섰다. 교직원 식당이 따로 있다는 사실을 모르는 듯했다. 앞에 서 있는 학생들이 그 사실을 알려주는 것 같았다. 하지만 담임은 그냥 웃을 뿐 그 자리를 지켰다.

그런 모습을 쭉 지켜보고 있는데 뒤에서 누군가가 그를 세게 밀치고 지나갔다.

뭐야? 이건.

정우는 기분이 상해 인상을 썼다.

밀치고 갔던 녀석이 뒤를 돌아보았다. 눈이 마주쳤다. 사과라도 할 줄 알았다. 하지만 녀석이 사과는커녕 옆 친구와 속닥거리며 비웃음을 머금었다.

저 자식이!

정우는 순간 욱하고 말았다. 그러나 한 번은 참기로 했다. 일부러 시선을 다른 곳으로 옮겼다.

"우와! 야, 저 여선생님 밥 좀 봐!"

뒤에 서 있는 녀석이 직접 말을 건 것은 아니었지만 정우는 다시 담임을 바라보았다.

담임이 식성 좋은 녀석들이나 먹을 만큼의 밥을 받아가고 있었다.

정우는 이미 알고 있는 사실이라 그다지 놀라지도 않았다. 하지만 다른 녀석들은 달랐다.

"나 저렇게 밥 많이 먹는 여자는 처음 봐."

"나도 만화나 드라마에서만 그런 줄 알았어."

"난 여자들이 이슬만 먹고 사는 줄 알았다."

"맞아. 우리 누난 이슬만 먹고 살아. 소주 참이슬."

정우는 싱거운 농담에 피식 웃으며 배식을 받아 담임과 정반대 방향으로 가서 앉았다.

담임이 주위의 시선은 전혀 아랑곳하지 않고 열심히 수저질을 하고 있었다. 남학생들밖에 없는 곳인데도 전혀 불편해 보이지 않았다. 오히려 익숙한 듯 편안한 느낌이었다.

담임이 볼이 미어터질 만큼 게걸스럽게 밥을 먹었다. 남자라면 하나도 이상할 게 없는 모습이었다. 하지만 남자들이 보는데서 여자가 그렇게 먹는다면 이야기는 달라질 수 있었다. 지금 담임의 모습을 지켜보고 있는 녀석들 가운데 담임을 여자로 보는 녀석은 단 한 명도 없었다. 단언할 수 있었다.

정우는 또 웃음이 나왔다. 그동안 웃는 게 참 힘든 일이구나 싶었는데 의외로 쉽게 터지는 웃음이 신기할 따름이었다.

"야!"

누군가가 부르는 것 같아 쳐다보았더니 아까 밀치고 갔던 녀석이 배식받은 식판을 들고 껄렁거리며 서 있었다.

"뭐?"

정우는 간단하게 용건을 물었다.

녀석이 다가와 식탁 위로 몸을 낮추더니 정우만 알아듣게 소곤거렸다.

"야, 이 씹째야, 뒈질려고 환장했냐? 왜 아까부터 실실 쪼개?"

터무니없는 시비였다.

"소란 피우지 말고 곱게 밥이나 먹자."

정우는 간만에 느껴본 기분을 잡치고 싶지 않아 상대하기 싫다는 의사를 밝혔다.

그럼에도 녀석이 국을 떠서 입으로 가져가던 그의 숟가락을 툭 쳤다. 옷에 국물이 튀었다.

정우는 순간 굳어버렸다.

반면 녀석은 이 상황을 즐기듯 야비하게 웃으며 느물거렸다.

"이런, 곱게 좀 처먹지 그랬냐."

한두 번이면 족했다. 뭐든 정도껏 해야 하는 법이었다. 정도껏이란 말이 애매모호하다고 해서 과하게 해도 된다고 생각하면 그건 큰 오산이었다. 정우는 다시 다가오는 녀석의 손목을 잡아 바깥쪽으로 힘껏 꺾으며 일어났다.

"아아!"

팔이 꺾인 녀석이 처절한 비명을 지르며 점점 주저앉았다. 그 바람에 녀석이 들고 있던 식판이 바닥으로 떨어졌다. 와당 탕탕하는 요란한 소리가 급식실 안에 울려 퍼졌다.

정우는 더럽다는 듯 녀석을 놓아주었다.

"이 새끼가!"

손목을 움켜잡고 일어난 녀석이 욕설을 퍼붓더니 식탁을 넘어와 발길질을 해댔다. 그냥 막무가내로 해대는 발길질은 아니었다. 어느 정도 무술을 배웠는지 동작이 예사롭지 않았다.

정우는 뒷걸음질로 물러나며 공격을 피했다. 그러는 사이에 의자들이 넘어지고 다른 녀석들의 식판이 엎어지면서 급식실은 그야말로 난장판이 되어갔다.

"그만둬!"

담임의 목소리였다.

정우는 그만둘 생각이었다. 하지만 녀석은 달랐다. 온 힘을 다해 마지막 일격을 가하려고 달려와 발을 날렸다. 정우는 더 뒤로 물러서려 했다. 그런데 더 이상 갈 곳이 없었다.

"제길!"

벽에 기대 크게 한 방 먹겠다 싶어 낮게 욕설을 내뱉으며 눈을 감았다. 순간 퍽 하는 둔탁한 소리가 들렸다. 하지만 아프진 않았다.

눈을 떠보니 담임이 바로 앞에 쓰러져 있었다. 정신을 잃은 채로.

발을 날렸던 녀석이나 광경을 지켜보던 사람들 모두 놀라 벌어진 입을 다물지 못했다.

정우는 황급히 담임에게 다가갔다.

"선생님! 정신 좀 차려보세요! 선생님!"

담임은 머리를 제대로 맞았는지 축 늘어져 있었다.

"지금 이게 뭐 하는 짓이야?"

뒤늦게 교직원식당에서 달려온 선생들이 호통을 쳤다.

상황설명보다 담임의 상태가 더 중요한 정우는 담임을 등에 업고 보건실을 향해 뛰기 시작했다.

50대 후반의 깡마른 체구, 괴팍하고 깐깐한 성격을 지닌 일명 보건실 마귀할멈이었다. 아파서 왔다가 마귀할멈한테 말 몇마디만 들으면 약도 없이 병이 싹 달아난다고 해서 붙여져 대대로 전해 내려온 별명이었다.

마귀할멈은 침대에 누운 여선생을 이리저리 살펴보았다. 크게 걱정할 만큼 대형 사고는 아니었다. 그녀는 마시던 커피나마저 마실 생각으로 의자에 가서 앉았다.

홀짝홀짝 마시고 있는데 여선생을 업고 들어온 정우가 괴상하다는 듯 쳐다보았다. 새파랗게 질려 문을 박차고 들어와 횡설수설 사고 경위를 설명하더니 여전히 겁이 나는 모양이었다. 그동안 강한 척 모진 척은 다 하더니 애는 애라는 생각이 들었다.

"간 줄 알았는데 아직도 있는 거니? 그만 가봐라."

"병원 가봐야 하는 거 아니에요?"

"그럼 119를 부르지 왜 나한테 왔어?"

"그거야……."

"여긴 내 영역이야. 내가 알아서 해. 주제넘게 건방 떨지 마."

더 이상 뭐라 할 말이 없는지 정우가 의식이 없는 여선생을 걱정스레 바라보았다. 왜 끼어들었는지, 왜 자기를 보호하려 했는지 눈으로 마음으로 묻고 있었다. 이때까지 자신이 감당해야 할 몫을 나눠 지거나 대신 지려고 나서는 사람을 본 적이 없었는지 당황한 기색이 역력했다. 담임이라 해도 누군가를 위해 자신을 내던진다는 게 결코 쉬운 일이 아니라는 걸 잘 알고 있는 듯했다.

　정우는 지금의 자신을 지배하고 있는 낯선 감정을 어떤 식으로 해석하고 받아들여야 하는 건지 알 수가 없어 난감해하는 것 같았다. 고맙기도 하고 기쁘기도 하고 그러면서도 거부하고 싶기도 한 그런 감정을 말이다.

　"가라고 했다."

　마귀할멈은 정우를 지나쳐 간이 세면대로 가서 사용한 컵을 씻었다.

　"갈게요."

　정우가 개운치 않은 얼굴로 고개 숙여 인사하고 보건실을 나갔다.

　마귀할멈은 정우가 나간 것을 확인하고 컵에 묻은 물기를 털며 햇빛 드는 창가로 걸어갔다. 보건실은 아주 조용했다. 걸을 때마다 옷과 신발에서 나는 소리, 요즘엔 좀처럼 사용하지 않는 연통 달린 구식 난로 위에서 끓고 있는 주전자 물소리가 크게 들릴 정도로.

　마귀할멈은 창가에 마련된 건조대 위에 컵을 올려놓고 침대에 누워 있는 여선생을 향해 몸을 돌렸다. 오늘 학교를 발칵 뒤집어놓은 여선생을 직접 눈으로 본 것은 처음이었다. 마귀할멈은 팔짱을 끼고 말없이 여선생을 관찰하다가 입을 열었다.

　"연기는 그만 하셔도 될 것 같은데요."

　그 말에 여선생이 소스라치게 놀라며 눈을 번쩍 떴다. 그리고 벌떡 일어나 앉았다.

"어, 어떻게 아셨어요?"

"귀신보다 제가 한 수 높습니다."

"와! 정말 대단하시네요."

"전 원래 대단합니다. 그런데 선생님도 만만치 않으신 것 같군요."

"네?"

마귀할멈은 의자로 가서 앉아 다리를 꼬았다.

"사내 녀석 발길질이 보통이 아니었을 텐데 끽소리 한 번 안 내고 쓰러지신 거 보면 말입니다."

"아, 그거요. 엄청 아팠죠. 별이 보일 정도였으니까요. 터져 나오는 비명을 간신히 참았어요. 그게 싸움을 제일 빨리 해결하는 방법 같았거든요."

이 선생, 좀 많이 귀엽네.

흥미를 느낀 마귀할멈은 여선생에 대해 좀 더 알고 싶어졌다.

"성함이?"

"아! 죄송합니다. 제 소개가 늦었네요. 강정원이라고 합니다."

"전 마귀할멈입니다."

"네?"

"애들이 절 그렇게 부릅니다. 제 성이 마 씨라서요. 뭐, 그게 모든 이유는 아니겠지만요."

"아, 그렇군요. 그런데 마 선생님은 어떻게 이 학교에…… 여 선생님이 없다고 들어서요."

정원이 흐트러진 머리를 긁적이며 해맑게 웃었다. 사람 기분을 말랑말랑하게 만드는 그런 웃음이었다.

"제가 여자로 보이십니까?"

"네?"

그렇지 않아도 큰 눈을 더 크게 뜨고 멀뚱멀뚱 쳐다보니 귀염성이 더 부각됐다. 마 선생은 곁을 좀 내주어도 되겠다 싶어 바퀴 달린 의자에 앉은 채로 정원에게 성큼 다가갔다.

"이 학교에서 절 여자로 인정해 주는 건 서류밖에 없습니다. 대신 사실 여부를 떠나 제멋대로 믿어버리는 것들은 부지기수입니다. 아니라 하니 아닌 걸로 이해하고 있습니다. 어차피 머리 볶고 립스틱 바르고 치마까지 둘렀는데도 여자를 여자로 보지 못하는 것들은 정상이 아니니까요. 세상을 눈으로만 볼 게 아니라 마음으로도 봐야 하는데, 눈으로 보고도 못 믿는 것들이 뭘 제대로 보겠습니까. 어쨌든 말이 길어졌지만 제가 하고 싶었던 말은 선생님은 지극히 정상적인 눈과 마음의 시력을 갖추셨다는 겁니다."

"와! 철학자 같으세요."

정원이 두 손을 맞잡고 황홀하게 외쳤다.

"나이 들면 대부분 그렇게 됩니다. 철딱서니없는 것들은 빼고."

"저 여기 자주 와도 되나요?"

"오지 말란다고 오지 않을 만큼 말 잘 듣게 생기지는 않으셨습니다."

"선생님, 저 아무래도 선생님 팬 될 것 같아요. 너무 매력있으세요."

"압니다. 마니아적이라서 그렇지."

"선생님 정말 최고! 최고예요!"

정원이 엄지손가락을 치켜들고 천진난만한 미소를 지었다. 말 한마디 행동 하나하나가 겨울 끝에 찾아온 봄기운처럼 살가웠다. 날카로운 몸부림도 포근하게 감싸 안아 잠재울 수 있을 것 같은 넉넉함도 엿보였다.

간만에 사람 같은 사람을 만났군.

그때였다. 갑자기 보건실 문이 벌컥 열렸다. 교장과 신혁이 황급히 안으로 들어왔다.

"죄송하지만 나가주십시오."

마 선생은 자리에서 일어나 아주 차분하면서도 엄중하게 말했다.

"마 선생님, 그게 아니고……."

다짜고짜 나가라 하니 교장이 당황을 했는지 변명을 하려 했다.

"나가서 노크한 후에 다시 들어오십시오. 아무리 이사장님, 교장님이라도 그런 무례함은 그냥 넘길 수 없습니다."

나이가 많다고는 하지만 그게 이사장한테 할 소리냐는 식으로 교장이 마 선생을 바라보았다. 이때 신혁이 나섰다.

"저희가 결례했습니다. 뭐 하고 계십니까? 나오지 않고."

정중하게 고개 숙여 사과한 신혁이 밖으로 나가자 민망해진 교장도 냉큼 그 뒤를 쫓았다. 신혁이 문을 닫고 노크한 후에 다시 문을 열고 들어왔다. 마 선생한테 고개 숙여 인사하는 것도 잊지 않았다.

"실례하겠습니다."

"어서 오십시오."

마 선생은 전혀 흔들림없이 행동했다.

이에 교장과 정원이 믿지 못할 광경을 목격한 사람들처럼 어안이 벙벙해져 있었다. 절대적인 세력으로 남을 압도하기만 했던 신혁이 마 선생에게 휘둘려 기를 못 펴고 있으니 놀랄 만도 했다.

"강 선생님 소식 듣고 왔습니다. 괜찮습니까?"

신혁이 물었다.

"보시다시피."

마 선생은 정원을 가리키며 여유롭게 대답했다.

"큰 병원에 가봐야 하지 않을까요?"

교장이 심각한 표정을 하고 끼어들었다.

"눈 뜨고 말하고 움직이면 됐지 뭐가 더 필요합니까?"

마 선생은 따끔하게 일침을 가했다. 능력을 의심하고 영역을 침범하는 행위는 모욕이었기 때문이다.

"그래도 혹시 모르니까요."

"38년째입니다. 이때까지 제가 실수해서 문제가 된 적이 있었던가요?"

"아, 아닙니다, 마 선생님. 제 말을 오해하신 모양이군요."

교장이 쩔쩔맸다.

"됐습니다. 정 그리 못 미더우시면 지금이라도 큰 병원에 가 보십시오!"

상황이 악화되자 정원이 조심스럽게 나섰다.

"저기…… 말씀 중에 끼어들어서 죄송합니다만, 저 정말 괜찮습니다. 사실 정신줄 놓은 거 할리우드 액션이었거든요."

"하, 할리우드 액션이요?"

교장이 뜬금없다는 듯 되물었다.

신혁도 어리둥절한 표정을 지었다.

"네. 때로는 그런 방법이 잘 먹히거든요. 아마 지금쯤 문제 일으킨 아이들 모두 깊이 반성하고 있을 겁니다. 그러니 이번 일은 없던 일로 치고 그냥 눈감아주셨으면 합니다. 부탁드립니다."

"어허, 이게 그냥 넘어갈 수 있는 일일까요? 학생이 교사를 폭행했는데 말입니다."

교장이 심각한 어투로 말하자 정원이 더 적극적으로 해명했다.

“절대 아닙니다! 우발적인 사고였습니다. 믿어주십시오.”

신혁이 어떻게든 문제를 일으킨 아이들을 감싸려고 애쓰는 정원을 계속 말없이 지켜보았다.

교장이 계속적으로 부정적인 태도로 고개를 가로젓자 정원이 신혁에게 도움을 청하듯 간절한 눈빛을 보냈다.

침묵이 흘렀다.

잠시 후 신혁이 결정했다는 듯이 입을 뗐다.

“당사자가 처벌을 원치 않는다고 하니 이 문제는 더 이상 거론할 필요가 없을 것 같습니다. 대신 강 선생님께서 문제를 일으킨 학생들을 직접 만나 지도하시고 추후에 이런 일이 또다시 발생하지 않도록 책임지고 단속하는 걸로 해주십시오.”

“아니, 그래도!”

이의 제기를 하려던 교장이 빠르게 날카로워진 신혁의 눈빛을 발견하고 꼬리를 내리며 말을 바꾸었다.

“네. 아주 현명하신 판단입니다.”

그때 누군가가 문을 두드리고 열었다. 학생이었다.

“선생님, 소화가 안 되는 것 같아요.”

마 선생은 아이를 가만히 관찰하듯 쳐다본 뒤 입을 열었다.

“운동장 열 바퀴 돌고 그래도 안 좋으면 다시 와.”

5

“정원아!”

보건실을 먼저 나온 정원을 발견한 유준이 복도를 힘차게 달려왔다. 트레이닝복을 입은 유준이 두 손으로 정원의 어깨를 덥석 잡고 마음에 가득 담은 걱정을 쏟아내기 시작했다.

“괜찮아? 괜찮아? 발로 머리 맞았다면서?”

순식간에 벌어진 일이었다. 당황한 정원은 재빨리 유준을 밀어냈다. 그리고 표정으로 보건실 쪽을 보라고 열심히 설명했다.

뒤늦게 신혁과 교장을 발견한 유준이 급하게 호칭을 변경하며 자신이 벌인 일을 처리하려 했다.

“아! 가, 강 선생, 괘, 괜찮아…… 요?”

바보. 그걸 연기라고 하는 거야? 더 이상하잖아!

어설픈 연기에 정원은 벽을 바라보며 거의 까무러칠 것 같은 표정을 지었다.

"서로 잘 아는 사이입니까?"

신혁이 물었다. 하지만 그건 질문의 탈을 쓴 단정이었다. 편하게 이름을 부르고 자연스러운 스킨십까지 더할 수 있다는 건 아주 친밀한 사이임을 입증한 거나 마찬가지니까. 굳이 더 설명하거나 증명하지 않아도 명백하게 알 수 있다는 표정이었다.

"그게……."

우물쭈물하는 유준이 딱하고 답답해 보여 정원은 직접 나서기로 했다.

"고교 선후배 사이입니다."

"아하! 그렇군요!"

교장이 옆에서 거들고 나왔다. 걷잡을 수 없는 무책임한 상상의 나래까지 펼치며.

"그런데 정 선생, 왜 아무 말도 안 했어요? 혹시…… 둘이 사귀는 거 아니에요? 그렇구나? 맞죠? 맞죠?"

정원은 그런 거 아니라고 항변하려 했다.

그런데 신혁이 더 들어볼 필요도 없다는 듯 자리를 떴다.

교장도 덩달아 그런 신혁을 급히 쫓아가 버렸다.

아니, 그냥 가버리면 어떡해? 해명할 기회는 줘야지!

정원은 억울함이 가득한 얼굴로 멀어져 가는 그들의 뒷모습을 바라보았다.

"미안. 정말 미안. 난 네가 너무 걱정돼서…… 나도 모르게……."

유준이 수습불가의 상황을 사과했지만 정원은 그저 암담하기만 했다.

직장 내 사내커플, 연애는 동료들의 표적이 되기 쉽다. 업무에 지장을 주기도 하고 최악의 경우 헤어지면 직장 분위기에 악영향을 끼칠 수도 있다. 그래서 이런 관계를 달가워하지 않는 게 현실이다.

서로 오해로 이해하고 끝날 수 있는 일이었다. 하지만 신혁은 제멋대로 판단하고 오해를 풀 수 있는 기회조차 주지 않고 가버렸다.

정원은 그게 억울했다. 뭐든 적당한 때라는 게 있는데 그때를 놓치면 소문은 확대재생산되고 뒤늦은 해명은 변명으로 변질될 우려가 있기 때문이다. 정원은 빌미를 제공한 유준을 원망스럽게 쳐다보았다.

"선배, 사람이 안 하던 짓 하면 어떻게 되는 줄 알아요?"

"응?"

"죽어요!"

정원은 팔꿈치를 곡괭이 삼아 유준의 배를 세게 푹 찔렀다.

유준이 배를 움켜잡고 괴로운 신음을 냈다.

정원은 그런 유준을 뒤로하고 그곳을 벗어났다.

복도를 따라 한참을 걷다 보니 정원은 급식실에서 문제를 일으켰던 녀석이 생각났다.

신기하네. 어떻게 그 녀석을 또 만나냐?

얼마나 놀랐으면 손에 들고 있던 숟가락을 다 떨어뜨렸겠는가. 처음엔 잘못 본 거라 생각했다. 그저 닮은 녀석이겠거니 했다. 하지만 계속 봐도 영락없는 그 녀석이었다. 뭐 이런 경우가 다 있나 싶었다.

사고뭉치! 누가 담임인지 몰라도 되게 골치 아프겠네. 설마 나는 아니겠지?

생각만으로도 괜히 멀미가 났다. 지끈지끈 두통이 일었다.

제발 내가 키워야 할 어린양이 아니길.

정원은 두 손 모아 하늘을 향해 간절히 바랐다. 그러나저러나 배가 고팠다.

지금이라도 급식실에 가면 밥을 얻어먹을 수 있을까? 지금이 몇 시지?

정원은 손목시계를 들여다보았다. 그런데 그럴 필요도 없다는 듯 점심시간 종료를 알리는 벨이 울렸다.

아놔! 되는 일이 없네! 수업도 비는데 매점에 가서 컵라면이라도 먹을까?

정원은 고민을 하며 교무실로 들어섰다.

때마침 수업에 들어가려고 교재를 챙겨 나오던 선생들이 정원에게 한마디씩 했다.

"많이 안 다치셨어요?"

"강 선생님, 오시자마자 골치 아프시겠어요."

"그러게요. 고생이 많아요."

"아닙니다. 네, 네, 괜찮습니다."

정원은 애써 미소를 지어 보였다. 하지만 다음 말을 듣고선 사색이 되고 말았다.

"그래도 그 녀석 지 담임이라고 둘러업고 뛴 거 보면 참! 수고하세요."

더 이상 물어볼 수도 없었다. 다들 바빠 보였고 교무실에 남아 있는 사람이 없었기 때문이다. 정원은 환청이라 생각했다. 머리를 맞아서 잠시 청각에 문제가 생긴 거라고 믿었다. 그래도 확인은 필수였다.

정원은 재빨리 자신의 책상으로 가 모든 수업이 끝난 후에 보려고 했던 12반 학생신상카드를 뒤졌다. 먹은 것도 별로 없는데 계속 속이 매슥거렸다. 어쩌면 심한 압력을 넣은 눈을 너무 빨리 움직인 탓일 것이다. 아무튼 속도를 높여 녀석이 있나 없나를 확인해 나갔다. 카드가 몇 장 남지 않은 상황이었다.

없어라, 없어라, 제발 없어라!

속으로 주문을 외웠다. 그러나 하늘도 무심하지, 마지막 카드에 붙은 녀석의 사진이 그녀의 눈에 떡하니 와서 박혔다.

안 돼!

두 손으로 양 뺨을 친 정원은 차마 크게 외칠 수 없어 소리없는 비명을 지르며 몸부림을 쳐댔다. 어떻게든 부정하고 싶었다.

이건 꿈이야! 악몽 중에 악몽이라고!

정원은 발악했다. 하지만 달라질 것은 없었다. 엄연한 현실이었다.

아…… 진짜…….

아무 소용도 없는 몸부림을 포기하고 정원은 맥 풀린 얼굴을 하고 책상 위로 철퍼덕 엎어졌다. 그래도 끝까지 받아들이고 싶지 않아 또 한 번 소리없이 발광했다.

운명! 이놈의 자식, 넌 너무 잔인해!

"형님 오신다!"

정원은 종례를 하러 교실로 들어가려다가 멈칫했다.

형님? 누가 형님이야?

주위를 살펴보았다. 복도엔 아무도 없었다. 정원은 고개를 갸웃거리며 교실 안으로 들어갔다.

웬일인지 아이들이 조용했다. 그것도 아주 바른 자세로 앉아서 말이다. 원래 이런 게 더 불안한 법이었다. 아니나 다를까, 교탁 앞에 서자 학급회장 민호 대신 유난히 질문이 많았던 태현이 벌떡 일어났다.

"차렷! 형님께 경례!"

"수고 많으셨습니다! 형님!"

자기들이 말하고 자기들이 웃긴지 깔깔거리고 야단법석을 떨었다. 단 한 녀석만 빼고 말이다.

노정우…….

정원은 속으로 이름을 부르며 정우를 빤히 쳐다보았다.

정우 역시 시선을 피하지 않고 그녀를 주시했다.

정원은 그런 정우에게 눈으로 물었다.

네놈이 정녕 나한테 떨어진 과제물이란 말이더냐?

묻긴 뭘 묻는단 말인가. 이미 답을 알고 있으면서 말이다. 정원은 한숨을 애써 삼키고 입을 열었다.

"이유없이 욱하는 건 없을 거야. 하지만 그것도 반복되면 불치병 돼. 불치병은 죽는 병이 많아. 죽기 싫으면 주먹으로 표현하지 말고 말로 표현해. 살면서 제일 바보 같은 짓이 후회를 남기는 짓이거든. 오늘은 어쩔 수 없다 해도 내일은 후회없이 살아보자. 종례, 끝."

말귀를 제대로 알아듣는 녀석도 있고 뭐래, 하면서 비웃는 녀석도 있었다. 학급회장인 민호의 제대로 된 인사를 끝으로 아이들이 교실을 우르르 빠져나갔다. 하지만 정우는 자리를 뜨지 않고 계속 남아 있었다.

"노정우, 뭐 할 말 있니?"

정우가 가방을 들고 교탁 앞으로 천천히 걸어왔다.

"저 알아본 거예요, 못 알아본 거예요?"

진지한 표정이었다.

"너한테 그게 제일 중요하니?"

점잖게 타이르듯 물었다.

정우가 아무런 대답을 하지 않았다.

정원은 다시 말을 계속해 나갔다.

"죄송합니다, 고맙습니다, 뭐 이런 말부터 나와야 하는 거 아
냐?"

꾹 다문 정우의 입은 좀처럼 열리지 않았다.

"살면서 그런 말 많이 하고 살아야 되거든? 연습 좀 해."

"왜 그랬어요?"

한동안 말이 없었던 정우가 심각한 말투로 물었다.

"뭘?"

"왜 나 데리고 도망쳐 주고 왜 나 대신 맞고 그랬어요?"

정원은 잠시 생각할 시간을 가진 후 대답해 주었다.

"본능이야."

예상치 못한 대답이었는지 정우가 미간을 좁혔다.

"누구한테 배운 게 아니라 선천적으로 가지고 있는 억누를 수
없는 감정이나 충동이란 뜻을 가진 본능. 그중에서도 건강하고
튼튼하고 순수한 본능, 일명 착한 본능."

정우가 한쪽 입꼬리를 추어올리며 피식 웃었다.

"비웃냐? 스승님께서 제자에게 귀한 어록을 하사하시는데?"

말이 우습게 들렸는지 정우가 고개를 숙이고 억지로 웃음을
감췄다.

웃음은 전염성이 강했다. 정원도 웃음을 참지 못하고 함께 웃고 말았다. 웃음 한 번에 거리감이 확 줄어든 기분이었다.

"머리 나쁜 것 같지 않은데 내가 길게 잔소리할 필요 있겠니? 내가 무슨 말 할 건지 이미 다 꿰뚫고 있을 거 아냐. 내가 막아줄 수 있을 만큼만 실수해. 나도 신이 아니라서 감당하지 못할 일 생기면 어쩔 도리가 없으니까 말이야. 가라. 교복 잘 빨아 입고 오고."

생각할 시간을 가진 후 정우가 대답 대신 알아들었다는 식으로 고개를 작게 끄덕끄덕하고선 문 쪽으로 걸어갔다. 그렇게 그냥 나갈 줄 알았던 정우가 다시 되돌아섰다.

"저기요."

"응? 왜?"

"죄송합니다, 고맙습니다, 이런 말 연습까지 필요하나요? 마음이 시키면 저절로 나오는 말이죠."

정우가 삐딱한 미소로 한 수 가르치고 문밖으로 사라졌다.

정원은 어이가 없어 웃음을 터뜨렸다.

그래. 네 말이 맞다. 그런데 너 나한테 들켰어. 우회적으로 네 마음 그렇게 표현한다고 내가 모를 줄 아니? 너, 나한테 미안하고 고마운 거잖아. 조금씩 마음을 열고 있는 거잖아. 그래, 그렇게 조금씩 성장해라. 노정우, 그 정도면 잘했다.

이런 맛이었다. 아이들을 가르치고 좋은 결과나 만족감을 얻었을 때 가슴으로 느껴지는 보람과 희열의 맛. 박하사탕 하나를 문 것처럼 달면서도 시원해지는 맛. 정원은 간만에 느껴본 맛에 뿌듯하고 가슴 뭉클해지고 예기치 않은 감격과 행복이 팽창되는 기분이었다. 기분이 너무 좋아 어깻죽지에서 날개가 돋을 것만 같았다. 정원은 그런 기분을 만끽하며 교실을 나섰다. 그러다 문밖에 서 있는 신혁을 발견했다.

"어이구, 깜짝이야!"

하늘을 날다 땅바닥으로 곤두박질친 기분이었다. 정원은 신혁과의 만남을 우연이라 생각하고 그냥 지나쳐야 할지 아니면 찾아온 용건을 물어봐야 할지 판단이 서지 않아 신혁을 멀뚱멀뚱 쳐다보기만 했다.

"뭐 하나만 물어봅시다."

신혁이 먼저 말을 꺼냈다. 원래부터 심각한 표정이지만 더욱 진지하게 보였다.

"그러세요."

정원은 그렇게 말하고 신혁을 빤히 올려다보았다.

"착한 본능은 후천적으로 불가능한 겁니까?"

이 사람! 도대체 언제부터 엿듣고 있었던 거야?

정원은 당혹스러워 아무 말도 하지 못하고 눈만 휘둥그렇게 떴다.

"교육으로도 불가능한 영역이 있습니까?"

장난처럼 들리지는 않았다. 하지만 너무나도 뜬금없는 이야기였다. 정원은 이 사람이 왜 이러나 싶어 계속 아무 말도 하지 못했다.

자신이 낸 문제가 너무 어려워 대답을 하지 못하는 거라 생각했는지 신혁이 다시 입을 열었다.

"쉽게 말하자면 착한 본능이 없는 사람은 교육으로도 그것을 얻을 수 없냐는 겁니다."

무슨 이유인지는 모르겠지만 나름 굉장히 심각한 표정에 말투였다.

정원은 마른침을 꿀꺽 삼키고 자신의 의견을 밝히기 시작했다.

"착한 본능은 누구나 선천적으로 가지고 있지만 스스로 발견하지 못하는 경우가 있다고 생각합니다. 그걸 발견할 수 있도록 도와주는 게 교육이겠죠."

정답은 아니겠지만 명답에 가까운 대답을 하려고 노력했다.

신혁이 한동안 침묵했다. 그녀가 해준 말을 곱씹는 표정이었다.

"그런 건 교육학 같은 것에서 나오는 이야기입니까? 아니면 사견입니까?"

하나만 물어본다고 해놓고선 신혁이 계속 질문을 했다. 질문하는 태도가 너무 진중해 정원은 덩달아 진지해질 수밖에 없었다.

"응용이겠죠?"

일대일로 토론하는 기분마저 들었다.

“하나만 물어본다고 해놓고 많이 물어봐서 죄송합니다.”

놀라웠다. 이 사람도 누군가한테 미안해할 줄 아는구나 싶어서 말이다. 좀 유별나서 그렇지 아주 상종 못할 사람은 아니다 싶었다.

“그런데 왜 그런 눈으로 보십니까?”

신혁이 물었다.

“좀 놀라워서요. 그런 말 잘 안 하고 사실 분 같았거든요.”

“언어도 자주 안 쓰면 녹슬기 때문에 종종 써주고 삽니다. 가끔 손발이 오그라드는 부작용이 있어서 그렇죠.”

참으로 입체적인 성격을 지닌 사람이었다. 어느 순간엔 특이한 안하무인 독불장군처럼 굴다가 또 어느 순간엔 대화가 가능한 개방형 사고를 가진 변화무쌍한 인물처럼 구니 말이다. 아주 꽉 막힌 사람은 아닌 모양이었다. 문득 정원은 확실히 해둬야 할 문제가 기억났다.

“그런데 저기요.”

“뭡니까?”

“저 정유준 선생님과…… 그런 사이 아닙니다.”

어떤 적당한 단어로 어떻게 설명을 해야 좋을지 몰라 정원은 대충 얼버무렸다.

“그런 사이라는 건 정확히 어떤 사이를 말하는 겁니까?”

몰라서 묻는 건지 아니면 짓궂게 굴기 위해 묻는 건지 알 수가 없었다. 정원은 눈살을 찌푸리며 좀 대충 말해도 제대로 알아들으라는 식으로 다시 말했다.

"왜 있잖습니까, 그런…… 사이."

"지금 저한테 퀴즈 내시는 겁니까?"

아무 표정 아무 감정도 드러내지 않고 대화하는 상대는 정말 질색이라는 생각을 하며 정원은 과감하게 입을 열었다.

"사귀는 사이가 아니라는 말씀을 드리고 싶었던 겁니다."

"아, 예."

전혀 성의가 느껴지지 않는 빈정대는 대답이었다.

정원은 발끈하고 말았다.

"사실입니다."

"누가 뭐라고 했습니까?"

"지금 안 믿고 계시잖습니까."

"내가 믿는지 안 믿는지 그걸 어떻게 아십니까?"

"그걸 꼭 말로 해야 압니까?"

언성이 점점 높아져만 갔다. 정원은 이런 유치한 싸움은 딱 질색이라는 식으로 표정을 일그러뜨렸다.

"잘 보셨습니다. 전 원래 사람 잘 안 믿습니다. 특히 여자는 더더욱 안 믿습니다."

"네?"

황당하기 짝이 없었다. 조금 전 쌍방향 대화가 가능했던 사람이 맞나 싶었다.

"그게 세상에서 가장 힘든 일이거든요. 저한테는. 그럼."

조금 발전하나 싶더니 신혁이 다시 제자리로 돌아간 느낌을 주고 그렇게 등을 돌려 가버렸다.

지독한 성차별주의자!

정원은 신혁을 종잡을 수 없는 캐릭터로 결론지었다.

학교 정문 앞이었다.

"사과의 뜻으로 내가 저녁 산다니까."

퇴근길에 유준이 정원에게 바짝 붙어 애원하다시피 하며 매달리고 있었다.

"에헤, 또 무슨 오해를 받으려고요?"

정원은 더 큰 오해를 받고 싶지 않아 주위를 살피며 유준과 거리를 두었다.

"오해는 무슨 오해? 그리고 오해 좀 받으면 어때? 오해, 육해, 칠해, 팔해 다 하라고 해! 난 상관없으니까!"

언성이 하도 커서 정원은 누가 들을까 싶어 주위를 살폈다. 그리고선 유준을 꾸짖었다.

"막 나가는 건 예나 지금이나 변함이 없으시군요. 정유준 선배님."

"까짓것, 너도 그렇고 나도 그렇고 혼기 꽉 차버렸는데 효도하는 셈치고 결혼이나 확 해버리지 뭐."

갈수록 태산이었다.

직업군인이셨던 아버지로 인해 이사를 자주 다녀야 했던 정원은 전학을 간 학교에서 유준을 처음 만났다. 첫날 교복이 준비되지 않아 사복으로 등교를 했는데 쉬는 시간에 복도에서 그녀를 본 유준이 시비를 걸어왔다. 물론 유준도 그녀를 남자로 오해하고 그랬던 것이다.

학교 유도부 선수로 활약하고 있던 유준은 사복으로 등교한 그녀를 굉장히 건방진 후배로 생각하고 호통을 쳤다. 학교 물 흐리지 말라고, 다시 한 번 걸리면 뼈도 못 추리게 하겠다고 엄포를 놓았다. 당시 화장실이 아주 급했던 정원은 무조건 알았다고 했다. 그리고 여자 화장실로 뛰어들어 갔다. 일을 보고 나왔더니 유준이 그녀를 외계인 보듯 했다. 그녀가 여자라는 사실을 알게 된 유준은 거의 정신줄을 놓을 뻔했다. 그런 일화를 계기로 친분을 쌓아온 유준이었다.

물론 정원은 그가 처음엔 그녀를 후배로 대했다가 어느 순간부터 여자로 보고 있다는 사실을 알고 있었다. 하지만 그녀에게 유준은 그저 사람 좋은 선배일 뿐이었다. 남자로 받아들일 수 있는 존재는 아니었다. 그래서 모르는 척했다. 반면 유준은 그녀에게 치명적인 사건이 생긴 작년 이후부터 부쩍 자신의 마음을 표현해 왔다.

"선배."

"응?"

"혹시 시한부 선고받았어요?"

"뭐?"

"막 나가도 너무 막 나가시잖아요. 그러다 사고나요. 브레이크 좀 밟아가며 살살 나가요."

전혀 받아줄 생각이 없다는 걸 깨달았는지 유준이 걸음을 멈추었다. 그리고 우람한 덩치에 어울리지 않게 뾰로통하게 성을 냈다.

"넌 애가 호락호락한 면이 없냐!"

정원은 애처럼 투정 부리는 선배가 우스워 웃음을 터뜨렸다.

"사람이 완벽하면 쓰나요. 부족한 면도 좀 있어야죠."

"졌다. 내가. 강정원 위너! 만만세 브라보다!"

유준이 하늘을 향해 두 팔을 크게 벌리고서 큰소리로 외쳤다.

그런 모습에 정원은 더 크게 웃었다.

그때였다. 차 한 대가 그들 옆을 지나갔다.

그 차를 본 유준이 굳은 얼굴을 했다.

"어? 이사장 차다."

그 말에 정원은 웃음이 쏙 들어갔다. 신혁이 유준과 웃고 떠드는 광경을 분명히 봤을 텐데 어떤 식으로 보고 판단했을지 안 봐도 훤한 일이었기 때문이다.

아놔, 오늘따라 되는 일이 없을까!

정원은 어두워지는 하늘을 올려다보고 한숨을 터뜨렸다.

"강정원, 나 왠지 밥에다 술까지 사야 할 것 같은 기분이 든다."

본의 아니게 계속 연타로 난처하게 만들었으니 미안할 법도 했다. 정원은 진심으로 미안해하고 있는 유준을 쳐다보았다.

"선배."

“응?”

“고마워요.”

정원은 빙그레 웃으며 말했다.

“뜬금없이 뭐가? 불안하게 그러지 마라.”

“선배 덕분에 일자리도 구했지, 밥도 먹게 생겼지, 거기다가 술까지. 굉장히 고마운 일이잖아요.”

“나 더 이상 안 들어도 되는데.”

유준이 두 손으로 양 귀를 막으며 불안하게 읊조렸다.

“그런데 말이에요. 전 절대 직장 동료하고 단둘이 밥 안 먹어요. 더군다나 술?”

정원은 세게 말아 쥔 주먹을 불쑥 올려 검지를 치켜들어 흔들었다.

“오, 노우!”

단호하게 외친 정원은 다시 빙그레 웃었다.

“결론은 기간제 끝나야 둘이서 밥도 먹고 술도 먹을 수 있단 얘기죠.”

“강정원, 너도 참!”

유준이 항의를 해왔다.

“쓰읍!”

정원은 더 이상 아무 말도 하지 말라는 식으로 짧고 빠르게 숨을 들이켜고는 고개를 단호하게 저었다.

한 번 마음먹고 자신이 내뱉은 말에 대해서는 어떤 경우에도

고집스럽게 지켜 나가는 그녀를 알기에 유준이 체념하듯 입을
다물었다.

둘은 말없이도 뭔가가 통한 것처럼 다시 앞을 보고 걷기 시작
했다.

그러다 유준이 좋은 생각이 났는지 그녀에게 불쑥 말을 걸었다.

"회식은 제외인 거지?"

정원은 어이가 없어 웃고 말았다.

유준이 기발한 아이디어를 낸 사람처럼 가슴 벅찬 얼굴로 뿌
듯한 미소를 지었다.

말이 선배지 완전 남동생이라니까. 이러니 어떻게 내가 가슴
이 설레고 땅이 흔들리고 귀에서 종소리가 나는 기분을 느껴?

정원은 속으로 구시렁거렸다.

"그래, 답은 회식이야. 교사회의 때 강력하게 주장해 봐야겠어."

혼자 심각해진 유준을 두고 정원은 때마침 온 버스를 발견하
고 달리기 시작했다.

"선배, 나 가요! 내일 봐요!"

"강정원!"

정원은 버스를 타기 전 날벼락을 맞은 것 같은 표정을 짓고
있는 유준을 향해 활짝 웃으며 손을 마구 흔들어주었다.

6

뭐가 아니고 뭐가 사실이야?

신혁은 학교 정문 앞에서 유준을 향해 행복하게 웃고 있었던 정원을 떠올리며 조소했다.

연애가 무슨 죄라도 돼? 설령 그게 사내연애라 해도?

긍정적인 면도 있는데 무조건 부정적으로 보는 건 문제가 있다고 생각해 오던 터라 신혁은 그걸 문제 삼을 마음이 애초부터 없었다. 그가 지금 문제 삼고 경멸하는 건 있는 그대로의 사실, 진실을 부정하는 태도였다.

그런데 내가 왜 한낱 기간제 여선생의 같잖은 일에 신경을 쓰는 거야?

신혁은 고개를 내저으며 차창 너머로 시선을 돌렸다.

퇴근길 도로는 언제나 그렇듯 차들로 혼잡했다. 그런데 오늘은 유독 그 정도가 심해 보였다. 사고가 났는지 아예 정차된 상태로 오랫동안 머물러 있었다.

신혁은 오늘 저녁 별다른 스케줄이 없었다. 바쁠 일은 없었지만 달리지도 않는 차 안에 오래 있는 건 질색이었다. 슬슬 배까지 고팠다. 이렇게 가다가는 40분 거리에 있는 아파트에 언제 도착할지 예측할 수 없었다.

그냥 가까이에 있는 본가로 가버릴까? 때마침 정우도 기분 좋게 귀가한 것 같으니까 밥이라도 함께 먹으면서 이야기를 나눠봐?

그렇게 하면 어느 정도의 갈등이 해소되지 않을까 하는 기대감도 생겼다.

"본가로 갑시다."

"보, 본가로요?"

꼭 두 번 말하게 하는 기사의 버릇은 절대불변의 법칙이 적용되는 것 같았다.

"네, 분명히 본가로 갑시다, 라고 말했습니다."

무섭게 굴면 또 무슨 사고를 칠까 싶어 신혁은 되도록 성질을 죽이고 말했다.

"죄, 죄송합니다. 자꾸 저도 모르게 버릇처럼 튀어나와서요."

"고치십시오."

"네, 알겠습니다. 그런데 차가 많이 막혀서 금방 못 갈 것 같은데 뭐라도 틀어드릴까요?"

"TV 뉴스 봅시다."

"네, 알겠습니다."

앞좌석과 뒷좌석 사이에 설치된 TV를 통해 뉴스가 나왔다. 대부분 신문과 인터넷에서 이미 접했던 뉴스들이었다. 복습이나 다름없는 뉴스를 쭉 보는데 갑자기 아는 얼굴이 화면에 잡혔다.

앵커가 환하게 웃으며 소식을 전했다.

[청초한 이미지로 만인의 연인으로 사랑받아 온 영화배우 전은영 씨의 결혼 소식입니다. 전은영 씨의 마음을 사로잡은 이모 씨는 12살 연상의 사업가라고 하는데요, 두 사람은 6개월째 좋은 만남을 이어오다 결실을 맺게 되었다고 합니다. 전은영 씨의 소속사 측은 보도자료를 통해 결혼식은 비공개로 진행될 예정이며 결혼식 날짜와 장소도 공개하지 않을 것이라고 밝혔습니다. 다음은…….]

언젠가는 이런 일이 생길 거라고 생각했다. 하지만 막상 현실로 닥치니 신혁은 기분이 묘해졌다. 지금 드는 기분을 어떻게 표현해야 좋을지 알 수가 없었다. 그저 묘했다.

"전은영 씨가 드디어 결혼을 하네요. 누구랑 결혼을 하려고 계속 미루나 했는데 결국 사업가랑 하는군요. 그런데 전은영 씨도 적지 않은 나이인데 12살 연상이면 신랑 나이가…… 와, 둘이 서로 사랑하기는 하는 걸까요?"

신혁은 아무런 반응을 보이지 않았다.

그런 무반응에 무안해졌는지 기사도 입을 다물었다.

신혁은 더 이상 TV에서 나오는 뉴스 앵커의 목소리를 귀담아 듣고 있지 않았다. 혼자만의 상념에 잠겨 과거로 거슬러 가는 역행의 길을 걷고 있었다.

그러는 사이에 차가 본가 앞에 도착했다.

운전석에 내린 기사가 차를 빙 돌아 신혁이 있는 곳의 뒷문을 열었다.

너무 멀리 가버린 과거의 길에서 현실로 되돌아오는 길은 멀기만 해 신혁은 뒤늦게 정신을 차렸다.

"이사장님, 다 왔습니다."

기사의 말에 비로소 정신이 든 신혁은 차에서 내렸다. 땅을 밟는 순간 그는 자기도 모르게 휘청거렸다.

한 번도 그런 모습을 본 적이 없는 기사가 놀라며 그를 부축했다.

"괜찮으십니까?"

신혁은 스스로도 당황스러워 기사에게 손을 들어 괜찮다는 표시를 했다. 그리고 대문으로 걸어가 벨을 눌렀다.

안에서 신혁을 확인했는지 문이 자동으로 열렸다. 신혁은 잘 꾸며진 넓은 정원을 지나 현관으로 들어섰다.

　그를 가장 먼저 반겨준 것은 애견 페이쓰(faith)였다. 닥스훈트 종인 페이쓰는 노견이었다. 나이 들어 움직임도 활발치 못한 페이쓰가 그를 가만히 올려다보았다. 마치 손자를 맞이하러 나온 할아버지와 같은 눈빛이었다.

　신혁은 그런 눈빛에 늘 위로를 받곤 했었다. 오늘은 왠지 더 따뜻하게 보여서 고맙기까지 했다.

　"잘 지냈냐?"

　그는 걷는 것조차 불편해 보이는 페이쓰를 품에 안고 집 안으로 들어섰다.

　"오셨어요."

　형수 수민이 거실에서 그를 맞았다.

　"연락도 없이 와서 죄송합니다."

　"죄송하긴요. 잘 오셨어요."

　"형은 아직 오지 않았죠."

　"요새 바빠서 계속 늦어요."

　"정우는요?"

　"방에 있는 것 같아요."

　수민이 왠지 힘도 없고 안색이 좋아 보이지 않았다.

　"어디 편찮으세요?"

　"아니에요. 편찮으신 아버님도 그렇고 페이쓰도 오늘 병원 데려갔는데 오래 살기 힘들 것 같다고 해서 좀 우울한 거예요. 아버님은 이미 식사 마치시고 주무시고 계세요. 깨우지 말라고 하셨어요. 저녁 준비 다 됐으니까 손 씻고 오세요.”

신혁은 수민이 주방으로 향하자 페이쓰를 내려다보았다.

페이쓰가 말을 알아들은 것처럼 슬픈 표정을 하고 그의 품에 기댔다. 가슴에서 전해지는 온기가 따뜻하기보다는 애처로웠다. 손을 씻기 위해 페이쓰를 내려놓았다. 페이쓰가 힘겹게 구석에 마련된 자신의 공간을 찾아 들어가 만사가 귀찮다는 듯 몸을 움츠리고 눈을 감았다.

2층에서 누군가가 내려오는 소리가 들려 신혁은 고개를 돌렸다.

정우였다. 나갈 생각인지 손에 옷이 들려 있었다. 신혁을 발견한 정우가 걸음을 멈추고 말없이 빤히 쳐다보았다. 오후에 웃는 얼굴로 교실을 나가더니 지금은 전혀 다른 모습이었다. 무언가 끔찍한 일을 본 사람처럼 하얗게 질려 있었다.

“무슨 일 있었니?”

물어도 정우는 아무런 대답을 하지 않았다. 그저 신혁을 계속 뚫어져라 보기만 했다.

신혁은 조금씩 답답해졌다.

“하고 싶은 말이 있으면 그렇게 쳐다보지만 말고 해.”

하고픈 말은 많은 것 같은데 차마 꺼내지 못하는 정우가 계단을 내려와 신혁을 그냥 지나치려 했다.

신혁은 그런 정우의 팔을 움켜잡아 세웠다.

“밥 안 먹고 어딜 가?”

정우가 상관없다는 듯 말없이 팔을 빼려 했다.

집안이 시끄러워질까 봐 신혁은 되도록 감정을 억눌러 가며 작게 꾸짖기 시작했다.

"아버지, 페이쓰 게다가 너까지! 형수 힘든 건 안중에도 없는 거야? 자꾸 빗나가서 뭘 어쩌겠다는 거야? 마음에 안 드는 게 있으면 차라리 말을 해! 사람 미치게 하지 말고!"

"놔요."

신혁은 그럴 생각이 없다는 듯 더 세게 움켜잡았다.

"놓으란 소리 안 들려요?"

정우가 신혁으로부터 벗어나려고 버둥거렸다.

"못 놔! 어떤 형이 못되게 구는 동생을 그냥 보고만 있어?"

감정의 대립이 갈수록 첨예해졌다.

"누가 형인데요?"

신혁은 폭탄을 맞은 것처럼 놀라 움찔했다.

"뭐?"

고작 할 수 있는 말은 그게 다였다.

반면 정우는 기세를 몰아 맹렬하게 돌아붙였다.

"정말 내 형이 맞기는 해요?"

"너 지금 뭐라는 거야?"

우려했던 큰일이 벌어진 것 같았다. 신혁은 마음이 조급해졌다. 그런 마음을 감추려고 애를 썼다.

하지만 이미 표정에서 드러났는지 정우가 더욱 대차게 나왔다.

"기만하지 마요!"

"도대체 어디서 무슨 소리를 듣고 이러는 거야?"

여기서 무너지면 감당할 수 없는 일로 번질 것 같아 신혁은 크게 소리쳤다. 목소리로 이길 수 있는 일이면 더 크게 소리칠 수도 있을 것 같았다.

정우가 그런 마음을 읽기라도 한 것처럼 웃음을 터뜨렸다. 비웃음이라고 표현하기엔 슬픔이 과도하게 젖어 있는 웃음이었다.

"진실이 숨긴다고 숨겨져요? 비밀로 포장한다고 달라지냐고요?"

"도대체 무슨 말인지 알아들을 수가 없구나."

이 순간을 모면하고 싶다는 마음에 신혁은 정우의 팔을 슬그머니 놓아버렸다.

"이럴 거라 예상했어요. 그래도 이것만 솔직하게 말해봐요. 내 형 맞아요?"

머리는 어서 맞다고 하라 하는데 신혁은 도무지 입이 떨어지지 않았다.

"경찰서에서 나랑 무슨 사이냐고 물을 때마다 그랬잖아요. 형이라고. 그런데 왜 지금은 말 못해요? 또 형이라고 해봐요. 노정우의 형, 노신혁이라고 해보라고요!"

신혁은 뭔가로 머리를 얻어맞은 기분이었다. 그동안 이해할 수 없었던 정우의 이탈 원인을 비로소 알아낸 것 같았다.

너…… 그게 궁금했던 거야? 내가 누군지, 네가 누군지, 우리가 서로에게 어떤 존재인지 그게 궁금했던 거야?

차마 내뱉을 수 없는 말이었다. 신혁은 눈앞이 캄캄해졌다.

이 일을 당장 어떻게 해결해야 할지 알 수가 없었다. 뭔가를 어디서부터 어디까지 알고 있는지 모르는 상태에서는 어떤 말도 꺼낼 수 없는 상황이었다.

정우의 눈이 점점 붉게 물들어가고 있었다. 금방이라도 눈물이 흘러내릴 듯했다. 악을 쓰고 싶지만 애써 참는 것처럼 이를 악물고 발발 떨어댔다.

"무, 무슨 일이에요?"

크게 다투는 소리에 놀란 수민이 차마 다가오지도 못하고 조심스럽게 물었다.

이에 정우가 현관으로 뛰어가 신발을 손에 들고 나가 버렸다.

"도대체 무슨 일이에요? 갑자기 막내 도련님이 왜 저러시는 거예요?"

수민이 불안해하며 다가와 물었다.

신혁은 괴롭다는 듯 눈을 감아버렸다.

페이쓰를 안고 있는 신혁이 아파트 현관문을 열고 먼저 들어가 실내등을 켰다.

"정말 직접 돌보실 생각입니까?"

신혁의 기사는 페이쓰의 모든 살림살이를 들고 뒤따라 들어가며 재차 물었다. 신혁이 시아버지 병 수발하는 형수가 안쓰러워 페이쓰를 데려왔다는 사실은 알고 있었다. 하지만 아무리 생각해도 무리한 결정이라는 생각이 들어 반복된 질문을 하게 되었다.

"그거 거실 바닥에 놓고 가보십시오."

기사의 염려 따위는 아랑곳하지 않는 신혁이 페이쓰를 바닥에 내려놓고 침실로 들어가 버렸다.

"도대체 무슨 생각으로 널 데리고 온 거라니?"

기사는 그를 빤히 쳐다보고 있는 페이쓰에게 작게 투덜거렸다.

"야, 너도 여기보다 전에 살던 집이 더 좋지 않냐? 아파트는 원래 애완동물을 기를 수가 없다고. 너 아까 경비원 표정 봤지? 저 인간 성격 아니까 입 다물고 아무 말 안 한 거야. 너 앞으로 벙어리처럼 살아야 할 텐데 어쩔래? 나도 개 길러봤으니까 네가 남 같지 않아서 하는 소리야. 건강도 안 좋아 보이는데 너 진짜 큰일 났다. 네 주인이 마누라가 있니 그렇다고 애가 있니? 내일 분명히 파출부 아줌마 그만둔다고 할 거다. 그러지 않아도 저 인간 성질머리 때문에 아주 짜증 만땅이던데!"

기사는 끊임없이 구시렁거렸다. 그러면서도 페이쓰가 지낼 적당한 공간을 찾아 집을 놔주고 스탠드 물병에 물까지 담아주었다. 나머지 짐까지 모두 사용하기 편하게 정리를 했다.

"아직 안 가셨습니까?"

편안한 옷으로 갈아입은 신혁이 침실에서 나오며 물었다.

"아, 그러지 않아도 가려고 했습니다. 그럼 내일 뵙겠습니다."

기사는 고개 숙여 인사하고 현관을 향해 걸어갔다.

“저기요.”

뒤돌아보니 신혁이 정리를 해둔 페이쓰의 짐에 시선을 두고 있었다.

아 또 무슨 꼬투리를 잡으려고 불러?

기사는 인상을 구겼다.

“고맙습니다.”

왜 저래, 저 인간이.

기사는 자신의 귀를 의심했다. 또 한 번 혼나겠지만 되묻지 않을 수가 없었다.

“고, 고맙다고 하셨습니까?”

신혁이 기사를 돌아보며 눈살을 찌푸렸다.

“네, 분명히 고맙습니다, 라고 했습니다.”

“아, 네. 아무튼 안녕히 계십시오.”

살다 살다 별일을 다 겪네.

기사는 희한하다는 생각을 하며 신발을 신었다.

“저기요.”

신혁이 다시 그를 불러 세웠다. 처음 만났을 때 분명히 송강현이라는 이름을 알려주었는데도 건성으로 들었는지 신혁이 계속 저기요, 라는 말로 그를 불러댔다. 일이 있어도 호칭은 생략하고 용건만 밝히는 사람이라 다시 알려준다 해도 기억이나 할는지 그게 의문이었다.

“왜 그러십니까?”

“바쁘십니까?”

“아뇨. 안 바쁜데요. 뭐 시키실 일이라도 있으십니까?”

“안 바쁘면 저랑 술 한잔합시다.”

“네? 술이라고 하셨습니까?”

또 혼나겠다 싶었지만 강현은 너무 놀라 묻지 않을 수 없었다.

“네. 분명히 술 한잔합시다, 라고 했습니다.”

항상 되묻는 그도 그지만 꼭 똑같은 형식으로 대답을 하는 신혁도 어지간하다는 생각을 하며 강현은 다시 물었다.

“진심이십니까?”

“거짓말 같습니까?”

“믿기지 않아서 그렇습니다.”

“믿으십시오. 그리고 저 거짓말이라면 아주 신물이 난 사람입니다.”

“그럼 믿고 들어가겠습니다.”

신혁이 거실 장식장 안에서 값비싼 술을 하나 꺼내 거실 탁자 위에 올려두고 주방으로 가서 잔을 가져왔다.

“앉으십시오.”

“네.”

강현은 소파에 앉아 다시 주방으로 간 신혁을 기다렸다. 그런데 주방에서 뭔가를 하기는 하는 것 같은데 신혁이 도무지 나올 생각을 하지 않았다. 강현은 조심스럽게 주방으로 가보았다.

식탁 위에 마른안주가 담긴 접시가 있었다.

강현은 더 안쪽으로 들어가 보았다.

신혁이 앞치마를 두르고 과일을 깎고 있었다. 굉장히 조신해 보였다.

"지금 뭐 하시는 겁니까?"

강현은 일개의 부하직원인 자신을 위해 상사가 안주를 마련하고 있다는 사실이 놀랍고 의심스러워 그렇게 물었다.

"금방 됩니다. 조금만 기다리십시오."

신혁이 그를 힐끗 쳐다보며 말했다.

"이런 것도 하십니까?"

"이런 거라니요?"

"과일도 깎고 음식도 만들 줄 아시냐는 이야기입니다."

"한국 들어오기 전까지 저 혼자 살았는데 그럼 제가 굶고 살았겠습니까?"

강현은 신혁이 4개월 전에 미국에서 귀국한 것을 기억해 내고서 고개를 끄덕였다. 그런데 생각해 보니 신혁에 대해서 아는 게 별로 없었다. 이름하고 성격 더러운 거 빼고는 말이다.

"그런데 한국 들어오기 전엔 무슨 일 하셨습니까?"

"돈 벌었습니다."

"돈이야 버셨겠죠, 제 말은 무슨 일을 하셔서 돈을 벌었냐는 겁니다."

"비밀입니다."

“비밀이라고 하니까 더 궁금하네요.”

강현은 머릿속에 갖가지 직업을 늘어놓고 신혁을 갖다 대보았다. 까칠한 성격으로 뭘 할 수 있었을까 이런저런 상상을 해봐도 아리송하기만 했다.

“됐습니다. 갑시다.”

신혁이 음식물 쓰레기를 처리하고 싱크대를 깨끗하게 정리한 후 앞치마를 벗어 고이고이 접어 싱크대 서랍에 가지런히 넣고서야 주방을 나섰다.

강현은 과일과 마른안주가 담긴 쟁반을 들고 거실로 향하는 신혁의 뒤를 졸졸 따랐다.

“자, 받으십시오.”

소파에 앉자 신혁이 그에게 잔을 건네고 술을 따라주었다.

“이리 주십시오. 저도 한 잔 올리겠습니다.”

강현은 신혁에게서 술을 받아 들고 신혁의 잔을 채워주었다.

“건배 같은 거 해야 합니까?”

신혁이 물었다.

“건배요?”

“거참, 두 번 말하게 하지 않으면 어디가 덧납니까? 네, 분명히 건배 같은 거 해야 합니까, 라고 했습니다.”

“해도 되고 안 해도 되고…….”

“그럼 그냥 합시다. 평생 무사고 운전을 위하여 건배.”

진지한 표정으로 보아 장난으로 하는 말 같지 않았다. 하지만 은근히 개그본능이 있는 것 같았다. 강현은 잔을 부딪쳤다.

"건배."

신혁이 술을 단번에 들이마시고 또 잔을 채우려 했다. 강현은 술을 마시려다가 깜짝 놀라 잔을 내려놓고 술병을 받아 들려 했다.

"두 번째부터 그냥 자급자족합시다."

"네? 아, 네."

강현은 순순히 그가 하자는 대로 했다. 그리고 오늘따라 그동안 본 적이 없는 모습을 넘치게 보여주는 신혁을 신기하게 쳐다보았다.

어떻게 보면 권위적이고 또 어떻게 보면 합리적이고 하여간 별난 인간이야.

신혁이 연거푸 두 잔을 비웠다. 그리고 또 가득 채워 세 번째 잔을 입으로 가져갔다. 강현은 슬슬 걱정이 되어 얼른 포크로 키위를 찍어 신혁에게 건넸다.

"뭐 속상한 일이라도 있으셨습니까?"

신혁이 받아 든 키위를 먹지는 않고 연구하듯 계속 들여다보았다.

강현은 그런 신혁과 키위를 애타게 보았다.

말없이 포크만 요리조리 돌리고 있었던 신혁이 마침내 입을 열었다.

"그런데 왜 기사님 성함이 생각이 안 날까요? 저한테 가르쳐

준 적 없었습니까?”

신혁의 눈이 약간 몽롱해지고 발음이 살짝 꼬이기 시작했다.

“처음 만난 날 가르쳐 드렸습니다.”

“그랬습니까? 그런데 기억이 도통 나질 않습니다.”

“뭐, 그럴 수도 있지요.”

“다시 가르쳐 주십시오.”

“송강현입니다.”

신혁이 계속 들여다보고 있던 키위를 접시에 다시 가져다 놓았다.

강현은 신혁이 키위를 싫어하나 싶어 다른 과일로 줄까 말까 고민했다.

“강현 씨는 속상한 일 있으면 어떻게 해결하십니까?”

“뭐 친구 만나서 술 마시고 상담하고 그러죠.”

강현은 아무렇지도 않게 대답하며 포크로 사과를 찍어 신혁에게 다시 건넸다.

“친구…… 있으십니까?”

“세상에 친구 없는 사람도 있습니까?”

강현은 어이가 없어 웃음을 터뜨리며 되물었다.

신혁이 그가 건넨 사과를 받을 생각을 하지 않았다.

강현은 주기를 포기하고 접시에 그냥 내려놓았다.

“친구 없는 사람 여기 저 있습니다.”

“에이, 농담 마십시오. 이사장님 같으신 분이 친구가 없다는 게 말이나 됩니까?"

"왜 말이 안 됩니까? 친구 없습니다. 맹세코 없습니다."

신혁이 진심이라는 듯 오른손까지 들어 보였다. 그러다 뭔가가 생각났는지 손을 내렸다.

"딱 한 명, 예전에 딱 한 명 있었습니다. 그런데…… 저 버리고 갔습니다."

신혁이 또 한 잔을 채워 단숨에 마셨다.

강현은 술을 마시려다가 무슨 일이라도 생길 것 같아 포기하고 잔을 내려놓았다.

"모든 걸 보여주고, 모든 걸 말하고, 모든 걸 믿었는데…….
마지막 순간엔 제 말을 믿지 않았습니다. 아니라고 그렇게 아니라고 했는데 믿어주지 않았습니다."

"아, 네. 그런데 그분은 좀 믿어주시지 왜 그랬을까요?"

안타깝다는 듯 말하는데 신혁이 다섯 번째 잔을 채워 꿀꺽 삼켰다.

강현은 눈을 휘둥그렇게 뜨고 신혁의 상태를 살폈다. 독한 양주를 안주도 없이 계속 들이켰으니 분명히 조만간에 무슨 일이 생길 것만 같아서였다.

"믿음이라는 건 말입니다, 0.00000001%만 부족해도 믿음으로서의 가치가 없는 겁니다. 믿음이 변질되는 순간 어떻게 되는지 아십니까?"

"글쎄요."

"재앙이 시작됩니다."

무슨 말인지 알 수는 없었지만 강현은 더 이상 묻지 않았다. 더 알 수 없는 말들만 할 것 같아서였다.

"재앙이 재앙을 낳고 그 재앙은 또 다른 재앙을 낳고 그 재앙은 또다시 다른 재앙을 낳고……."

신혁이 같은 말을 끝없이 계속 중얼거렸다.

"그만 좀 낳으십시오. 도대체 언제까지 낳으실 겁니까?"

강현은 더는 못 들어주겠다는 식으로 말했다.

"낳고, 낳고, 낳고, 계속 낳고 무진장 낳고……."

중심을 잃고 몸을 휘적휘적하던 신혁이 마침내 소파에 살포시 기대어 정신을 잃고 말았다.

"이사장님, 이사장님!"

강현은 신혁의 얼굴 위로 손을 흔들어 보였다. 하지만 아무런 반응이 없었다.

"술 한잔하자고 하시더니 혼자만 드시고 가버리십니까? 전 아직까지 술 입도 안 댔는데?"

술 취한 사람을 그냥 두고 갈 수도 없고 강현은 난처하기 이를 데가 없었다. 어떻게 했으면 좋겠냐는 식으로 페이쓰를 돌아보았다.

웅크린 채로 이 상황을 지켜보던 페이쓰도 알아서 하라는 듯 그냥 고개를 돌리고 눈을 감아버렸다.

강현은 미치겠다는 듯 허공을 바라보다 신혁을 업고 침실로 향했다.

“전 운전기사만 하고 싶습니다. 흑기사 같은 건 취미없습니다. 오늘은 이사장님이 친구 없는 게 하도 불쌍해서 돌봐 드리는 겁니다. 저 같은 기사 구하기 쉽지 않으니까 저한테 좀 잘하십시오. 심장마비 걸리게 뒤에서 자꾸 째려보지 마시고요. 그거 완전 호러 엽기인 거 아십니까? 저도 비록 하찮은 기사지만 우리 어머니한테는 귀한 자식입니다.”

강현은 계속 구시렁거리며 신혁을 침대에 눕히고 양말을 벗기고 베개를 바로잡아 주고 이불을 덮어주었다.

“그리고 좀 힘들겠지만 더 늦기 전에 성격 좋은 여자 구해서 결혼하십시오. 오늘 보니까 아주 막장은 아닌 것 같아서 드리는 말씀입니다. 한 번 믿음에 배신당했다고 해서 믿음을 버리면 남은 인생이 외로워지는 법입니다.”

강현은 불을 끄고 침실 문을 닫았다.

“낳…… 고…… 오…… 나…….”

신혁이 몸을 뒤척이며 헛소리를 했다.

“거참, 그만 낳고 주무시라니까요.”

문을 연 강현은 신혁을 향해 투덜거리고는 다시 문을 닫았다.

7

"선생님! 얼른 일어나서 아침 드세요!"

정원은 귀찮다는 듯 이불을 푹 뒤집어썼다.

"그러다 지각하세요. 얼른요!"

지각이란 말에 정원은 눈을 번쩍 뜨고 벌떡 일어섰다. 사방으로 뻗은 머리가 옥탑방 낮은 천장에 닿을 듯 말 듯했다.

"지금 몇 시니?"

"아침 6시요."

시간을 알려준 사람은 유진이었다. 유진은 전에 있던 학교에서 만난 제자로 현재 고3에 재학 중이었다. 1학년 때 부모님이 감당할 수 없는 빚을 이유로 목숨을 끊는 바람에 졸지에 고아가

된 아이였다.

빚잔치를 하고 나니 아무것도 남은 게 없었고 아이를 맡아 양육해 주겠다고 나선 친척도 없어 당시 담임이었던 정원은 그런 유진을 자신이 세 들어 살던 옥탑방에 데리고 와 함께 살았다.

학교를 그만두고 가족들이 있는 부산으로 내려갈 때 정원은 유진에게 곧 올라올 거니까 집 잘 지키고 있으라고 하면서 달마다 세와 생활비를 부쳐 주었다.

사실 정원은 서울에 다시 올라올 생각이 없었다. 유진을 안심시키기 위한 거짓말이었다. 하지만 막상 서울에 올라와 보니 갈 곳이 있다는 게 무척 다행스러웠다. 집을 구하고 세간을 마련하는 일은 시간도 많이 걸리고 골치 아픈 일이니까.

혼자 지내다가 다시 정원을 만난 유진은 기뻐 눈물을 흘렸다. 어린것이 혼자 살아가는 게 무척 외롭고 힘들고 무서웠던 모양이다.

이제 정원은 유진이 제자 같지 않고 여동생 같은 기분이 들었다. 어쩔 땐 그녀보다 더 어른스러운 면을 보이는 똑똑한 아이였다. 외로움과 두려움은 사람을 강하게 만드는 힘이 있는 듯했다.

"어후, 다행이다. 밥은 굶지 않고 가게 돼서."

정원은 씻지도 않고 냉큼 밥상 앞에 앉았다. 콩나물국에 밥, 김치, 계란프라이 두 개가 전부인 소박한 밥상이었다.

"와! 맛있겠다."

정원은 허겁지겁 밥을 먹기 시작했다.

"선생님, 저랑 있을 때만 그러고 시집가서도 그러시면 안 돼
요."

말끔하게 교복을 입고 학교 갈 준비를 다 마친 유진이 숟가락
을 들면서 말했다.

"뭐가?"

"세수도 안 하고 일어나자마자 잠옷 바람으로 밥 먹는 거요."

"이게 뭐 어때서?"

"남편한테 구박받지 않을까요?"

"야, 걱정 마. 그런 남편은 내가 안 데리고 살아. 근데 너 음식
솜씨 진짜 많이 늘었다. 최고인데!"

칭찬에 유진이 행복한 미소를 지었다.

"근데 저 애들한테 선생님 다시 서울 오신 거 말해도 돼요?
입이 간지러워 죽겠어요."

"글쎄다."

물론 기뻐할 거라는 건 알고 있었다. 하지만 단 한 명이 마음
에 걸렸다. 그걸 알기라도 한 것처럼 유진이 말을 꺼냈다.

"승민이한테는 말 안 해요."

정원은 씁쓸하게 웃었다.

"승민이 잘 지내지?"

"이번에도 걔가 전교 1등 할 것 같아요. 악바리인 줄은 알았
지만 전 아무리 따라잡으려고 해도 정말 걔는 못 이기겠어요."

“너도 악바리잖아. 열심히 해봐. 원래 앞에서 달리는 사람이 더 불안한 법이야. 유리한 건 개가 아니라 바짝 따라붙는 너라고.”

“선생님, 근데 저 할 말 있어요.”

유진이 꺼내기 힘든 말인지 고개를 숙이고 애꿎은 콩나물만 들었다 놓기를 반복했다.

“무슨 말인데?”

추궁하자 유진이 책에 꽂아놓았던 봉투를 꺼내 정원에게 내밀었다.

“이게 뭔데?”

“선생님이 보내주셨던 생활비 모아둔 거요.”

“그런데?”

“저 학비랑 생활비 다 지원받고 있어서 이거 없어도 됐어요. 그동안 방법을 몰라서 못 돌려 드린 거예요.”

“그게 얼마나 되는데?”

정원은 아무렇지 않게 물었다. 고민 끝에 어렵게 말을 꺼낸 유진한테 무안을 주고 싶지 않아서였다.

“4백만 원이요.”

“그래? 그럼 우선 네가 가지고 있어.”

“네?”

“나 칠칠맞게 물건 잘 잊어버리고 그러잖아. 아마 그거 오늘 나한테 주면 어디다 둔지도 몰라서 못 찾을걸? 네가 맡아둬. 나중에 필요할 때 쓰자."

"그래도……."

"야, 넌 나 늦는다고 해놓고 계속 말을 시키냐? 나 바빠!"

정원은 그릇을 박박 긁어 밥을 다 입에 몰아넣고서 화장실로 급히 뛰어들어 갔다.

어제저녁에도 유진이 새로 다니는 학교 근처로 집을 옮겨야 하는 게 아니냐고 했다. 그래서 신경 쓰지 말라고 했는데 이래저래 마음에 걸리는 게 많은 모양이었다. 나이에 비해 너무 일찍 철이 들어버린 유진이 가슴 저리도록 안쓰럽고 가여웠다.

정원은 지하철 한 번에 버스 한 번을 더 타야 학교에 갈 수 있기 때문에 서둘러야 했다. 세수를 하고 머리를 감았다. 그리고 스킨로션만 바르고 빗질 몇 번에 옷을 갈아입고 집을 나섰다. 다른 여자들처럼 화장을 하고 머리 손질에 시간을 들이는 법이 없어 가능한 초스피드 출근 준비였다.

"유진아, 나 먼저 간다. 이따 저녁에 보자!"

"다녀오세요!"

"오냐!"

그녀는 만원버스와 만원지하철에서 치열하게 몸싸움을 벌이고 학교에 도착했다. 지옥에서 벗어난 기분이었다. 손목시계를 보니 지각은 아니었다. 웃으며 씩씩하게 교문을 들어섰다.

옆에서 그녀를 알아본 아이들이 인사를 해왔다.

“안녕하세요.”

“안녕!”

정원은 반갑게 인사를 하다 아이들 무리에 섞여 있는 정우를 발견했다.

정우의 안색이 좋아 보이지 않았다. 건들면 금방이라도 폭발할 것 같은 얼굴이었다.

정원은 정우에게 다가갔다.

“노정우, 안녕!”

정우는 그녀를 보고 고개를 꾸벅할 뿐 별말이 없었다.

“날씨가 많이 따뜻해진 것 같은데 넌 아직도 한겨울인 것 같다?”

“안 추워요.”

“정말? 난 네 마음의 계절을 묻고 있는 거야.”

정우가 그녀를 빤히 쳐다보았다.

“네 얼굴 동상 걸린 얼굴이야. 그러다 큰일 난다. 빨리 해결해라. 그런데 저기 뭐 하는 거니?”

정원은 이른 아침부터 학교 건물에 도색작업을 하고 있는 인부들을 가리켰다.

“페인트칠하잖아요.”

“최근에 한 거 아냐? 아주 깨끗하던데.”

“맞아요. 며칠 전에 했어요.”

“그런데 또 칠해?”

말도 안 된다는 듯 물었다.

"마음에 안 드나 보죠."

"마음에 안 들어서 다시 칠하는 거라고?"

정원은 큰일 날 소리라는 듯 외쳤다. 곁을 지나가던 아이들이 다 쳐다볼 정도로 목소리가 아주 컸다.

정우가 두리번거리다 창피한지 먼저 내뺐다.

하지만 정원은 아랑곳하지 않고 더 크게 소리쳤다.

"미치지 않고서야!"

그때였다.

"저 안 미쳤습니다."

정원은 깜짝 놀라 뒤를 돌아보았다.

신혁이 바로 뒤에 서 있었다.

정원은 아차 싶었다. 하지만 할 말은 하고 싶었다. 비록 고개를 돌리고 하는 혼잣말일지라도 말이다.

"안 미치기는? 미쳤으니까 저런 돈지랄을 하지."

"하실 말씀이 있으면 알아듣게 하십시오."

정원은 멍석을 깔아주는 신혁을 쳐다보았다. 해주고 싶은 말은 마음 가득 무궁무진하게 많았다. 하루 종일 서서 일장연설, 훈계, 강의를 할 수도 있었다. 멀쩡한 학교 벽에 정신 나간 짓을 한 그에게 당장 해고 통지서를 받게 되는 일이 있더라도 말이다.

하지만 하루를 시작하는 아침시간이었다. 게다가 단둘이 있는 것도 아니고 오가는 사람도 많고 무슨 일인가 하고 지켜보는 아이들도 있는 자리였다.

"별로 듣기 좋은 소리 아닌데 다음에 하죠."

"지금 하십시오."

신혁이 고집을 피웠다.

"기분 언짢으실 텐데요."

"그래도 하십시오."

"그렇게 궁금하세요?"

"같은 말을 몇 번을 하게 만드는 겁니까! 하라고 했습니다. 하십시오!"

놀린다고 생각을 했는지 신혁이 불쾌한 감정을 실어 강하게 말했다.

정원은 한숨을 푹 내쉬고 차근차근 설명을 하기 시작했다.

"한번 생각을 해보세요. 저는 기간제 교사고 이사장님은 제 밥줄을 좌지우지하실 수 있는 분이에요. 그런데 제가 어떻게 대 놓고 아무 말이나 할 수 있겠어요? 이사장님께서 저라면 그러실 수 있겠어요? 아침시간에 오가는 사람도 많고 지켜보는 사람도 있는 자리잖아요."

"어떤 책임도 묻지 않을 테니까 하십시오."

신혁이 상당히 쿨하게 나왔다.

"정말요?"

"하십시오."

신혁이 인내심을 발휘해 이를 악물고 말했다.

"그럼 이사장님만 믿고 할게요. 학교에 왔어요. 인부들이 페인트칠을 하고 있었어요. 새로 한 지 얼마 되지도 않았는데 말이에요. 미치지 않고서야 그런 짓을 할 리가 없다고 생각했어요. 그래서 미치지 않고서야, 하고 외쳤죠. 그랬더니 이사장님께서 뒤에서 저 안 미쳤습니다, 그러셨어요. 하지만 제가 할 말은 해야겠다 싶어 안 미치기는? 미쳤으니까 저런 돈지랄을 하지, 그랬어요."

정원은 연기를 하듯 성대모사를 곁들여 신혁의 역할까지 완벽하게 재연했다.

곁에서 이 광경을 지켜보던 아이들이 숨죽여 웃어댔다.

아무리 허락을 했기로서니 리얼하고 당돌하게 모욕에 가까운 말을 서슴지 않는 그녀가 괘씸한지 신혁이 붉으락푸르락한 낯빛을 했다. 그는 아무래도 그녀가 금방이라도 말실수를 인정하고 용서를 빌 줄 알았던 모양이다. 하지만 절대 그럴 생각이 없다는 듯 되레 당당하게 그를 빤히 쳐다보고 있으니 화가 날 만도 했다.

"아니, 내 돈 내가 쓴다는데 강 선생이 무슨 상관입니까?"

홧김인지 몰라도 신혁이 유치하고 치졸하게 나왔다.

이 사람이 정말!

정원은 점점 성난 소처럼 인상을 쓰면서 콧김을 킁킁 불었다. 그리고 도저히 참을 수 없다는 듯 신혁을 들이박을 것처럼 으르렁거렸다.

"그런 핀잔이 소시민한테 돈 없는 자신의 처지에 대해 한없는 모멸감과 열등의식을 느끼게 한다는 거 모르세요? 이사장님은 다른 곳도 아닌 교육의 현장에 몸을 담고 계시는 분이에요. 학교는 학생들에게 소비는 나에게도 남에게도 도움이 되는 소비를 해야 한다는 사실을 가르쳐야 하는 곳이죠. 그런데 이사장님은 그런 곳에서 남을 생각하기는커녕 이기적인 합리주의를 내세워 학생들에게 가치관의 혼란과 스트레스를 주고 계시는 거예요. 한번 잘 생각을 해보세요. 과연 자신이 필요에 의한 소비를 하고 있는 것인지 아니면 더 나은 것이 없기 때문에 소비를 즐기고 계시는 건지 말이에요."

정원은 극도로 흥분한 나머지 숨도 제대로 쉬지 않고 반박했다. 그래도 성에 차지 않는지 씩씩거리며 계속 말을 이어갔다.

"그런 돈이 없어서 어린 딸한테 눈물 젖은 유서 한 장 남기고 목숨을 끊는 부모도 있어요. 아무 생각 없이 쓰는 돈이 누군가에게는 목숨이라는 거예요. 아침부터 건방지게 굴어서 죄송하지만 이사장님도 이런 말 충분히 들을 만하셨다고 생각해요. 그럼 이만 가볼게요."

정원은 꾸벅 고개를 숙이고서 빠른 걸음으로 자리를 벗어났다. 되로 주고 말로 받은 신혁이 어떤 표정을 짓고 있을지 궁금했지만 절대 뒤돌아보지 않았다.

황당해 죽으려고 하겠지? 뭐 이런 게 다 있나 싶어 이를 바득 바득 갈고 온몸을 부들부들 떨고 있겠지? 적당히 할 걸 내가 너무 몰아붙였나? 나 이러다가 진짜 오늘 안으로 해고되는 거 아냐? 아놔.

정원은 속이 후련하기는 했지만 울상을 지을 수밖에 없었다. 그렇게 교무실까지 다다랐다. 자리로 가서 앉으려는데 뒤따라 들어온 국어담당 심 선생이 느닷없이 박수를 치며 크게 외쳤다.

"오우! 강 선생님, 브라보! 브라보!"

"네?"

이유를 알 수가 없어 정원은 어리둥절해했다.

"방금 이사장한테 한 방 먹인 거 봤습니다."

"아…… 네."

정원은 그게 칭찬받을 일인가 싶어 떨떠름한 표정을 지으며 머리를 긁적였다.

하지만 심 선생은 아주 통쾌하다는 표정이었다.

"미쳤다, 이런 말 우리끼리는 해도 이사장 앞에서는 아무도 할 수 없는 말이거든요. 구구절절 옳으신 말씀만 해주셔서 아주 속이 다 후련했습니다."

"이사장 표정 보셨나요?"

심 선생과 함께 들어온 영어담당 박 선생까지 끼어들었다.

"봤지요. 하하하! 그거 완전히 소화제더라고요. 십 년 묵은 체증이 쑤욱 내려간 것처럼 아주 시원했습니다."

"나도요, 나도요."

“아, 그런 광경을 놓치다니! 아깝네요.”

“그러게요. 그런데 전 이사장님은 사업하는 사람답지 않게 성격도 둥글둥글하고 존경받을 만한 일도 많이 하시는데 그 아들이라는 사람은 왜 그렇게 예민하고 까칠한 건지 알 수가 없네요. 그 사람 결혼도 안 했다면서요? 하긴 그런 사람한테 어떤 여자가 좋다고 시집을 가겠어요?”

“누가 아니래요? 전 이사장님과 달리 뚜렷한 교육관도 없는 것 같고 학교를 사업장으로 생각하고 겉모양만 잘 꾸미려 하고 선생을 부하직원 다루듯 하고 말이에요. 우리를 한심하게 보지만 정작 한심한 건 자신이라는 걸 모르는 듯해요.”

신혁을 성토하는 분위기가 점점 심해지는 것 같아 정원은 슬금슬금 책을 챙겨가지고 교무실을 빠져나왔다. 누군가의 뒷담화에 열을 올리고 끼어들어 맞장구치는 일은 체질적으로 맞지 않아서였다.

복도를 지나 교실로 가는데 오고 가는 아이들도 오늘 아침에 일어난 일을 알고 있는지 계속 수군거렸다.

“선생님! 되게 멋지세요!”

얼굴도 모르는 녀석이 다가와 한마디를 툭 던지고서 줄행랑을 쳤다. 엄지를 치켜세우며 지나가는 녀석들, 뭐가 웃긴지 키득거리는 녀석들 등등 별의별 녀석들이 다 있었다.

지금 보니 신혁은 이 학교에서 완전히 왕따였다. 선생부터 학생들까지 죄다 그의 안티들이었다. 좀 불쌍하다는 생각이 들었다.

교실 앞에 도착한 정원은 오늘은 반 아이들이 어떤 모습으로 자신을 기다리고 있을지를 상상하며 문을 열었다.

그때였다.

"이 새끼가!"

퍽 하는 소리가 났다. 깜짝 놀라 보니 태현이 정우를 향해 주먹을 날렸고 정우가 쓰러지자 함께 교실 바닥을 나뒹군 것이다.

"무슨 짓이야!"

정원은 소리를 버럭 질렀다.

정우와 태현이 서로 떨어져 일어나며 나란히 고개를 숙였다.

정원은 두 사람에게 다가갔다.

"무슨 일이야?"

침착하게 물었다.

"이 자식이 갑자기 절 먼저 쳤어요!"

태현이 억울하다는 듯이 씩씩거리며 소리쳤다.

정원은 정우를 쳐다보았다.

"왜 그랬는데?"

정우가 아무런 말을 하지 않았다.

"이유가 있을 거 아니니?"

재차 물어도 정우는 입을 꾹 다물고만 있었다.

"민호야."

정원은 학급회장을 불렀다.

“네?”

민호가 다가왔다.

“네가 설명해 봐. 무슨 일이 있었는지.”

“그게, 태현이가 애들한테 자기가 알고 있는 이야기를 들려줬어요.”

“그게 무슨 이야기였는데?”

“영화배우 전은영 씨가 결혼하는데 자기가 듣기론 그분 사생활이 문란했고 이번 결혼도…… 뭐 그런 가십이었어요. 그런데 갑자기 정우가 벌떡 일어나서 네가 직접 눈으로 봤냐고 하면서 태현이 멱살을 잡았고 태현이가 아는 사람들은 다 안다고 하자 정우가 주먹을 날렸어요.”

정원은 이해가 가지 않았다. 그런 이야기에 정우가 발끈했다는 사실이. 잠시 생각할 시간을 가진 후 정원은 입을 열었다.

“폭력은 이유를 떠나서 정당화될 수 없는 거야. 한 번은 실수야. 두 번은 상습이야. 세 번은 범죄야. 내가 이 반 담임으로 있는 한 세 번째는 용납하지 않아. 죄는 항상 벌이 따르는 법이야. 불행한 순간이 오지 않게 함께 노력해 줬으면 해. 우리는 반으로 묶이는 순간부터 팀이야. 팀워크가 깨지면 위기를 극복하지 못하고 공멸하게 되는 거야. 이건 너희가 사회에 나가서도 똑같이 적용되는 말이니까 명심하길 바란다. 태현이, 정우, 일 더 크게 만들지 말고 반성할 시간 가진 후에 서로 화해해. 알았니?”

“네.”

덩치만 컸지 이성보다 감정이 앞서는 어린애들이었다.

“자기 자리로 돌아가고 다들 수업 준비해라.”

“네.”

정원은 무거운 마음으로 교실을 나섰다. 정우에 관해 좀 더 알아볼 필요가 있다는 생각이 들었다. 심성 자체가 나쁜 아이 같지는 않은데 자꾸 어긋나는 걸 보면 뭔가 특별한 이유가 있는 게 틀림없었다.

영화배우 전은영 씨라……. 혹시 가족이나 친척인 걸까? 아니면 지인?

그러고 보니 학생신상카드에도 가족관계가 언급되어 있지 않았다. 좀 더 알아봐야겠다는 생각을 하며 정원은 1교시 수업을 하기 위해 4반으로 향했다.

정신없이 수업을 하고 업무를 보다 보니 어느새 모든 정규수업이 다 끝나가고 있었다. 정원은 시간이 있을 때마다 선생들한테 정우에 관해 물었다. 하지만 공부는 웬만큼 잘하는 것 같으나 친구 하나 없이 외롭게 지내고 지난번 담임을 분노하게 만들어 쓰러뜨린 전적이 있다는 말밖에 듣지 못했다.

역시 직접 물어보는 수밖에 없는 걸까?

그런 생각을 하며 교무실에 앉아 있을 때였다.

“영화배우 전은영 씨 결혼 소식 정말 놀랍지 않아요?”

특정대상 없이 화제를 꺼낸 심 선생의 목소리가 뒤에서 들려왔다. 정원은 안테나를 세우고 귀를 기울였다. 오늘 사건의 중심에 있는 인물에 관한 이야기였기 때문이다.

"그 사람 데뷔 전 사생활이 전혀 알려진 바가 없어 미스터리하다면서요?"

"네, 맞아요. 미국에서 건너와 미모도 뛰어난데다가 영어도 유창하게 잘하고 박학다식해서 유명세를 탔지만 이렇다 할 만큼의 과거가 드러나지 않아 의혹이 많은 인물이라고 소문이 자자했죠. 이름, 나이, 학력도 허위라는 말도 있어요."

"그런데 그 사람 갑자기 뜨지 않았어요?"

누구라 할 것 없이 대화에 끼어들었다. 대체로 남선생들이 가십을 입에 담는 건 드문 일이었다. 그만큼 전은영의 유명세를 반증하는 일이라는 뜻이었다.

"처음부터 주연급으로 영화에 출연해서 대성공을 거둬들였죠. 신인답지 않은 연기력으로 급부상했고요."

"백이 장난 아닌가 본데요."

"종종 스캔들 난 거 보면 상대가 다 내로라하는 재계인들이었죠."

"이런 말 하면 어떨지 모르겠지만 증권가에서 일하는 제 친구의 말이 전은영 씨가 생긴 것과는 전혀 다르게 행동한다고 하더군요."

"어떻게 다르다는 거죠?"

“에이, 그걸 꼭 말로 해야 압니까?”

“아…… 아하!”

가만있어도 전은영이라는 인물에 관한 정보가 속속 집결되었다. 하지만 그런 정보와 정우가 어떤 식으로 연결될 수 있는 건지 알 수가 없었다.

때마침 모든 수업이 종료되었다는 벨이 울렸다.

정원은 답답한 마음을 안고 자리에서 일어났다. 종례를 하기 위해 교실로 들어갔는데 자연스레 정우에게 시선이 갔다.

정우가 멍한 시선으로 창문 너머를 바라보고 있었다. 무슨 생각을 담고 있는지 도통 알 수가 없었다. 다만 스스로를 조절할 수도 감당할 수도 없는 생각인 것은 틀림없었다.

정원은 반 아이들의 인사를 받고 입을 열었다.

“전 담임 선생님하고 개별상담 다 했지?”

“네!”

“그런데 어쩌지? 나랑 한 번 더 해야 할 것 같은데.”

“괜찮아요.”

“고마워. 그럼 오늘부터 4명씩 하기로 하자. 태현이, 건영이, 준석이, 정우, 교실에 대기하고 있다가 이름 부른 순서대로 가사실로 와. 이상 끝.”

정원은 아이들의 프라이버시를 고려해 조용한 가사실을 상담 장소로 선택했다.

먼저 가사실로 가서 기다리자 태현이 노크를 하고 들어왔다.

“어서 와. 거기 앉아.”

정원은 태현과 마주 앉아 학생신상카드를 들여다보며 상담을 해나갔다. 가족사항, 부모님의 직업, 가정환경, 장래희망, 성적, 교우관계 등등을 기본으로 담임으로서 신경 써줘야 할 부분을 체크해 나갔다.

그렇게 세 명을 끝으로 정우의 차례가 되었다.

“다른 애들은 가족사항이 다 기록되어 있는데 너만 없네? 가족사항이 어떻게 돼?”

정우에게서 말이 없었다.

정원은 학생신상카드에서 정우에게로 시선을 옮겼다.

“정우야, 내가 질문했는데 못 들었니? 다시 말해줄까?”

“모르겠어요.”

처음 질문부터 난관에 봉착했다. 그래도 정원은 화내지 않고 부드럽게 물었다.

“누구랑 사는데?”

“아버지라는 사람, 큰형이라는 사람, 형수라는 사람, 가정부 아줌마, 애견 페이쓰요. 아, 페이쓰는 작은형이라는 사람이 자기 집으로 데려갔네요.”

남의 말을 하듯 정우가 아무런 감정을 싣지 않고 말했다.

“어머니는?”

“어떤 분이요? 길러주신 분이요, 아니면 낳아주신 분이요?”

상담을 하다 보면 간혹 이런 경우가 있는데 본의 아니게 상처를 주게 될까 봐 정원은 더 조심스럽게 입을 열었다.

"두 분이 계시니?"

"그런 것 같아요."

정원은 애매모호하게 대답하는 정우를 보며 크게 한숨을 내쉬고 싶었으나 애써 참았다.

"그럼 길러주신 어머니는?"

"돌아가셨어요."

"다른 어머니에 관해서 물어봐도 되겠니?"

"누군지 대충 알 것 같기는 한데 그분이라고 딱 잘라 말해주는 사람이 없어서 말씀 못 드릴 것 같아요."

"혹시…… 요즘 널 괴롭히는 고민거리가 그거니?"

한마디 한마디가 조심스러워 정원은 정우의 눈치를 살폈다.

정우가 정원을 뚫어지게 쳐다보다가 입을 뗐다.

"그런데 왜 그렇게 저한테 신경 쓰세요?"

"뭐?"

"솔직히 오늘 상담도 저 때문에 하신 거 아니에요? 그런데 호기심이면 그냥 접으세요."

방어벽이 높아 접근이 쉽지 않았다.

"난 널 돕고 싶을 뿐이야."

정원은 진심이 전해지길 바라며 따뜻하게 말했다.

"누가 도운다고 해결될 문제 아니에요. 제 문제는 답이 없으니까요."

“네가 걱정돼.”

“저도!”

갑자기 정우가 크게 소리치며 말을 이어갔다.

“제가 걱정돼요. 나는 난데, 나 혼잔데! 내 안에는 내가 너무 많아서 어떤 게 나인지 모르겠어요. 내가 아슬아슬하게 터질 것 같은 상황인 거 알겠는데 나도 날 어쩔 수가 없다고요!”

정우가 울분을 터뜨리며 말했다. 세상은 함께 살아가야 한다는 걸 모르는 건지 거부하는 건지 알 수는 없지만 정우는 혼자만의 세계에 갇혀 고독의 짙은 그림자를 키우고 있었다.

“내가 도울게.”

“내가 어떤 문제를 두고 고민하는 줄도 모르면서 어떻게 나를 도와요?”

“네가 말해주면 되잖아.”

“선생님은 믿을 만한 분인가요?”

정원은 서글펐다. 이때까지 정우에게 믿음을 준 사람이 없다는 사실이 너무나도 마음 아팠다.

“너의 믿음에 배신하는 일은 없을 거야. 그건 장담할 수 있어. 이제 날 믿고 안 믿고는 너한테 달렸어.”

진심인지 아닌지 파악하기 위한 시간이 필요한 것처럼 정우가 정원을 말없이 뚫어지게 쳐다보았다.

정원은 기회를 틈타 조심스럽게 입을 뗐다.

“뭐 하나만 더 물어봐도 되겠니?”

"대답해 줄 수 있는 것만 물어보세요."

"영…… 화배우 전은영 씨 말이야, 너랑 어떤 사이인지 물어
봐도 돼?"

정우가 비밀을 지닌 사람처럼 시간을 아주 길게 끌었다. 답을
얻기는 틀렸구나 싶었는데 정우가 기어코 입을 열었다.

"그 사람이 제 친엄마 같아요."

정원은 티를 내고 싶지 않았지만 어쩔 수 없이 눈을 휘둥그렇
게 뜰 수밖에 없었다.

$$8$$

신혁은 손목시계를 들여다보았다. 저녁 7시였다. 별로 한 일도 없는데 하루가 다 가버렸다. 그에게 일이라 함은 학교와 관련되어 눈으로 일의 과정과 결과를 확인할 수 있는 일을 의미했다. 자신의 불분명한 정체성을 이유로 방황하고 고민하는 정우나 하극상의 전형을 보여준 정원에 대해 신경 쓰고 감정을 소비하는 일이 아니었다.

문득 신혁은 이렇게까지 오랜 시간 이사장실, 또는 학교에 머문 적이 있었나 싶었다. 보통은 처리해야 할 일만 하고 학교를 떠나 다른 곳에서 개인적인 용무를 보곤 했다. 때로는 며칠씩 학교를 비우기도 했다. 그러니 오늘은 예외적인 날이라 할 수 있었다.

신혁은 자리에서 일어났다. 그런데 참 이상한 일이었다. 시끄럽지 않고 한적해서 그나마 유일하게 마음에 들었던 이사장실이 오늘따라 숨 막히게 적막하다는 생각이 들었기 때문이다. 신혁은 불을 끄고 이사장실을 나섰다.

봄이 오려는지 저녁 공기가 제법 포근했다.

신혁은 산책을 하듯 학교 안을 천천히 걸었다.

아이들이 하굣길에 운동장에서 농구를 하고 있었다.

신혁은 잠시 멈춰 서서 그 광경을 지켜보았다. 팀을 이루어 땀을 흘리며 경쟁하다가 골을 넣고 함께 기뻐하며 하이파이브하는 모습이 인상 깊었다.

농구, 저거 재미있을까?

신혁은 스스로에게 질문을 던졌다. 학창시절 체육수업 때 조금 배워 시험을 치른 기억밖에 없어서 편을 나눠 승부를 겨루는 농구가 얼마나 재미있는 건지 알 수가 없었다. 혼자서 하는 운동은 할 줄 아는 게 많았다. 하지만 편을 나눠 여럿이 하는 운동은 거의 해본 일이 없었다.

생각이 많아진 탓인지 몰라도 그는 느닷없이 왜 자신에게는 변변찮은 친구 하나 남아 있지 않은 걸까 하는 생각을 하게 되었다.

아버지가 학교 이사장이었음에도 불구하고 그는 그의 형과 함께 어머니를 따라다니며 영국, 프랑스, 미국에서 학업을 마쳤다. 어린 나이에 겪어야만 했던 호된 인종차별과 자주 바뀌는 낯선 환경이 주는 자극은 감당하기 힘든 것이었다. 그래서 그는 무디어지지 못할 바엔 스스로 날을 세우는 게 낫다는 판단을 했다. 아예 접근 자체를 못하게 만들고 늘 혼자인 채로 지냈다. 상처를 받느니 그게 훨씬 더 편했다. 불편함은 없었다. 대화와 마음을 나눌 친구가 필요하면 믿음을 배신하지 않는 식물과 동물을 키웠다.

그러다 신혁은 난생처음 친구를 사귀게 되었다. 너무나 밝아서 그 눈부심이 때로는 부담스럽기까지 한 친구였다. 처음부터 쉽게 마음을 주지는 않았다. 주기는커녕 아예 마음의 문을 열지 않았다. 하지만 일방적인 친밀함으로 접근하는 친구에게 어느 순간부터 점령당하고 말았다.

시간이 갈수록 그 친구가 보이지 않으면 궁금했고 신경이 쓰여 먼저 찾게 되었다. 자신도 모르는 사이에 굳게 닫혀 열릴 것 같지 않았던 마음의 문이 서서히 열렸던 것이다.

즐거웠고 행복했다. 공통된 관심사를 주제로 함께 밤새워 대화를 하기도 했고 먼 훗날에 벌어질 수 있는 일에 대해 상상하고 계획하기도 했다.

마음과 믿음을 나눌 수 있는 유일한 친구였다. 전무후무한 존재라 할 만큼 절대적이었다. 그때는 그 유일함이 내포하고 있는 위험성을 알지 못했다. 파괴되는 순간 진화를 거듭했던 가치관과 이념이 송두리째 해체된다는 사실을 미처 몰랐다.

이제는 기다려도 곁에 둘 수 없는 사람이었다. 그런 사람을 그리워하는 일은 슬픔을 넘는 고통이었다. 신혁은 뼈저린 이별의 아픔을 극대화하고 싶지 않아 눈을 감고 머리를 흔들었다.

이미 날은 컴컴해졌고 농구를 하던 아이들도 귀가를 서두르고 있었다.

신혁은 자리를 뜨려고 등을 돌려 발을 내딛었다. 그런데 순간 뭔가 까맣고 둥근 게 눈에 확 들어왔다.

"헉, 이게 뭐야?"

신혁은 귀신이라도 본 것처럼 기절초풍하며 그 자리에 철퍼덕 주저앉고 말았다.

"아이구, 깜짝이야!"

낯익은 정원의 목소리였다.

신혁은 그제야 깨달았다. 정원이 땅에 눈을 박고 걸어오다 자신과 맞닥뜨렸다는 사실을 말이다. 그런데 정원은 말로는 깜짝이야, 라고 해놓고도 그다지 놀란 것 같지도 않았다. 조금씩 의심스러워지기 시작했다. 신혁은 마뜩잖은 시선으로 정원을 올려다보았다.

"여기서 뭐 하세요?"

정원이 태연하게 물었다.

신혁은 꼬깃꼬깃해진 자존심을 애써 감추며 일어나 옷에 묻은 먼지를 털어냈다. 그리고 아침에는 공개적으로 망신을 주고 저녁에는 귀신으로 돌변해서 또 한 번 망신살 뻗치게 한 정원을 쏘아보며 말했다.

"의도적으로 그런 거 아닙니까?"

"의도적이라니요?"

그녀가 황당하다는 듯 되물었다.

"이렇게 넓은 곳에서 이런 식으로 부딪치는 거 확률적으로 얼마나 가능한 일이라 보십니까?"

"글쎄요. 학교 면적도 모르겠고 제가 수학 전공이 아니라 확률을 내기는 좀 힘들 것 같은데요. 이사장님께서 보실 때는 어느 정도 된다고 생각하시는지요?"

"불가능에 가까운 확률이니까 제가 의도적인 거 아니냐고 하지 않습니까?"

신혁은 발끈하고 말았다.

"맹세코 의도적인 행동 아니었어요."

결백을 주장하는 사람처럼 정원이 그의 눈을 똑바로 쳐다보며 강하게 말했다.

"그렇게 보였습니다."

"그럼 잘못 보신 거예요. 그럼, 이만."

정원이 인사를 하고 자리를 피하려 했다.

"잠깐!"

아침에도 그러더니 이런 식으로 내빼게 할 수는 없다는 생각이 들어 신혁은 정원을 불러 세웠다.

"왜 그러시죠?"

정원이 다시 그와 마주 보고 섰다.

"사람이 왜 그 모양입니까?"

신혁은 따져 물었다.

"그 모양이라니요? 저의 모양이 어떤데요?"

"몰라서 묻는 겁니까?"

"네. 몰라서 묻는 건데요."

"원래 그런 사람입니까? 자기 할 말만 하고 사람 약을 바짝바짝 오르게 만들어놓고 나 몰라라 내빼는 게 취미이자 특기인 사람이냐는 말입니다."

"그렇게 느껴지셨나요?"

"안 그러게 생겼습니까? 오늘 아침 일도 그렇고 지금도 그렇고 말입니다."

"그럼 죄송해요. 듣고 보니 그렇게 느낄 수도 있겠다 싶네요."

신혁은 쉽게 자신의 잘못을 인정하는 정원으로 인해 김이 확 식었다. 그러면서도 이 상황을 빨리 모면하고 싶어서 대충 사과하고 넘기려는 의도가 아닐까 하는 의심을 했다.

"진심으로 하는 말입니까?"

"네. 진심에서 우러나온 말이었는데요."

신혁은 할 말이 없어지고 말았다.

"이제는 가도 될까요?"

"가보십시오."

"그럼 이만."

정원이 넙죽 고개를 숙여 인사하고 등을 돌렸다. 그런데 무슨 생각이 났는지 다시 그를 향해 몸을 돌렸다.

"아! 그런데요. 그거 아시나요?"

"그거라니 뭘 말입니까?"

"이 학교 사람들이 이사장님을 왕따 취급하고 죄다 안티인 사실을 알고 계시는지 물어보는 거예요. 온 지 얼마 되지도 않았는데 제가 느낄 정도면 심각한 수준 아닐까요? 추종 세력은 만들지 못하더라도 안티는 양성하지 마셔야죠. 보기 딱해서 드리는 말씀이에요. 건방져 보였다면 죄송하고요. 그래도 모르는 계시는 것보다는 알고 계시는 게 낫지 않을까요? 그럼 이만."

정원이 다시 고개 숙여 인사하고 제 갈 길을 갔다.

신혁은 인상을 확 긁었다.

도움을 주겠다는 거야? 아니면 주제파악을 제대로 하고 살라는 거야?

집으로 가는 차 안이었다.

신혁은 좀처럼 정원의 말에서 벗어나지 못했다. 계속 헷갈리다 보니 이제는 화가 나기까지 했다. 그리고 정원의 말과 의도를 자꾸만 부정적으로 생각하게 되었다.

지가 선생이면 선생이지 나한테도 선생이야?

그는 심기가 불편했다. 사람은 누구나 자기 앞에서 선생 노릇

하는 사람을 달가워하지 않는 법이니까.

지가 나보다 많이 배우기를 했어 아니면 나보다 나이가 많아? 그리고 내가 그렇게 비난받아 마땅할 만큼 무개념이라는 거야? 웃기고 있어. 정말!

신혁은 주체할 수 없는 분노와 적의를 자기 방식대로 재해석했다. 그런데 그런 감정을 해소하지는 못했다. 그러다 보니 더욱 화만 커졌다.

왕따? 안티?

그는 자신이 그런 타이틀을 지니고 살 만큼 형편없는 사람인가 싶어 심각한 고민을 하게 되었다. 그러나 자신을 객관적인 시선으로 본다는 건 쉽지 않은 일이었다. 답이 나오지 않았다.

심기가 아주 불편한 얼굴로 팔짱을 끼고 앉아 있으니 자꾸 강현이 룸미러로 힐끗힐끗 눈치를 살폈다. 그러다 시선이 딱 마주쳤다. 강현이 움찔하더니 헛기침을 하며 입을 열었다.

"뭐 기분 안 좋은 일이라도 있으셨습니까?"

"강현 씨도 제 안티입니까?"

버릇처럼 신혁의 뜬금없는 말을 냉큼 주워 담으려 했던 강현이 한 템포 쉬고 입을 뗐다.

"어떤 대답을 원하십니까? 립 서비스입니까? 아니면 솔직한 답변입니까?"

"그 말은 제 안티라는 뜻이군요."

"뭐 안티 수준까지는 아니고요, 좀…… 아닙니다."

강현이 말하기가 어려운지 말을 얼버무리면서 싱겁게 끝내 버렸다.

"좀 뭡니까?"

"청년실업 2백만 시대입니다. 저도 제 밥줄은 생각해 가며 입을 놀려야 하지 않겠습니까?"

신혁은 눈살을 찌푸렸다. 강현이 정원과 똑같은 밥줄타령을 하고 있었기 때문이다. 들으면 분명히 기분 나쁜 말이 나올 거라는 것을 알면서도 신혁은 호기심의 유혹을 이기지 못했다.

"밥줄 안전하게 보장해 드리겠습니다. 그러니 솔직하게 말씀해 보십시오."

"정말이십니까?"

"믿으십시오."

"그럼, 믿고 말씀드리겠습니다."

"하십시오."

"좀 문제가 있다 싶죠. 사실은 좀이 아니라 많이요. 심각한 수준이죠."

신혁은 너무 솔직한 강현에게 헤드록을 걸고 싶은 유혹을 느꼈다. 하지만 주먹을 꽉 말아 쥐고 인내심을 발휘했다.

"구체적으로 말씀해 보십시오."

"세상에 완벽한 사람은 없습니다. 완벽해지려고 노력하는 사람들은 많아도요. 그런데 이사장님께서는 완벽한 사람만을 원하고 계십니다. 한마디로 이사장님께서 기준으로 삼는 잣대가 너무 높다는 거죠. 그 잣대가 아무리 옳다 하더라도 그 기준에 도달하지 못하는 사람들은 스트레스를 받고 반발을 하기도 합니다. 머리 좋고 공부 잘하는 우등생이 꼴찌를 이해하지 못하고 답답해하면 꼴찌도 감정이 있는 사람이라 무시당하고 무안당한 것에 대해 화도 내고 욕도 할 줄 안다는 거죠. 안티도 그래서 생기는 거고요."

"그럼 안티가 많은 전 뭘 어떻게 해야 하는 겁니까?"

"역지사지, 측은지심 뭐 이런 마음을 가지고 남의 말에 귀 기울이는 자세를 가져주시면 좋지 않을까요?"

신혁은 또다시 곰곰이 생각에 잠겼다.

그러는 사이에 차가 어느새 신혁의 아파트에 도착했다.

"그런데 페이쓰 그 녀석 정말 괜찮겠습니까?"

"뭐가 말입니까?"

"노견들은 환경이 바뀌거나 특히 집 안에 모르는 사람이 있으면 스트레스를 받아서 안 하던 짓도 하고 그러거든요. 오늘 파출부 아줌마도 페이쓰 그 녀석도 서로 어지간히 스트레스받았을 것 같은데요."

"개에 대해 잘 아십니까?"

"저도 오랫동안 길렀던 개를 재작년에 보냈습니다."

"그렇군요."

"혹시라도 불안한 기미를 보이면 마사지를 해주세요. 특히 귀나 목을 해주면 아주 좋아할 겁니다. 혹시라도 마사지를 하다

몸이 뻣뻣해지거나 낑낑거리거나 손을 물면 그 부분이 아프다
는 거니까 잘 살펴보시고요."

신혁은 강현을 빤히 쳐다보았다. 대화 없이 다닐 때는 몰랐는
데 알면 알수록 괜찮은 구석이 꽤 많은 사람이란 생각이 들어서
였다.

"오늘 여러 가지로 고마웠습니다."

"별말씀을요, 안녕히 가십시오. 내일 아침에 뵙겠습니다."

신혁은 차가 사라질 때까지 그 자리에 머물렀다.

강현은 원래 신혁의 아버지를 모셨던 기사였다. 아버지의 병
환 소식을 듣고 귀국하던 날 강현이 그를 마중하러 공항에 나왔
다. 그리고 말도 시키지 않았는데 강현은 기사로 일한 지 6개월
정도가 되었다면서 이런저런 이야기를 끊임없이 풀어놓았다.

당시 신혁은 마음도 심란하고 생각할 게 많았던지라 강현에
게 신경질적으로 대하며 조용히 해줄 것을 요구했다. 살갑지 않
은 그의 성격을 제대로 파악했는지 그 이후로 강현은 좀처럼 입
을 열지 않았다. 그리고 그를 굉장히 어려워했다.

그런 강현이 어젯밤 술에 취한 자신을 챙겨주고 술자리까지
깨끗하게 치워놓은 상태로 소파에서 새우잠을 자고 있었다. 이
유를 물으니 혹시라도 자신의 도움이 필요할 일이 생길지 몰라
그랬다고 했다.

아침 일찍 아파트로 일을 하러 온 파출부가 페이쓰를 보고 질
겁하며 난색을 표하자 자신을 대신해 잘 돌봐줄 것을 부탁했다.

그런 걸 보면 원만한 성격과 적절한 사회성을 가진 사람이다 싶었다. 신혁은 좀 더 시간을 가지고 강현을 지켜봐야겠다는 생각을 하며 집으로 향했다.

아파트 문을 여는 순간 앙칼진 파출부의 음성이 들려왔다.

"아이고, 내가 못살아! 저놈의 똥개가 또 사고를 쳤네! 야! 여기다 오줌을 싸면 어쩌자는 거야! 아, 몰라, 몰라, 몰라! 내가 일을 관뒀으면 관뒀지 개 뒤치다꺼리는 안 해!"

짐을 챙겨 붉으락푸르락한 얼굴로 나오던 파출부가 신혁을 발견하고 화들짝 놀랐다. 하지만 이미 마음을 정했는지 다시 험상궂은 얼굴로 그를 대했다.

"저 더는 못하겠어요. 다른 사람 알아보세요."

파출부가 그를 밀치고 나가 버렸다. 강현의 예상대로였다.

신혁이 온 것을 알았는지 페이쓰가 불편한 걸음걸이로 다가왔다. 자기가 잘못한 것을 아는지 예전처럼 바짝 다가오지 못하고 거리를 두고 서성였다.

"오늘 많이 힘들었나?"

신혁은 탓할 생각이 없다는 듯 부드럽게 말을 건네며 두 손을 내밀었다.

페이쓰가 잠시 눈치를 보더니 그에게 와서 안겼다.

가슴에서 페이쓰의 요동치는 심장 박동이 전해져 왔다. 몸도 안 좋은데 하루 종일 낯선 곳에서 낯선 사람과 불편하게 지냈을 것을 생각하니 마음이 짠해졌다.

"나랑 목욕하고 저녁이나 함께 먹을까?"

페이쓰가 그를 빤히 쳐다보았다.

"왜? 남자끼리 주고받기엔 좀 이상한 말 같냐? 자식, 왕따끼리 잘해보자는 얘기야."

혼자라는 사실이 익숙하고 편했기 때문에 이제껏 혼자라는 것과 외로움을 함께 결부시켜 생각해 본 적은 없었다. 그런데 갑자기 세상으로부터 고립되고 소외당하고 있다는 생각이 들기 시작했다. 페이쓰의 영향도 무시할 수는 없었다. 페이쓰에게 어느 정도의 시간이 남아 있는지는 몰라도 혼자라는 사실이 두려움과 서러움으로 작용하지 않게 만들어줘야겠다는 생각이 들었다. 신혁은 페이쓰를 안은 채 침실로 향했다.

다음날 아침, 신혁은 페이쓰와 함께 학교를 찾았다. 집에 혼자 둘 수가 없었기 때문이다. 기분전환으로 세상 구경도 시켜주고 학교 옆에 있는 공원에서 산책도 시킬 생각이었다. 신혁이 이동하는 일이 없으면 강현도 달리 할 일이 없으므로 그도 흔쾌히 동의한 일이었다. 혹시라도 페이쓰가 힘들어하는 것 같으면 강현이 집으로 데려가 보살피다가 퇴근 시간에 맞춰 다시 학교로 오기로 했다.

등굣길에 페이쓰를 본 아이들이 호기심 어린 눈을 하고 다가왔다. 큰 귀를 축 늘이고 짧은 다리로 뒤뚱뒤뚱 걷는 모습이 눈길을 끈 모양이었다.

"이거 무슨 종이에요?"

"닥스훈트."

신혁은 줄을 잡고 페이쓰를 앞세워 가면서 대답해 주었다.

"얘 나이 많아요?"

"개 나이로는 네 할아버지뻘 되시겠다."

"우와! 정말요! 이름은 뭐예요?"

"페이쓰. 얼굴 아니고 믿음이란 뜻."

"그런데 몸이 안 좋아요?"

"응. 나이가 많아서 좀 힘들어해."

아이들은 이제 개보다 평소와 다르게 묻는 말에 꼬박꼬박 대답하는 그가 신기했는지 계속 질문을 해댔다. 곁에서 따라오던 강현도 색다른 면을 느꼈는지 그를 눈여겨보았다.

신혁은 정원과 강현의 충고를 받아들여 노력하는 중이었다. 체질적으로 고분고분하고, 사근사근하고, 야들야들한 것과는 거리가 멀지만 왕따에 안티를 몰고 다니는 비호감이 되고 싶지는 않아서였다. 구박, 천대를 받고 의기소침한 모습을 보였던 페이쓰의 영향도 무시할 수는 없었다.

아이들과의 소통으로 시작된 노력은 걸음마 수준이라 스스로도 어색하지만 좀 더 노력하면 자연스러워질 것이고 그러다 보면 왕따니 안티니 하는 말들은 다 떨어져 나갈 거라는 생각이 들었다.

갑자기 페이쓰가 방향을 틀어 오른쪽으로 가려 했다. 잘 짖지도 않았는데 뭔가를 발견한 것처럼 반가운 기색을 했다.

신혁은 페이쓰의 시선이 닿은 곳을 보았다.

그곳에 정우가 굳은 얼굴로 멈춰 서 있었다. 어린 시절부터 함께 자랐으니 페이쓰의 반응은 당연한 것이었다. 하지만 정우는 신혁을 의식해 아무 말도 하지 못하고 머뭇거리다가 발걸음을 재촉했다. 페이쓰가 계속 정우를 보고 짖어댔다. 그래도 정우는 뒤돌아보지 않았다. 페이쓰가 서운한 마음이 들었는지 어쩔 줄 모르고 낑낑거렸다.

"어?"

낯익은 음성이 바로 옆에서 들려와 신혁은 고개를 돌렸다.

"어디서 개소리가 나나 했더니, 이거 이사장님 개예요?"

어제 있었던 일 따위는 다 잊어버린 것처럼 정원이 밝게 웃으며 페이쓰에게 다가섰다.

"와! 야, 반갑다."

아무렇지도 않게 페이쓰의 머리를 쓰다듬고 앞발을 잡고 악수하듯 반갑게 흔들어댔다.

"얘 이름 뭐예요?"

신혁은 꽁하면 안 된다는 것을 머리로는 알았다. 하지만 아직 해결되지 않는 감정의 찌꺼기가 입을 꾹 다물게 만들었다.

"페이쓰래요. 얼굴 말고 믿음이란 뜻의 페이쓰."

옆에 있던 아이들이 대신 대답을 해주었다.

"페이쓰?"

정원이 기억을 더듬는 것처럼 눈을 가늘게 뜨고 고개를 갸웃거렸다.

"어디서 들어본 이름인데. 어디서 들어봤더라."

포기할 생각이 없는지 더욱 눈을 가늘게 뜨고 기억해 내려 애를 썼다. 그러다 마침내 기억이 났는지 정원이 눈을 휘둥그렇게 떴다.

"엥?"

정원이 신혁을 빤히 쳐다보았다. 아주 심각한 표정으로. 그리고 다시 한 번 뭔가를 생각하는 것처럼 인상을 찡그렸다. 그러다 웃음을 터뜨리며 손을 흔들어댔다.

"에이, 말도 안 돼."

"선생님, 뭐가요?"

아이들이 궁금한 얼굴로 정원에게 질문을 던졌다.

"아, 아니야."

그렇게 말해놓고도 정원이 계속 뭔가가 걸리는지 고개를 갸웃거리며 페이쓰를 쓰다듬었다.

"개가 참 순하네요. 이상하리만치."

정원이 일어나서 신혁을 마주 보고 섰다. 그리고 한마디를 덧붙였다.

"원래 개는 주인을 닮는다고 하는데 말이죠."

신혁은 눈에 힘을 꽉 주었다. 마음 같아서는 페이쓰한테 손이라도 꽉 물어버리라고 하고 싶었다.

그런 마음도 몰라주고 옆에서 강현이 키드득대며 웃어댔다.

아직 의리가 형성되기엔 무리가 있었지만 그래도 신혁은 서운한 마음 반, 견책하는 마음 반이 들었다.

"그런데 처음 뵙는 분 같네요. 안녕하세요. 저는 강정원이라고 해요."

정원이 강현에게 말을 걸며 악수를 청하듯 손을 내밀었다.

신혁은 넉살이 좋아 어디 가서도 굶지는 않을 것 같은 정원을 계속 노려보았다. 살다 살다 이런 여자는 정말 처음 본다는 눈빛으로.

"아, 네. 저는 송강현이라고 합니다."

강현이 정원의 손을 덥석 잡았다.

신혁은 괜히 심술이 나기 시작했다. 스스로 생각해도 유치한 감정이었다. 왜 자신이 그런 감정을 품고 있는지 이해가 가지 않아 더 화가 났다. 신혁은 페이쓰를 번쩍 안아 들고 툴툴대며 자리를 떠났다.

난 오늘부터 잘해볼 생각이었어. 정말 잘해볼 생각이었다구! 그런데 저 여자가 모든 걸 망쳐 놓은 거야. 에라이! 잘들 해봐라! 왕따들은 간다!

너무 꽉 안았는지 페이쓰가 품에서 낑낑거리며 버둥거렸다. 하지만 신혁에 눈에는 그런 행동이 다른 의미로 보였다.

"왜? 넌 이제 왕따 아니라는 거야? 의리없게 이거 왜 이래?"

신혁은 페이쓰를 더 꽉 안고 발걸음을 재촉했다.

그런데 옆에 따라붙을 줄 알았던 강현이 보이지 않았다. 슬쩍 뒤를 봤는데 강현이 여전히 정원과 손을 잡은 채로 이야기를 나누고 있었다.

신혁은 더욱 인상을 일그러뜨렸다.

"셋 셀 동안 안 오면 두 사람 모두 밥줄을 끊어버리겠어! 하나, 둘, 둘 반! 둘 반에 반! 에잇!"

신혁은 셋을 포기하고 찬바람을 일으키며 이사장실로 향했다.

9

정원은 수업이 비는 시간을 이용해 보건실을 찾았다. 문을 두드리고 열자 마음을 부드럽게 녹여주는 따스한 기운이 먼저 그녀를 반겼다.

홀로 책을 읽고 있던 마 선생이 정원에게 어서 들어오라는 손짓을 했다.

"독서하시는데 제가 방해한 거 아니에요?"

"다른 사람이 그런 말 했으면 방해한 거 맞다고 했을 겁니다. 하지만 강 선생이니까 특별히 봐드립니다."

"마 선생님께 받는 특별대우라 그런지 기분이 좋은데요. 저도 답례로 이거 드릴게요."

정원은 외투 주머니에서 쿠킹호일로 돌돌 만 것 두 개를 마 선생에게 내밀었다.

"이게 뭡니까?"

"호박고구마요. 난로 치우기 전에 한 번 구워먹고 싶었거든요."

마 선생이 정원을 물끄러미 쳐다보았다.

어떤 마음으로 그렇게 쳐다보는 건지 알 수가 없어 정원은 잠시 머뭇거렸다.

"냉큼 넣지 않고 뭐 하십니까?"

정원은 신이 난 얼굴로 난로 뚜껑을 열고 그 안에 고구마를 집어넣었다.

"그런데 강 선생님은 왜 교직원 식당을 놔두고 학생 식당에서 점심을 드시는 겁니까?"

정원은 대답하기가 쑥스러워 머리를 긁적였다.

"반찬이 달라서요."

"달라야 할 이유가 없다고 생각하시는 모양이군요."

여유가 느껴지는 마 선생의 말과 행동은 카리스마도 넘치지만 매우 위엄이 있고 정중했다.

정원은 마 선생의 세련되고 우아한 품격이 느껴지는 말투가 매력적이라 생각하며 입을 열었다.

"아이들과 더 많은 공감대를 형성하고 싶었을 뿐이에요."

마 선생이 정원을 빤히 쳐다보다가 입술 끝에 아주 작은 미소를 달고 입을 열었다.

"이 학교에 봄이 생각보다 빨리 올 것 같다는 생각이 드는군요."

"네?"

"봄, 여름, 가을이 와도 항상 한겨울 속에 사는 사람들이 있습니다. 생각 외로 참 많습니다. 평생을 그렇게 사는 사람도 있지요."

"무슨 말씀인지 알 것 같아요. 제 주위에도 그런 사람이 있거든요."

"그런 사람들에게 봄이 되어주십시오. 봄은 잠을 깨우고 생명을 주는 계절입니다. 강 선생님뿐만 아니라 모든 교사가 그래줬으면 하는 소망이 있습니다."

"노력할게요."

"하나 더. 계절과 계절이 맞물리는 시점에서는 꼭 혼란이 야기됩니다. 하지만 시간이 지나면 계절은 뚜렷해지죠. 혼란스러울 때는 참고 기다리면 됩니다. 사람의 힘으로 불가능한 일은 신이 시간을 도구 삼아 해결하니까요."

"마 선생님의 말씀을 들으면 힘과 용기가 생겨서 좋아요."

정원은 혼탁했던 마음이 맑아지는 것 같았다.

하지만 복병과도 같은 정우의 일이 고개를 들고 자욱한 먼지를 일으켰다.

"고민이 있으시군요."

예리한 마 선생이었다.

"역시 귀신보다 한 수 높으시네요."

정원은 대답을 하고 멋쩍은 웃음을 지었다.

"뭡니까? 상담료로 가지고 온 고구마 값은 해야 할 것 같은데요."

"에이, 선생님, 그건 아니에요."

"어쨌든 가지고 온 게 있으면 고구마든 고민이든 놓고 가십시오. 그게 손님의 도리입니다."

"그럼, 마음 좀 비우고 갈게요. 음……."

정원은 잠시 시간을 끌었다. 적당한 단어와 적절한 표현을 찾기 위함이었다.

"과대망상증은 아닌 것 같은데요. 아무리 생각해도 연결 고리가 터무니없어서요."

정원은 어쩌죠, 하는 눈빛으로 마 선생을 쳐다보았다.

"제아무리 사람 속을 들여다보는 능력이 있다 해도 머리 떼고 꼬리 떼고 껍질, 살도 홀라당 없애고 뼈다귀만 주면 뭐가 뭔지 알 길이 없습니다."

"아, 죄송해요. 다시 말씀드릴게요."

"적당히 떼고 말씀해 보십시오."

"네. 드라마 같은 거 보면 출생의 비밀 뭐 이런 거 나오잖아요."

정원은 한마디 한마디가 조심스러워 신중하게 말을 꺼냈다.

“그런데요?”

“어느 날 갑자기 가족이 혈육이 아닌 것 같다는 의심이 생긴 거예요. 바보가 아닌 이상 무슨 계기가 있으니까 그런 생각도 하는 거겠죠. 하지만 대통령이 내 아버지 같다든지 결혼도 안 한 유명한 연예인이 내 어머니 같다든지…… 이런 건 좀 아니지 않나요?”

꽤 많이 살을 붙여서 설명을 했는데도 마 선생은 정원을 뚫어지게 쳐다보고만 있었다.

“더 많은 살을 붙여야 할까요?”

“노정우 이야기를 하고 계시는 겁니까?”

정원은 눈을 찢어질 정도로 크게 떴다. 너무나도 놀라서였다. 그게 마 선생의 질문에 답이 된다는 사실을 알아도 어쩔 수 없는 일이었다. 절대 아니라고 발뺌할 수도 없는 상황이었다. 너무 많은 살을 붙여서 누구나 알 수 있는 이야기였을까 하고 생각을 해봐도 그건 아니었다. 다른 경우를 생각해 보았다.

정우가 마 선생님께 먼저 상담을?

그래도 정원은 자신의 입으로 정우의 이름을 올릴 수가 없었다.

“들은 말이 없어도 알게 되는 경우가 있습니다.”

정원은 카리스마 넘치는 마 선생이 여전히 좋았지만 좀 무섭다는 생각이 들었다. 아무리 연륜이 깊다 해도 세상만사를 다 통달하고 있는 사람은 없기 때문이다.

"무덤까지 가지고 갈 비밀이 있으십니까?"

"그건 누구나 있지 않을까요?"

"누구나 그렇다는 건 강 선생님도 포함된다는 말이겠죠. 그렇다면 지금부터 그 비밀은 절대 무덤까지 갈 수가 없습니다."

"네?"

이건 또 무슨 소리인가 싶어 정원은 눈을 동그랗게 떴다.

"원래 비밀이란 조금만 누설되어도 전부가 순식간에 힘을 잃어버리니까요. 비밀이 있다, 라고 표현하는 순간부터 그 비밀은 위험해지고 사라질 위기에 처합니다."

정원은 수긍한다는 듯 고개를 끄덕였다.

마 선생이 계속 말을 이어갔다.

"비밀을 능가하는 게 사람의 호기심이니까요."

"그렇죠. 호기심이 늘 문제죠. 판도라의 상자를 자주 언급하는 것도 그런 이유고요."

"맞습니다. 모든 죄악과 재앙을 넣어 봉한 판도라의 상자를 두고 열 것인지 말 것인지를 두고 사람들은 무덤까지 쫓아가서 갈등을 빚고 싸웁니다. 그만큼 호기심은 극복하기 힘든 겁니다. 과연 세상에 비밀이 존재할 수 있는 거냐고 묻는 건 무덤까지 파헤쳐서라도 캐려고 하는 사람들의 호기심 때문에 비밀이 더 이상 남아 있을 수 없기 때문입니다. 사실 열어서 희망이라도 남아 있으면 다행인데 어떠한 것도 남아 있지 않는 경우가 있습니다. 최악의 상황에는 더 못한 게 남아 있을 수도 있습니다. 알아도 그만 몰라도 그만인 비밀도 많고요."

"자신이 누구인지, 자신의 뿌리가 어디에서 유래되었는지를 알고 싶어하는 건, 몰라도 그만인 비밀에 해당되는 것 같지 않아요. 그것 때문에 삶을 지탱할 수 없고 스스로를 파괴할 정도로 심각한 수준에 도달해 있으니까요."

"참으로 어려운 문제입니다."

"어떻게든 돕고 싶은데 방법을 모르겠어요."

정원은 간절한 눈빛으로 진심을 표현했다.

"실질적인 도움은 열쇠를 쥐고 있는 사람이 줘야 하는 거겠죠."

"맞아요. 열쇠를 쥐고 있는 사람은 아무래도 가족이겠죠. 가족 문제이니 가족끼리 도움을 주고 해결하는 게 가장 좋은 방법이고요. 그런데 가족들은 이런 문제를 알고 있을까요? 제가 가족들을 만나는 건 너무 오지랖 넓은 행동일까요? 상담전화라도 해서 정우의 상태를 알려주고 싶은데……."

말하는 도중에 고민에 빠진 정원은 말끝을 흐렸다.

"어쩌면 이미 만났을지도 모릅니다."

마 선생의 말에 정신을 차린 정원은 화들짝 놀랐다.

"네? 이미 만났을지도 모른다고요?"

더 이상 마 선생이 입을 열지 않았다.

스스로 알아내라 하는 것 같아 정원은 머리를 굴렸다. 그러다 오늘 아침 신혁의 애견 이름 때문에 가졌던 의구심을 기억해 내고 다시 심리적으로 불안해졌다.

"설마……. 설마! 설마 아니죠?"

노정우, 노신혁, 애견 페이쓰. 셋만 놓고 보면 가능한 추리였지만 말도 안 된다는 생각이 계속 발목을 잡았다. 마 선생의 표정만으로는 답을 알 수가 없었다.

"더 이상은 아무것도 말씀드릴 수 없습니다. 이미 고구마 값을 훨씬 넘는 조언과 힌트를 드렸으니 말입니다."

마 선생이 난로 옆에 놓인 집게로 난로 뚜껑을 열고 고구마를 꺼내 다 익었는지를 살폈다.

쿠킹호일을 벗기자 노릇노릇하게 구워진 고구마가 모습을 드러냈다.

"금강산도 식후경이라 했습니다. 추리는 그만 하시고 이거나 드십시오."

정원은 마 선생이 건넨 고구마를 무심결에 받아 들었다. 뜨거운 고구마로 인해 머릿속을 가득 채웠던 고민이 확 사라졌다.

"앗! 뜨거! 뜨거!"

정원은 저글링을 하는 것처럼 고구마를 양손으로 던져 올리기를 반복했다.

복도를 지나가고 있을 때였다.

"정원아! 정원아!"

어디서 불이라도 났는지 유준이 허둥지둥 정신없이 달려왔다.

“정 선생님, 부탁이니 직장에서는 강 선생이라 불러주시겠어요?”

머릿속이 복잡했지만 정원은 간과할 수 없는 문제를 지적했다.

“아, 맞다! 맞다! 강 선생, 강 선생!”

“한 번만 부르셔도 저 알아들어요. 말씀하세요.”

“이사장이 이상해졌어.”

유준이 아주 기이한 현상을 본 사람처럼 굴었다.

“원래 좀 이상하잖아요.”

“더 이상해졌다니까.”

“왜요?”

“내가 아까 운동장에서 수업 마치고 들어오는데 갑자기 이사장이 날 보더니.”

“보더니?”

정원은 유준의 말을 받으며 궁금한 얼굴을 했다.

“안녕하십니까, 이러는 거야!”

“에이, 그 정도가 뭐가 이상하다는 거예요?”

별것도 아닌 일을 가지고 수선을 떠는 유준에게 실망하며 정원은 투덜거렸다.

“이사장은 우리가 인사하기 전엔 절대 먼저 인사 안 한다니까.”

“그게 다예요?”

"아니, 아니! 그래서 나도 인사를 했지. 그랬더니 이사장이 나한테 이러는 거야. 학교 일이라는 게 은근히 중노동에 가까운 것 같습니다. 선생님들께서 수업 말고도 처리해야 할 일들이 너무 많은 것 같아서 말입니다, 라고."

"오! 웬일이래요? 이사장님도 시한부 선고받으셨나?"

정원은 농담을 하며 웃었다.

"더 들어봐. 그래서 내가 하도 이상해서 말로는 못하고 도대체 더 무섭게 이러는 이유가 뭐냐는 식으로 봤거든. 그랬더니 이사장이 또 그러는 거야. 뭐 하나 여쭈어봐도 되겠습니까, 하고 말이야. 그래서 내가 그러라고 했지. 그랬더니!"

"그랬더니?"

신혁이 무슨 질문을 했는지 너무 궁금해서 정원은 유준을 재촉했다.

"우리 학교 발전을 위해 제가 해야 할 일이 있다면 뭐가 있겠습니까? 이러는 거 있지."

무슨 생각과 의도로 그런 질문을 했나 싶었다. 정원은 신혁한테 은근히 대견스러운 면이 있는 것 같아 웃음을 흘렸다.

"진짜 죽을 날 받아놓으셨나?"

"그치, 그치?"

유준이 자신도 그런 생각을 했다는 식으로 맞장구를 쳤다.

"그래서 정 선생님은 뭐라고 했어요?"

"퍼뜩 생각이 안 나는 거야. 그래서 내가 좀 뜸을 들였어. 그래도 참고 기다리더라고. 평소 같으면 어림도 없는데 말이지. 그때 생각이 났던 거야! 내가 꼭 하고 싶었던 말이 말이야."

"그게 뭔데요?"

"회식!"

"회식이요?"

하도 엉뚱한 답변이라 정원은 어이가 없다는 식으로 되물었다.

"응. 회식. 내가 이사장한테 그랬다. 전 이사장님께서는 새 학기가 되면 전체 회식을 열어주셨습니다. 고기도 먹고 가무도 즐기고요. 학교가 발전하려면 선생님들의 단합과 사기 진작을 우선시해야 한다고 생각합니다, 라고 말이야."

정원은 간신히 웃음을 참으며 다시 물었다.

"그래서 회식시켜 준대요?"

"해줄 것 같던데."

"와! 정 선생님 덕분에 고기도 먹고 가무도 즐기게 생겼네요!"

"나, 잘했지? 잘했지?"

농담 삼아 한 소리였는데 반응이 영락없는 남동생이었다.

정원은 말해서 뭐 하냐는 식으로 고개를 절레절레 흔들며 웃음을 터뜨렸다.

"두 분, 데이트 중이십니까?"

갑자기 뒤에서 들려온 목소리에 정원은 화들짝 놀랐다.

뒤돌아보니 바로 뒤에 교장이 서 있었다. 아주 능글맞은 웃음을 머금은 채 의미심장한 눈빛을 하고.

"교장선생님, 그런 거 아니에요. 전부터 뭔가를 오해하시는 것 같은데……."

정원은 확실히 해두고 싶었다.

하지만 교장이 말을 뚝 끊어버렸다.

"괜찮습니다. 괜찮습니다. 굳이 그렇게까지 부정할 필요 없습니다. 선남선녀가 사내연애도 할 수 있는 거지 뭐 그런 걸 가지고, 저 그렇게 꽉 막힌 사람 아닙니다. 정말 괜찮습니다."

정원은 확신에 찬 목소리로 넓은 아량을 베푸는 것처럼 구는 교장한테 어이가 없어 말조차 나오지 않았다.

유준에게 뭐라 말 좀 해보라는 식으로 쳐다보았지만 유준은 이런 오해가 싫지 않은지 딴전을 부렸다.

"그러나 저러나 제가 왜 이렇게 기분이 좋은지 아십니까?"

교장이 아주 진지한 태도로 화제를 급하게 바꾸는 바람에 정원은 해명을 뒤로할 수밖에 없었다.

"무슨 좋은 일이라도 있으십니까?"

아까와는 달리 유준이 적극적으로 나섰다.

정원은 그런 유준이 얄미워 눈을 살짝 흘겼다.

"음하하하! 해가 서쪽에서 뜰 일입니다. 이사장님께서 제게 물으셨습니다. 우리 학교 발전을 위해 제가 해야 할 일이 있다면 뭐가 있겠습니까, 라고요."

"어! 이사장이 교장선생님께도 그랬습니까?"

유준이 이사장의 돌발적 행동이 신기한지 교장의 말을 끊었다.

"정 선생도 그런 질문을 받으셨습니까?"

교장이 더 놀랍다는 듯 물었다.

"네."

"거참, 지구가 반대로 돌 일이군요! 아무튼 그런 질문을 받은 전 그동안 하고 싶었던 말을 모두 쏟아냈습니다. 선생님의 복지문제, 학교 재정적 지원문제 등등 아주 자질구레한 것까지 소상히 말씀드렸습니다."

"결과는 어떻던가요?"

유준이 더 적극적으로 물었다.

"아주 오랜만에 확 피어오른 제 얼굴을 보시면 모르겠습니까?"

"그동안 이사장 때문에 맘고생해서 폭삭 늙으시는 것 같더니 오늘은 한결 보기 좋으시네요."

"아무튼 이사장님께 무슨 일이 있었는지는 모르겠지만 사람이 확 달라졌습니다. 날마다 오늘만 같았으면 소원이 없을 텐데."

웃음꽃이 활짝 핀 교장은 행복해 보였다.

그동안 이사장의 등쌀이 오죽 심했으면 저럴까 싶어 정원은 교장이 안쓰럽기까지 했다.

“아무튼 두 분, 짜릿한 데이트 잘하시고 나중에 봅시다.”

엉뚱한 마무리로 대화를 끝낸 교장이 총총걸음으로 재빠르게 모퉁이를 돌아 사라져 버렸다.

“아놔!”

해명의 기회를 또 한 번 놓친 정원은 억울한 표정을 지으며 아쉬워했다.

반면 점점 기정사실화되는 분위기가 싫지 않은지 유준은 혹시나 있을지 모를 정원의 곡괭이 공격을 우려해 슬그머니 뒷걸음질로 달아나 버렸다.

뒤늦게 두리번거리다 혼자 남은 것을 깨달은 정원은 더욱 황당한 낯빛을 했다.

이사장의 기이한 행보로 학교가 술렁거렸다. 시간이 갈수록 이사장으로부터 우리 학교 발전을 위해 제가 해야 할 일이 있다면 뭐가 있겠습니까, 라는 질문을 받은 사람이 점점 늘어났기 때문이다. 교사, 교직원, 학생, 경비원, 청소부까지 질문의 대상은 한정되어 있지 않았다.

그러한 일에 대해 사람들은 이사장이 지루하고 따분해서 그런 짓을 하는 거다, 무슨 이유인지는 몰라도 비로소 각성하고 변화를 꾀하는 거다, 아니다 정신이 좀 이상해진 거다 등등 분분한 해석을 내놓았다.

선생들이 정원에게 와서 묻기도 했다. 그런 질문을 받았냐고 말이다. 정원은 아직 받지 못했다고 대답했다. 이사장이 그러는 이유에 대해서는 잘 모르겠다는 표현으로 어물쩍거리고는 슬며시 대답을 회피했다. 속으로는 신혁의 왕따 탈출 더하기 안티 줄이기 대작전이 드디어 시작되었는가 하는 딴생각을 하면서도 말이다.

조만간 이사장이 회식을 주최할 거라는 소문도 들려왔다.

유준은 자신이 낸 의견이 채택, 반영된 거라며 뿌듯해하며 으스댔다. 선생들은 회식 문제를 두고 의견을 반영한 걸 보면 아주 장난 같지는 않다, 아니다 회식을 하기 전까지는 믿을 수 없는 일이다 등등 다양한 평들을 내놓았다.

정원은 그러한 일들보다 반 아이들 개별상담에 더 중점을 두고 몰두했다. 가정환경이 어려운 아이들에게는 학교를 믿고 열심히 공부해서 꿈을 펼칠 수 있게 상담하고 물질적인 도움을 받을 수 있는 방법을 모색해 주기로 약속했다. 학습 능력이 뛰어난 아이들은 지금보다 더 나은 단계로 발전할 수 있도록 자극했다. 반대로 학습 능률이 떨어지는 아이들은 심적 부담감을 덜어주고 함께 발전할 수 있는 방법을 찾아보고 노력하자는 말로 위로하고 격려했다. 그 외에도 담임으로서 신경 써야 할 것들은 무궁무진해서 바쁜 시간을 보냈다.

정원은 어둠이 내려앉고 나서야 학교를 나서게 되었다. 생각해 보니 정작 정우에게는 별 도움을 주지 못한 것 같아 또다시 마음이 무거워져 버렸다. 한숨을 푹푹 내쉬며 버스정류장에 도착한 정원은 멍한 표정으로 허공을 응시했다.

시간이 흘러 자신 앞에 신혁의 차가 멈춘 것도 전혀 몰랐다.

"강정원 선생님!"

정원은 낯익은 호통 소리에 깜짝 놀라 정신을 퍼뜩 차렸다.

신혁이 열린 차창으로 그녀를 노려보고 있었다. 왜 그러느냐는 식으로 쳐다보자 신혁이 답답하다는 표정으로 말을 걸었다.

"몇 번을 부른 줄 아십니까?"

"몇 번을 부르셨는데요?"

"적어도 네 번은 불렀습니다."

"왜 그렇게 애타게 부르셨는데요?"

신혁이 정원의 말이 마음에 들지 않는지 인상을 구겼다.

"애타게까지는 아닙니다."

그때였다. 버스 한 대가 비키라고 경적을 울리며 다가왔다.

"타십시오."

"네?"

"타라고 했습니다."

"아니, 제가 왜 이사장님 차를……."

말이 다 끝나기도 전에 신혁이 얼른 차에서 내려 정원을 차 안으로 밀어 넣었다.

"어, 어, 어!"

정원은 황당해서 더 이상 말을 잇지 못했다.

"또 뵙습니다, 강 선생님."

신혁이 문을 닫자 능숙하게 차를 몰아 차량의 행렬 속으로 합류한 강현이 인사를 건네왔다.

"아, 네. 안녕하세요. 어? 페이쓰 너도 있었구나!"

앞자리에 있던 페이쓰가 건너와 정원과 신혁의 사이에 자리를 잡고 앉았다.

정원은 페이쓰의 머리를 쓰다듬으며 신혁을 힐끔힐끔 쳐다보았다. 무슨 영문인지 통 모르겠다는 표정으로.

하지만 신혁은 어떤 설명도 하지 않았다.

어색한 분위기가 충분히 무르익어 더 이상 견딜 수 없는 상황까지 이르렀다. 정원은 괴롭다는 표정을 물었다.

"지금 어디로 가는 건지 여쭈어봐도 될까요?"

"뭐 좋아하십니까?"

동문서답도 유분수지, 지금 도대체 무슨 말을 하는 거냐고 따지고픈 마음이 세차게 솟았다. 정원은 잠시 그런 마음을 억눌렀다. 그리고 이럴 때 써먹어야 할 것 같은 마 선생의 어록을 줄줄이 읊어댔다.

"제아무리 사람 속을 들여다보는 능력이 있다 해도 머리 떼고 꼬리 떼고 껍질, 살도 홀라당 없애고 뼈다귀만 주시면 뭐가 뭔지 알 길이 없잖아요."

운전을 하던 강현이 나오는 웃음을 참지 못하고 킥킥거렸다.

하지만 신혁은 다른 반응을 보였다.

"그거 마 선생님께서 자주 쓰시는 말인데 허락은 받고 쓰시는 겁니까?"

뒤늦게 희귀성이 다소 부족한 어록이구나 싶었지만 정원은 말을 돌리고 싶지 않았다.

"지금 그게 쟁점이 아니잖아요."

"원래는 가시는 곳까지 모셔다 드릴 생각이었습니다. 그런데."

"그런데요?"

정원은 신혁이 끊은 말을 받아 되물었다.

"이왕 이렇게 된 거 여쭈어볼 것도 있고 해서 말을 바꾼 겁니다."

"제 취향이 궁금하셨던 건가요?"

"저녁으로 뭘 먹었으면 좋을까 싶어 여쭈어봤던 겁니다."

"혹시 저한테까지도 우리 학교 발전을 위해 제가 해야 할 일이 있다면 뭐가 있겠습니까, 라는 질문을 하실 생각이셨나요? 그런 거라면 굳이 저녁까지 함께 먹을 이유는 없다고 생각하는데요."

정원은 계속 지지 않고 또박또박 따졌다.

"정우에 관한 겁니다."

전혀 예상치 못했던 말에 정원은 깜짝 놀랄 수밖에 없었다.

"정우요? 저희 반 아이 노정우를 말씀하시는 거예요?"

"그렇습니다."

10

고풍스럽고 단아한 사랑방을 현대적으로 꾸며 정감 어린 분위기를 자아내고 있는 고급 한식당이었다. 온화한 조명과 전통 문살로 장식하고 은은한 전통음악이 흐르는 별실은 심리적인 동요를 여과시키기에 충분했다.

상 위에 차려진 13가지 이상의 반찬은 깔끔하고 정갈했다. 요즘 사람들의 입맛에 맞춘 현대적인 맛을 자랑하면서도 옛 맛 그대로의 깊은 맛을 품고 있었다. 그중 유자 레몬 은대구 구이와 석류 소스 메로 구이는 흔하지 않은 고급스러운 맛을 담고 있었다. 그야말로 산해진미 진수성찬이었다.

하지만 그러한 상을 사이에 두고 마주 향해 앉아 식사를 하고 있는 신혁과 정원은 아무런 풍미도 느끼지 못했다. 분위기는 어색하기 짝이 없었고 서로 정우에 관한 이야기를 꺼내야 한다는 걸 알면서도 적절한 시점을 찾지 못해 갈피를 못 잡고 있었다.

시간이 흘러 정원이 식사를 다 끝냈다는 의미로 숟가락과 젓가락을 내려놓고 물을 마셨다. 신혁에게 도저히 궁금해서 더 이상 못 먹겠다는 눈빛을 보내며.

그 모습을 본 신혁도 물을 마시고 냅킨으로 입을 닦았다.

"요즘 반 학생들과 개별상담을 하신다고 들었습니다."

"네."

정원이 본론으로 어서 들어가자는 식으로 냉큼 대답했다.

"정우도 하셨습니까?"

"네."

"뭐라고 하던가요?"

정원이 잠시 생각에 잠겼다가 입을 열었다.

"먼저 이사장님과 정우의 관계를 알았으면 하는데요."

신혁은 시간이 필요했다. 학교에서 정우가 그와 형제지간이라는 사실을 아는 사람은 교장과 마 선생밖에 없었기 때문이다. 그건 우선적으로 정우가 원했던 일이었다. 학교생활을 하는데 있어 학교 측과 가족관계가 얽혀 있는 게 알려지면 독이 되었으면 되었지 절대 득이 될 만한 일이 없다는 판단에서였다. 충분히 이해할 만한 사항이었기 때문에 비밀에 부치기로 했었다. 그래서 털어놓기가 쉽지 않았다. 하지만 지금은 정원의 협조가 절대적으로 필요한 때였다.

"가족입니다."

새삼 가족이라는 단어의 무게가 삶의 무게만큼이나 과중하게 느껴졌다. 가족은 사랑, 힘, 존재, 행복이라는 긍정적인 어휘와 맞바꿀 수 있어야 했다. 든든하고 포근하고 견고해야 했다. 하지만 이 순간만큼은 상처, 오해, 고통, 불행이라는 부정적인 어휘로 어두운 이미지만을 부여해 줄 뿐이었다.

"역시 제 예상이 맞았군요."

정원이 많이 놀라워하면서도 고개를 끄덕였다. 그러다 뭔가가 생각난 듯 말을 이었다.

"그런데 정우랑 별로 안 닮은 건 아시나요? 음…… 정우가 좀 더 미남형인 것 같아요. 뭐, 이사장님도 빠지는 인물은 아니지만요."

여자에 대해 잘 아는 것은 아니었다. 하지만 참 독특한 캐릭터라는 생각이 들었다. 다들 이사장이라고 하면 어려워하고 속에 있는 말도 쉽게 꺼내지 않는데 정원은 달랐다. 지위의 고하를 막론하고 사람을 일률적으로 솔직하게 대했다. 맛으로 따지면 절대 달지는 않았다. 오히려 썼다. 그러면서도 뒷맛은 깔끔했다. 확실하면서도 깨끗하고 시원하기까지 했다.

정원이 한마디를 덧붙였다.

"그래서 정우가 가족과 자신의 생물학적인 관계에 관해 의심을 품은 게 아닐까요?"

놀라웠다. 웬만해서 마음을 보이지 않는 정우가 정원에게 그런 고민을 털어놨다는 사실이 믿기지 않을 뿐이었다.

"정우가…… 가족에 관한 이야기를 하던가요?"

"가족사항에 아무런 기입이 없어서 제가 먼저 물었어요. 그러다가 심각하게 고민하고 있다는 사실도 알게 되었고요."

"좀 더 자세하게 말씀해 주실 수 있겠습니까?"

"정우가 근거없이 허무맹랑한 생각을 하는 거라고는 보지 않아요. 하지만 말씀드리기가 좀 어려운 부분이 있어요."

"그게 뭡니까?"

정원이 잠시 고민 어린 얼굴을 했다.

"그래도 가족이시니까 아셔야 할 것 같아서 말씀드릴게요. 혹시 영화배우 전은영 씨와……."

신혁을 뚫어지게 쳐다보던 정원이 말끝을 흐렸다. 더 이상 말하지 않아도 표정으로 그가 핵심을 알고 있다는 판단이 섰던 모양이다.

침묵이 무겁게 내려앉았다.

신혁은 가슴에 비수가 꽂히는 것 같았다. 정신이 아찔했다. 입이 바싹 말랐다. 손이 떨려와 주먹을 꽉 말아 쥐었다. 그래도 진정이 되지 않아 깍지를 꼈다 풀었다 하며 허공을 초점없이 바라보았다. 정우가 누구한테 무슨 말을 들었는지 몰라도 이렇게까지 많은 것을 알고 있을 줄은 몰랐기 때문이다.

"정우가 전은영 씨에 대해 뭐라고 하던가요?"

“그게…… 그게…….”

말하기가 어려운지 정원이 계속 망설이다가 겨우 털어놓았다.

“친엄마 같다고 했어요.”

신혁은 한숨을 크게 내쉬고서 아랫입술을 꽉 깨물었다. 골머리가 지끈지끈 아프고, 허리와 다리가 노그라질 듯 녹신거려 좌식의자 등받이에 몸을 기댔다.

“같다고 표현한 걸 보면 아직 추측 단계라는 소리군요.”

신혁은 정신을 집중하려고 애를 쓰며 말했다.

“그런 것 같아요. 그래서 좀 더 알아볼 필요가 있지 않겠냐고 했어요. 추측만으로 성급하게 판단하지는 말라고 했어요. 그게 만약 사실이면 어떤 식으로 하고 싶은지에 대해서도 신중하게 생각해 보라고 했어요. 그리고 가장 중요한 건 가족들과의 대화가 아니겠냐고도 했어요.”

“그렇군요.”

대화 사이에 침묵이 밀썰물처럼 주기적으로 되풀이되었다.

“솔직히 정우와 대화를 어떤 식으로 해야 할지 모르겠습니다.”

정우의 상태에 대해 알 만큼 알았기 때문에 오늘 만남의 목적은 이미 달성한 거나 마찬가지였다. 굳이 이렇게까지 속내를 드러낼 필요까지는 없었다. 신혁은 왜 자신이 정원에게 상의를 하고 있는 건지 스스로도 알 수가 없었다. 아마 정원이 가족 다음으로 정우를 잘 알고 있는 사람이란 생각 때문일 것이다.

단지 그 때문일까?

신혁은 자신에게 물었다.

"진실을 원하고 있으니 진실을 밝혀주는 게 답이겠죠."

정원이 답안을 제시했다.

"그럴 순 없습니다."

신혁은 조용하지만 단호하게 말했다.

"그렇게 되면 정우의 방황은 계속될 거예요."

정원이 안타까움을 부드럽게 표현했다.

"진실을 밝힌다고 과연 모든 게 해결될까요? 서로가 더 힘들어질 수도 있습니다."

"똑똑한 아이예요. 그럴 수밖에 없었던 상황을 설명하고 이해를 구하고 설득하면 알아들을 거라 생각해요."

"아니요, 그렇게 되지 않을 겁니다. 오히려 충격과 혼란에 휩싸여 분노하고 원망하고 증오할 겁니다."

신혁은 아플 정도로 이를 악물었다.

"뚜껑을 열어보기 전엔 그 뒷일은 아무도 알 수 없겠죠. 하지만 아무도 열려고 하지 않으면 정우가 직접 나설 수도 있어요."

"막아야죠. 어떻게든 막아야죠."

"세상 그 어떤 것도 호기심을 막을 순 없을 거예요."

그래도 안 된다고 말하고 싶어 신혁은 고개를 가로저었다. 생각이 한없이 깊어져만 갔다. 인생의 갈림길에서 선택해야 할 때는 스스로 판단하고 고집스럽게 밀고 나가는 것보다 누군가의 목소리에 귀 기울이는 게 더 도움이 되는 경우가 있다는 걸 모르진 않았다.

하지만 신혁은 이 일만은 어떻게든 막고 싶었다. 이기적인 마음으로 그러는 것은 아니었다. 오히려 정우와 정우의 친모에게 끼쳐질 영향을 더 우려해서였다.

전은영, 그녀는 새롭게 태어나고자 모든 과거를 버린 여자였다. 심지어 자신의 혈육까지도. 부와 명예, 권력을 거머쥐기 위해서라면 모든 걸 내던질 수 있는 사람이었다.

한때는 그런 그녀를 도저히 이해할 수도 용서할 수도 없었다. 살아 있는 악마를 경험하는 듯했다. 천사의 가면을 쓴 악마.

하지만 세월이 흘러 교묘한 잔인성과 가증스러운 교활함으로 거짓 인생을 살아가는 그녀한테 안타까움이 생겼다. 그것은 인간에 대한 일말의 동정심 같은 것이었다.

어쩌다 저 사람은 평생을 무거운 죄의 짐을 짊어지고 비틀거리는 인생을 살게 되었을까, 언제까지 거짓으로 아름답고 순결한 모습을 꾸며 자신이 가진 추악함을 꽁꽁 감출 수 있을 거라 생각하는 걸까, 세상에 그 모든 게 위선과 허위라는 것을 분명히 아는 존재가 있는데 의기양양한 모습으로 뻔뻔하게 살아가는 게 힘들고 괴롭지는 않나, 저 사람은 과연 행복하기는 한 걸까?

그런 생각을 하다 보니 이제는 그 인생이 답답하고 보기 딱하고 안쓰럽기까지 했다. 어떻게든 원하는 걸 손에 넣고 살아보겠다고 발버둥 치는 사람인데 굳이 발목 잡는 일을 할 필요가 있을까 싶었다.

하지만 정우에게 그런 진실과 존재를 알리고는 싶지 않았다. 막을 수만 있다면 무슨 짓이라도 할 거라고 생각했다.

정우 스스로 알아내 찾아간다고 해도 은영은 순순히 그 모든 걸 인정하고 받아들일 존재가 아니었다. 분명 정우만 상처받고 고통스럽게 살아가게 될 것이다.

신혁은 너무나도 골똘한 나머지 정원과 함께 있다는 사실을 잊고 있었다. 뭔가가 그의 다리를 툭 치지 않았더라면 정말 그 사실을 새까맣게 모르고 있을 뻔했다. 신혁은 뭘까 싶어 상 아래를 내려다보았다.

정원이 쭉 뻗었던 다리를 황급히 오므리다가 딱 걸렸다는 곤란한 표정으로 웃음을 흘렸다.

"아하하…… 죄송해요. 다리가 너무 저려서요. 절대 오해는 하지 마세요. 맹세코 의도적으로 그랬던 건 아니에요. 제가 원래 남보다 다리가 길기도 하고 이런 자세는 쥐약이거든요."

참 희한한 일이었다. 신혁은 이때까지 천연덕스럽게 히물히물 웃는 여자가 예쁘다거나 귀엽다는 생각을 한 번도 해보지 않았다. 그런데 마음이 살짝 흔들렸다. 아주 살짝.

생소한 경험이었다. 자신이 미쳤나 싶었다. 그럴 만한 상황도 아니었고 전혀 그럴 만한 분위기도 아니었기 때문이다.

마음이 흔들려? 내가?

신혁은 스스로에게 물었다.

저 여자 같지도 않은 사람한테? 왜? 그것도 골치가 아파 죽을 것 같은 상황에서?

황당하고 어이가 없었다.

말도 안 돼! 진짜 돈 거 아냐? 노신혁! 인마, 정신 차려!

신혁은 인정할 수 없는 감정을 거부하며 맞서 싸웠다. 그러느라 일그러질 대로 일그러진 표정은 미처 신경 쓰지 못했다.

"진짜 실수였거든요!"

갑자기 정원이 신경질을 냈다. 사과를 받아주지 않고 싫은 티를 팍팍 낸다고 오해한 모양이었다.

그런데 이제는 큰 눈에 힘을 주고 뾰롱뾰롱 톡톡 쏘는 모습까지 사랑스럽게 보였다. 감당할 수 없는 감정과의 싸움에서 승패를 가르기도 전에 짐을 하나 더 얹어주는 정원이 괜히 얄미워졌다. 이것은 신의 저주가 틀림없었다. 못마땅하고 언짢았다. 화가 화르르 일어났다.

"누가 뭐라고 그랬습니까?"

신혁은 언성을 튕기며 발끈했다. 이렇게라도 해야 정상으로 돌아올 수 있을 것만 같았다.

"아니, 무슨 남자가 그깟 일로 화를 내고 그러세요?"

"그깟 일이라니요? 이게 어떻게 그깟 일입니까?"

절대 그깟 일로 치부할 수 없는 일이었다. 전문의한테 정신감정을 받게 생겼는데 어떻게 하찮게 생각할 수 있단 말인가. 그리고 사람을 믿지 않는다고, 특히 여자를 믿지 않는다고 해서 여자를 보는 눈까지 없는 건 아니었다.

어떻게 여자 같은 느낌이라곤 눈곱만치도 없는 여자한테!

신혁은 자존심까지 상했다.

자고로 여자는!

신혁은 정원을 뚫어지게 쳐다보며 생각했다.

아무튼 강정원이란 사람은 절대 아냐!

완강하게 부인하며 신혁은 용수철처럼 벌떡 일어섰다.

"가기 전에 약속 두 가지만 합시다."

"무슨 약속이요?"

정원이 그를 올려다보며 물었다.

또 다른 모습으로 찾아올지도 모를 느낌을 미연에 방지하기 위해 신혁은 정원을 외면했다.

"하나, 오늘 나눈 대화는 비밀로 한다. 둘, 앞으로 전후좌우 10미터 이내 접근금지!"

"뭐, 뭐라고요?"

"저는 똑같은 말 두 번 하는 거 딱 질색인 사람입니다. 먼저 가겠습니다."

신혁은 어안이 벙벙한 정원을 남겨두고 별실을 나왔다.

집으로 돌아온 신혁은 페이쓰를 정성껏 돌봐주는 강현이 고마워 차나 한잔하고 가라고 붙잡았다. 하지만 괜한 짓을 했다 싶었다. 정원을 식당에 혼자 두고 나온 것에 대해 강현이 어떻게 그런 짓을 할 수 있냐고 따져 물었는데 차를 마시면서부터는 본격적으로 잔소리를 해댔기 때문이다.

"얼마나 황당하셨을까요? 차에 억지로 태운 것도, 저녁을 함께 먹자고 했던 것도 이사장님이셨는데 말이죠."

신혁은 남의 속도 모르고 긁어대는 강현에게 싸늘한 눈총을 툭 튀겼다.

"아무리 강 선생님이 씩씩해도 여자 아닙니까? 여자. 여자한테 그러시면 안 되는 거죠."

강현의 잔소리를 듣는 둥 마는 둥 귓전으로 듣다가 이건 짚고 넘어가야겠다 싶어 신혁은 입을 열었다.

"강현 씨는 강 선생이 여자로 보입니까?"

"처음엔 남자인 줄 알았죠. 보통 여자들과 많이 달랐으니까요."

"거 보십시오. 여자로 보이는 게 더 이상한 일이죠."

그럴 줄 알았다며 후련해했다.

"여자에 대한 고정관념이 있어서 그렇지 그 한계를 넘어서 보면 참 좋은 분이십니다."

"뭐가 좋다는 겁니까?"

삐딱하게 꼬부라진 심사가 그대로 돋쳐 있는 음성으로 따져 물었다.

“성격 좋고 지적이고 인간미 있고 리더십 있어 학생들도 잘 따르는 것 같고, 가까이서 보니까 얼굴도 꽤 예쁘장하고 웃을 땐 귀엽고 매력적이던데요.”

“그게 다입니까?”

“꾸밈없이 자연스럽고 솔직하고 의리도 있고 붙임성도 있고 착하고 정의롭고…….”

말리지 않으면 끝도 없이 나열할 것 같은 태세였다.

“안 지 얼마나 됐다고 뭘 그렇게 많이 갖다 붙입니까?”

신혁은 못마땅해서 말을 끊었다.

“그만큼 좋다는 얘기죠.”

“마음도 흔들렸습니까?”

은근슬쩍 의중을 떠보았다.

“글쎄요, 그런 것 같기도 하고……. 오, 생각해 보니 그런 것 같습니다.”

강현이 진지하게 생각해 보고는 대답했다.

신혁은 그런 강현을 마뜩잖게 쳐다보았다. 정신감정이 필요한 사람이 하나 더 늘었다는 생각이 들었다. 그러다 문득 유준이 떠올랐다. 총 합어 셋으로 변했다.

“그런데 이사장님 이상형은 어떤 분이십니까?”

신혁은 미간을 찌푸렸다.

“그건 갑자기 왜 묻습니까?”

“그냥 궁금해서요.”

강현이 차와 함께 내놓은 커다란 쿠키를 입안 가득 물고 웅얼거렸다. 곧 와삭와삭 하는 소리가 경쾌하게 들려왔다.

"그런 거 없습니다."

"이상형이 없다는 게 말이 됩니까?"

"왜 말이 안 됩니까?"

신혁은 들고 있던 찻잔을 거실 탁자 위에 내려놓고 소파에 편하게 기댔다.

"정말 한 번도 없었습니까?"

"있었다가 없어졌습니다."

"설마 그런 것도 없이 결혼하실 생각입니까?"

"결혼 안 합니다. 그러니까 그런 거 필요없습니다."

처음엔 당황하다가 장난이라고 생각했는지 강현이 손가락에 묻은 초콜릿을 쪽쪽 빨아먹으며 웃었다.

"에이, 함부로 장담하지 마십시오. 사람 일은 아무도 모르는 겁니다."

"믿음없이 함께 살아가는 일이 가능합니까?"

신혁은 웃지도 않고 정색으로 대꾸했다.

이에 강현이 얼굴에서 웃음기를 지웠다.

"믿음을 주는 분을 찾으시면 되잖습니까."

어려울 게 뭐가 있느냐는 투였다.

"과연 그런 사람이 있을까요?"

"찾아보기는 하셨습니까? 분명히 있을 거라 생각합니다."

"사람이 사람을 믿는 일은 어리석고도 위험한 일입니다. 차라리 서로가 서로를 경계해야 그나마 자신의 삶을 지킬 수가 있다고 봅니다."

"전 외딴섬에 갇혀 위축된 삶을 사느니 속고 배신당하는 일이 있더라도 바보처럼 사람 믿어가며 살렵니다. 그러다 보면 저 같은 바보도 만나겠죠. 바보는 좀 부족한 면이 많아도 착한 성향이 많거든요."

"결론은 자신이 착하다는 겁니까?"

"이 정도면 착하죠. 얼마나 더 착해야 하는 겁니까?"

강현이 아주 당연하다는 듯 말했다.

"요즘 트렌드가 나쁜 남자인 줄 알았는데 언제부터 착한 바보로 바뀐 겁니까?"

"그 말은 저 같은 사람이 또 있다는 건가요?"

"착한 본능을 가졌다고 하는 바보가 있습니다."

신혁은 정원을 떠올리며 계속 말을 이어갔다.

"몸 사리지 않고 위험한 일에 뛰어들고, 계산없이 살고, 맞고 쓰러져도 때린 사람 감싸고, 사람 구별하고 고르는 법도 없고, 사람 마음 흔들어놓은 것도 모르는 바보."

"거 보세요. 착한 구석이 많잖습니까."

그런 착한 바보가 자꾸 내 마음을 두드리는 것 같은데 난 문 열고 싶은 마음이 없단 말입니다, 라는 말이 목구멍에서 맴돌았다. 정말 착한 바보인 건지 그러는 척하는 건지도 모르겠고 아

무튼 난 여자가 힘들고 어려운 사람입니다, 라는 말이 연이어
목구멍에서 맴돌았다.

신혁은 다시 찻잔을 들었다. 그리고 차 한 모금과 함께 그런
말들을 삼키고 마음에도 없는 말을 내뱉었다.

"착한 바보들끼리 잘해보십시오."

"잘해보라고요? 제가 아는 사람입니까? 혹시 여자입니까?"

강현이 눈을 반짝이며 출싹거렸다.

"왜요? 아는 여자면 사귈 의향도 있는 겁니까?"

"당근이죠! 영악한 여자들 넘치는 세상에선 그런 여자가 보배
일 수도 있는데요."

"보배는 무슨."

신혁은 퉁명스럽게 조롱했다.

"소개 좀 시켜주십시오. 저 장가 좀 가게."

"싫습니다."

괜히 심술이 났다. 먹기는 싫으면서도 못내 내주기 아까운 뼈
다귀를 움켜쥐고 있는 개처럼 보일 수 있다는 걸 알면서도 어기
댔다.

"아까는 잘해보라고 하셨잖습니까. 남아일언중백억만금이란
말도 모르십니까?"

"금값이 많이 오르긴 오른 모양입니다. 그런 말도 시세 변동
이 있는 걸 보면 말입니다. 그리고 그 바보 임자 있습니다."

신혁은 유준을 떠올리며 그렇게 말했다.

"임자가 있다고요?"

"네."

"뭡니까? 이랬다저랬다."

강현이 투덜거렸다.

"강현 씨 진짜 바보군요. 대부분 이런 경우엔 골키퍼 있다고 골 안 들어갑니까, 이러는데."

강현이 아주 못마땅하다는 듯 인상을 찌푸리더니 가르치는 말투로 말하기 시작했다.

"사랑은 게임이 될 수 없는 겁니다."

옳은 말이라 입을 다물 수밖에 없었다. 신혁은 아직 할 말이 더 남은 것 같은 강현을 바라보기만 했다.

"그리고 공 들어간다고 공 찬 놈이 골키퍼 되는 거 봤습니까? 그거 다 자기 탐심을 합리화하기 위해 써먹는 엉터리입니다. 원칙 무시하고 언제나 반칙, 편법으로 결과만을 맹목적으로 노리는 것들 때문에 세상이 자꾸 어지럽혀지는 거고요. 착한 사람이 바보가 되는 세상! 사실 이거 정말 문제가 많은 겁니다. 왜 착한 사람이 대접을 받고 살아야 하는데 바보 취급을 받아야 하는 겁니까?"

뭔가가 가슴에 맺힌 것이 많은 사람 같았다. 원래 말이 많은 줄은 알고 있었지만 흥분을 하니 말이 더 길어졌다.

"사실 진짜 바보 같은 사람은 착한 사람들을 바보로 보는 사람들입니다. 바보 눈에 좋은 게 보일 리가 있습니까?"

어쩌고저쩌고, 주절주절, 이러쿵저러쿵, 강현의 열띤 바보 강의가 끝없이 계속되었다.

말이 길어지면 듣는 사람의 집중력은 떨어지고 권태를 느끼게 된다. 좋은 말, 옳은 말을 짧고 굵게 해야 폼이 나는 것이다. 그것만 알면 더할 나위 없이 좋을 텐데. 신혁은 적절한 때를 노려 간신히 끼어들었다.

"강현 씨."

"네?"

"기사를 직업으로 하신 거 정말 잘하신 것 같습니다."

"갑자기 그게 무슨 말씀이십니까?"

"강현 씨가 교장 했으면 애들 여럿 쓰러졌을 테니까 말입니다."

학교 발전을 위해 제발 조회시간에 교장의 훈화 좀 줄여달라고 했던 아이들의 말이 기억나서 한 말이었다.

하지만 금방 이해가 안 되는지 강현이 눈동자를 이리저리 굴렸다. 그러다 뭔가를 깨달은 것처럼 환하게 웃었다.

"하하! 제가 교장을 하기엔 좀 잘생긴 편에 속하죠. 여고 교장이었으면 정말 애들 여럿 쓰러졌을 겁니다. 하하하!"

신혁은 심각한 낯빛을 하고 강현을 빤히 쳐다보았다. 결근해도 좋으니까 내일 당장 정신감정부터 받아보라고 할까, 하는 생각을 품고.

11

"그 사람, 진짜 웃기는 짬뽕 아니냐?"

정원은 이불 속에서 엎드려 얼굴만 내민 채 투덜거렸다.

"그런데 웃기는 짬뽕은 무슨 맛이에요?"

책상에 바짝 붙어 수학 문제를 풀고 있던 유진이 시선도 주지 않은 채 농담을 던졌다.

"겉보기엔 번드르르해. 재료는 에이급이야. 그런데 맛은 뭐라 설명할 수가 없어. 헷갈리는 맛이라고 해야 하나?"

"그렇게 말씀하시니까 더 궁금해지네요."

유진이 잠시 천장을 쳐다보며 볼펜 끝으로 턱을 문질렀다. 상상해 보려고 애쓰는 모습이었다.

“진짜 한 번 보여주고 싶을 정도라니까.”

“나중에 꼭 보여주세요. 웃기는 짬뽕이 어떤지 제가 직접 보고 평가해 드릴게요.”

“그래. 그 평가 기대하마.”

짬뽕에 대한 대화가 종료되었다고 생각한 유진이 다시 공부에 열중했다. 정원은 미간을 좁히고 입안 가득 공기를 문 채 턱을 이리저리 움직였다. 생각할 게 많아서였다.

“혹시 너 영화배우 전은영이란 사람 아니?”

“아마 간첩도 그 사람은 알걸요. 그런데 그건 갑자기 왜 물어보세요? 결혼한다는 소식 때문에요?”

유진이 책에 눈을 박고 손을 열심히 움직이며 대답했다.

“너도 뭐 들은 거 있어?”

“애들이 하도 떠들어대서요. 소문도 되게 많던데.”

“무슨 소문?”

잠시 유진이 공부를 중단하고 기억을 더듬었다.

“그 사람 아주 옛날에 미국에서 결혼한 적이 있었대요. 애를 낳았다는 말도 있었고요.”

정원은 자기도 모르게 침을 꿀꺽 삼켰다. 시답잖은 가십에 관심이 없는 유진이 그런 이야기를 들을 정도면 정우는 말할 것도 없다는 생각이 들어서였다.

“그런데 그런 거 다 거짓말 같아요. 그 사람 전혀 그렇게 안 보이잖아요.”

정원은 아무 말도 하지 못하고 어두운 얼굴을 했다. 그런 줄도 모르고 유진이 다시 책으로 눈을 돌렸다. 한동안 종이 위에서 쓱싹쓱싹 경쾌하게 달리는 펜의 소리만 들렸다.

미국에서의 결혼과 출산이라…….

정원은 도대체 뭐가 뭔지 모르겠다는 표정으로 인상을 찡그렸다.

연예인에 관한 소문은 악의를 가지고 날조한 악성 유언비어인 경우가 많았다. 하지만 신혁과의 대화, 그의 태도와 함께 미루어 짐작하면 전은영이 정우의 친모인 것은 거의 확실했다.

문제는 친부였다. 학교 선생들한테 듣기로는 전 이사장의 성품이 사업가로서는 보기 드물게 곧고 바르고 정직하다 했다.

그런데 그런 사람이 아내가 있는 상태에서 어린 여자와 이중 결혼을 했다? 게다가 아이까지?

막장 드라마에서는 가능한 일일 수도 있었다. 하지만 일반적인 상식으로는 이해가 가지 않는 일이었다. 정원은 이건 아니다 싶어 고개를 가로저었다.

그럼 누굴까? 그 집안에 전은영과 관련된 사람이 있으니까 데려다 키웠을 것이 아닌가. 혹시 정우가 말했던 큰형과 작은형?

정원은 더 이상 찡그릴 수 없을 만큼 얼굴을 찡그렸다. 정우가 분명 형수도 있다고 했다. 정우가 자신이 가족의 일원이 아니라는 판단을 했을 정도면 형수도 그 사실을 모르진 않을 것이

다. 그런데 요즘 세상에 누가 밖에서 낳아온 자식이 있는 남자
와 결혼해 아내 노릇을 한단 말인가.

그렇다면…… 작은형?

정원은 엄청난 충격을 받아먹은 사람처럼 입을 떡 벌리고 말
았다. 흐트러진 정신을 가다듬기 위해 정원은 고개를 마구 흔들
어대고 다시 생각하기 시작했다.

분명 선생들이 그랬다. 결혼도 안 한 자식이 이사장이랍시고
나대는 꼴이 아주 같잖다고 말이다.

그럼…… 신혁이…… 정우의 친부?

정원은 감당할 수 없는 깨달음에 하마터면 비명을 지를 뻔했
다. 황급히 입을 다물고 혹시라도 몰라 두 손으로 틀어막기까지
해서 다행이었다. 안 그랬으면 한밤중에 도둑이 든 줄 안 집주
인이 몽둥이를 들고 오든가 엄한 제자 하나 심장마비로 쓰러뜨
렸을 것이다.

신혁의 딱딱하고 차갑기 이를 데 없는 얼굴이 눈앞에 선명하
게 나타났다. 곧이어 전은영, 정우까지 세 명의 얼굴이 함께 보
였다.

정원은 이상해서 고개를 갸웃했다. 세 사람의 생김새의 공통
분모가 그다지 없었기 때문이다. 제각각이었다. 전은영이 인기
를 끄는 데는 자연미인이란 점이 큰 몫을 했다는 걸 모르는 사
람은 없었다.

그럼 이사장이 얼굴을 뜯어 고쳤나?

정원은 잠시 의심을 해보았다. 하지만 그것도 아닌 것 같았다. 쌍꺼풀도 없고 코도 인위적이진 않았기 때문이다.

그렇다면 정우는 돌연변이?

정원은 정말 이상한 노릇이란 생각을 했다. 하지만 별난 조합치고는 아주 뛰어난 조물주의 솜씨로 빚어진 작품이라 기립박수라도 치고픈 심정이었다.

나도 시집가서 애 낳으면 그런 아들을 낳아야 할 텐데…….

문득 든 생각에 정원은 괜히 웃음이 나왔다. 픽, 하는 소리에 유진이 잠시 뒤를 돌아보았다.

"무슨 생각하는데 혼자 웃으세요?"

"아무것도 아니야."

이에 유진이 갑자기 손으로 얼굴을 가리고 어깨를 떨면서 키득거렸다.

"왜 그래?"

"아니에요."

유진이 손사래를 치며 계속 웃어댔다.

"야, 뭔데? 궁금하잖아!"

정원은 팔딱 일어나 다가가서 유진의 얼굴에서 손을 떼어냈다.

그러자 유진이 웃음을 싹 지우고 정원의 허리를 꽉 감았다.

"선생님도 제가 그러니까 궁금하시죠? 그래 놓고 의리없게 혼자만 웃으시겠다는 거예요? 선생님부터 털어놓으세요."

"야, 너, 언제부터 연기 공부까지 했냐? 진짜 속았잖아."

정원은 혼내는 것처럼 유진의 머리를 끌어안고 품 안에서 비벼댔다.

"전 궁금한 게 있으면 공부가 안 된단 말이에요. 얼른 부세요."

유진이 헝클어진 머리를 해가지고 올려다보며 물었다.

"진짜 별거 아니야."

"별거 아닌데 뭐 하러 숨기세요. 얼른요."

"우리 반에 키도 크고 잘생긴 놈이 하나 있거든. 노정우라고."

"얼마나 잘생겼는데요? 승민이보다 더 잘생겼어요?"

유진이 승민을 거론했다. 예전엔 아버지끼리 동업을 했던 사이라 어렸을 때부터 막역한 친구로 지내다 지금은 사정이 달라져 서로 아는 척도 안 하고 있으면서 말이다. 물론 그 이전에 사춘기에 접어들면서 신체적, 정신적인 변화로 인해 특별히 무슨 일이 있었던 것도 아닌데 허물없이 지내기는 어려웠다고 했다. 서로를 단순한 친구가 아닌 이성으로 인식했기 때문이 아닐까 싶었다.

두 사람은 친구이면서 서로를 선의의 라이벌이자 자극이 되는 상대로 여겼다. 또한 둘은 출중한 외모와 실력을 가지고 있어 승민은 여학생들에게 유진은 남학생들에게 인기가 많았다. 그런데 가만 보면 유진이 티는 내지 않지만 승민을 마음에 두고 있는 듯했다. 짝사랑의 대상으로 말이다.

"음, 막상막하이긴 한데 내 눈엔 정우가 조금 더 잘생긴 것 같아."

"그래요? 한번 보고 싶다. 그런데 걔가 뭐요?"

"나중에 나도 시집가서 그런 아들 하나 낳아야 할 텐데, 하다 보니까 괜히 웃기잖아."

유진이 시들한 표정을 지었다.

"알고 보니 진짜 별거 아니네요. 그게 뭐가 웃겨요? 보나마나 진짜 잘생긴 아들이 나올 텐데요."

"정말 그렇게 생각하는 거야?"

"그럼요. 선생님 자세히 보면 되게 예쁘고 귀여운 얼굴이에요."

"유진아, 뭐 먹고 싶니? 반반무많이?"

고래도 춤추게 한다는 칭찬에 기분이 좋아진 정원은 월급날이면 꼭 함께 사먹는 프라이드치킨 반 양념치킨 반에 무 많이를 말했다.

"선생님 돈 아껴서 시집가셔야죠."

"열심히 모아뒀는데 결정적으로 남자가 없잖니."

"진짜 이 세상 남자들 눈이 어떻게 된 것 같아요. 왜 진주를 못 알아볼까? 제가 남자고 나이가 많았으면 무조건 대시를 했을 텐데 말이죠."

정원은 눈을 감고 코를 훌쩍이며 천장을 올려다보았다.

“감격해서 눈물 나려고 한다. 뭐라도 진짜 사주고 싶다.”

“그럼, 저 편의점에서 파는 그 초콜릿이요.”

“네가 좋아하는 그 이백 원짜리 초콜릿? 내가 손잡이 모양 같다고 한 거?”

겨우 먹고 싶은 게 그런 거냐는 투로 물었다.

“네.”

“백 개 정도면 되겠니?”

“저 살쪄서 안 돼요. 두 개면 돼요.”

정원은 가난에 찌들어 소박하다 못해 궁상스러워진 유진을 안타깝게 바라보다가 말을 꺼냈다.

“소원 한번 참 싼티난다. 알았어. 내가 번개처럼 다녀오마.”

“지금 가시게요? 안 돼요. 시간이 너무 늦어서 위험해요. 내일 퇴근하고 오시는 길에 사다 주세요.”

“야, 날 여자로 보는 인간이 어디 있니?”

나이가 들수록 서글퍼지는 말이지만 그게 냉정한 현실이라 어쩔 수 없는 일이었다.

“그럼 바람 좀 쐬게 저랑 같이 가요.”

“그래, 그럼 바람이나 쐬고 오자.”

두 사람은 옷을 걸치고 이런저런 이야기를 나누며 집 근처 편의점에서 초콜릿을 사가지고 나왔다. 그러다 정우에게서 걸려 온 전화를 받게 되었다.

“노정우, 무슨 일이니?”

늦은 시간에 웬일인가 싶어 정원은 냉큼 물었다.

[어디 계세요?]

목소리가 침울했다.

"집 근처 편의점. 넌 어딘데?"

[한강이요.]

정원은 걸음을 뚝 멈춰 섰다.

"한강? 이 시간에? 거기서 뭐 하는데?"

[속이 답답해서 나왔어요.]

"한강이 소화제냐? 야심한 밤에 거길 가게? 가니까 속이 뻥 뚫려?"

속이 답답한 이유는 정확히 알고 있었다. 하지만 정원은 분위기를 부드럽게 하기 위해 농담을 던졌다.

[아니요. 죽고만 싶어요.]

죽고 싶다는 말에 정원은 순간 아뜩해졌다. 심히 불안해졌다.

질풍노도의 시기라 불리는 청소년기는 정서적으로 심리적으로 불안정하고 부적응의 행동을 보일 취약성이 높은 시기라 특히 관심과 대화가 중요했다. 극단적인 생각과 행동을 어떻게든 막아야만 했다.

"노정우, 만나자. 거기가 어디쯤이니? 내가 갈게."

정원은 다급한 마음을 애써 감추며 침착하게 말했다.

[여자가 밤늦게 어디를 와요?]

"내가 너한테 선생이지 여자니? 어디야? 빨리 말해."

기분 나쁘지 않게 부드럽게 나무라자 정우가 망설이다가 말했다.

[청담대교 북단 고수부지요.]

"청담대교 북단 고수부지? 알았어. 기다려. 금방 갈 테니까."

휴대폰을 끊기도 전에 유진이 때마침 오는 택시를 발견하고 뛰어가 손을 흔들었다. 택시가 서자 유진이 정원을 향해 손짓하며 소리쳤다.

"선생님, 빨리요!"

뒷문을 연 유진이 택시에 냉큼 올라탔다.

예상치 못한 유진의 행동에 깜짝 놀란 정원은 얼른 택시로 뛰어갔다.

"야, 너도 가려고?"

"한강이라면서요?"

유진이 아무렇지도 않은 얼굴로 물었다.

"응."

"이럴 때 가보지 제가 언제 한강을 가요? 아저씨, 청담대교 북단 고수부지요!"

정원은 어쩔 수 없이 택시에 올라탔다.

곧 택시는 속도를 높여 도로 위를 달렸다.

아직까지는 날씨가 추워 한강은 한산했다. 늦은 밤이라 더 그런 것 같았다.

택시에서 내린 정원과 유진은 꼭 붙어 정우를 찾으러 가는 중이었다.

"선생님."

갑자기 유진이 심각하게 불렀다.

"응?"

"아까부터 기분이 좀 이상해요."

"왜?"

"괜히 심술이 나요. 동생한테 엄마 빼앗긴 것처럼 계속 질투
가 나요. 동생 없이 살아서 그런 기분 모르고 살았는데 왜 이러
는 건지 모르겠어요."

"그래? 왜 그런 마음이 드는 걸까?"

정원은 대수롭지 않게 생각하고 그냥 웃고 말았다.

"애들이 저랑 선생님이랑 사는 거 알고 막 질투했을 땐 잘 몰
랐는데 애들도 이런 기분이었을까 싶기도 하고……. 하여간 그
래요."

"그렇구나. 어, 정우다!"

유진의 질투심을 어떤 식으로 달래줘야 하나 싶을 때 발견한
정우였다. 정우는 두 손을 바지주머니에 꽂은 채 굳은 얼굴로
시커먼 한강을 응시하고 있었다. 정우가 인기척을 느끼고 고개
를 돌렸다. 추운 곳에 너무 오래 있었는지 얼굴이 파리했다.

"노정우."

정원은 안타깝게 불렀다.

정우가 유진을 쳐다보며 무뚝뚝하게 말했다.

"앤 뭔데 달고 나왔어요?"

그다지 반갑지 않다는 표정과 말투였다.

"야, 달고 나오다니? 네 눈엔 내가 액세서리로 보이니? 그리고 너, 고1 아냐?"

그러지 않아도 질투심에 사로잡힌 유진을 자극하는 것 같아 걱정을 하는데, 아니나 다를까, 유진이 평소와 다르게 퉁명스러운 태도를 보였다.

"근데?"

전혀 흔들림없는 정우가 시건드러지게 응했다.

"누나라고 해라. 나 고3이거든."

"누나? 그게 뭔데? 네 이름이 누나라는 거야? 고삼이라는 거야? 자기소개를 하려면 제대로 해."

감정을 억누르는 서로의 노력으로 음성은 낮았지만 초면부터 팽팽한 분위기였다.

정원은 잠시 상황을 지켜보기로 했다.

"뭐? 너 누나라는 단어 몰라? 외국에서 살다 들어왔어? 시스털 몰라? 시스털? 에스 아이 에스……."

혀까지 굴려가며 가르치려 했던 유진의 말을 정우가 성마르게 끊었다.

"지금 장난쳐? 나이 좀 많으면 무조건 누나야? 우리가 한민족이라도 그건 너무 오버 아니야? 그럴 것 같으면 사천팔백만 한국인이 다 내 패밀리고 내 누나는 백만, 내 형은 오백만도 더 되는 거야?"

큰 키만큼이나 만만치 않은 정우 앞에서 유진이 한없이 작게 보였다. 유진이 입을 꾹 다물고 코로 거친 숨을 몰아쉬었다. 화를 삭이는 중이었다.

"선생님, 저 이제 웃기는 짬뽕이 어떤 건지 알 것 같아요."

겉은 번드르르하고 재료는 에이급인데 하는 짓이 영 아니라는 생각을 했는지 유진이 으르렁거렸다.

이에 정원은 이를 악물고 터져 나오는 웃음을 애써 참았다. 두 사람을 말려야 하는데 은근히 재미가 있어 수수방관했다.

"한밤중에 웬 짬뽕타령? 근데 그거 뭐냐?"

정우가 유진의 손에서 비닐봉투를 낚아챘다. 그리고 허락도 없이 손을 집어넣어 초콜릿을 하나 꺼냈다.

"이게 뭐야? 초콜릿?"

비닐을 까서 내용물을 확인한 정우가 입안에 쏙 넣고선 우물거렸다.

"야, 주인 허락도 없이 누가 먹으래? 그거 선생님이 나 사주신 거거든!"

금방이라도 눈에서 불이 뿜어져 나올 것 같은 유진이 끝까지 화를 억누르며 비닐봉투를 다시 빼앗아 들었다.

"선생님? 너도 제자냐?"

"너 자꾸 반말할래?"

천연덕스럽게 약을 올리는 정우한테 유진이 분해 죽겠다는 표정으로 말했다.

"응. 그러는 넌 자꾸 손발 오그라들게 누나라고 우길래? 싸구려 초콜릿 하나 가지고 갖은 유세 다 떠는 누나?"

"어우, 주먹이 운다."

정우가 유진의 얇은 손목을 덥석 잡아 이리저리 살폈다.

"뭐 하는 짓이야?"

깜짝 놀란 유진이 손을 확 내뺐다.

"주먹이 운다고 해서 진짜 우나 하고 봤지."

유진이 신기한 생명체를 발견한 것처럼 입을 떡 벌렸다.

"선생님, 뭐 이런 애가 다 있어요?"

유진의 말이 끝나기가 무섭게 정우가 끼어들었다.

"선생님, 뭣 좀 드실래요? 저 배고파서 뭐라도 좀 먹어야겠어요."

"저녁 안 먹었어?"

정원은 끼니도 거르고 늦은 시간에 찬바람 맞아가며 방황하는 정우가 안쓰러웠다.

"네."

"뭐라도 좀 먹고 있지."

"이런 데서 혼자 먹는 거 좀 쪽팔리잖아요. 기다리세요. 뭣 좀 사올게요."

"잠깐만!"

정원은 정우의 팔을 붙잡았다.

"여기서 영동대교 쪽으로 가다 보면 좀 큰 편의점 있어. 안에 들어가서 먹자. 너 너무 추워 보여."

"자. 가는 동안 배고프면 이거라도 먹어."

유진이 초콜릿이 든 비닐봉투를 정우에게 내밀며 선심을 썼다.

정우가 그런 유진을 빤히 쳐다보다가 입을 열었다.

"이런다고 누나라고 부르진 않아."

"바라지도 않아."

유진이 거의 강제로 정우의 손에 비닐봉투를 쥐어준 다음 점퍼에 달린 모자를 쓰고 정원을 향해 말했다.

"선생님, 저 추워서 먼저 출발할래요."

말은 그렇게 하지만 두 사람에게 대화할 시간을 주기 위함이라는 걸 모르진 않았다. 정원은 속 깊은 유진에게 고마움을 느꼈다.

"그래."

유진이 영동대교를 향해 걷기 시작했다.

정원은 정우와 함께 그 뒤를 따랐다.

"우리 초콜릿 먹으면서 가자."

정원은 비닐봉투에서 초콜릿 두 개를 꺼내 비닐을 까서 정우에게 건네고 자신도 하나를 입에 물었다. 이렇게 해야 정우가 마음 편히 먹을 것 같다는 생각에서였다.

"맛있지? 이거 쟤가 제일 좋아하는 거야. 아, 맞다! 너 쟤 이름 모르지? 유진이라고 해, 소유진.”

“쟤 진짜 선생님 제자예요?”

입안에 든 초콜릿을 먹느라 두 사람의 발음이 뭉개졌다.

“응.”

“쟤 이름 바꾸라고 해요.”

“왜? 유진이 예쁘잖아.”

“쟤는 화제라는 이름이 더 어울려요.”

“화제? 아! 소화제! 아하하하!”

정원은 박장대소했다.

웃음소리가 컸는지 앞서 가던 유진이 뒤를 힐끗 돌아보았다. 정우와 눈이 마주쳤는지 유진이 인상을 찡그리며 다시 앞을 보고 열심히 걸어갔다.

“그런데 왜 이 시간까지 쟤랑 있어요?”

“유진이 나랑 살아.”

“선생님하고요?”

“응. 부모님이 돌아가셔서 혼자거든.”

정우가 한동안 침묵했다. 곁눈질로 보니 미안해하는 표정으로 유진의 뒷모습을 좇고 있었다. 동정심이 생긴 모양이었다.

“밝고 똑똑하고 씩씩한 녀석이야. 이제는 제자보다 동생 같은 기분이 들어.”

“돌봐줄 친척 하나 없어요?”

정원은 대답하기 전 씁쓸한 표정을 지었다.

“있어. 있는데 다들 먹고살기 힘든가 봐.”

유진의 딱한 상황을 눈치 챈 정우가 분노 섞인 한숨을 내쉬었다.

“버림받은 기분…… 진짜 더러운데.”

동병상련 같은 아픔이 묻어나는 말이었다.

세상으로부터, 가족으로부터 버림받은 사람들은 버림받았다는 분노와 혼자라는 외로움, 그리고 아무도 쓸모없는 쓰레기, 천덕꾸러기로 전락한 자신을 필요로 하지 않는다는 사실을 스스로가 잘 알기 때문에 힘들어하는 것이다. 마음의 분노는 그 생각만으로도 공격성을 드러내 죽음을 부르기도 한다. 버림받은 자들의 공격성은 어찌 보면 생존을 위한 몸부림일 수도 있다.

정원은 어둠 속에 갇힌 정우를 밝은 빛으로 인도해 내고 싶었다. 세상에 그 누구도 이유없이 하찮게 태어나지 않는다는 것과 정우의 존재를 필요로 하는 곳이 많다는 사실을 깨닫게 해주고 싶었다.

참으로 다행스러운 건 정우가 조금씩 마음의 문을 열고 있다는 사실이었다.

“정우야.”

부드러운 음성에 고개를 숙이고 있던 정우가 정원에게 시선을 옮겼다.

“누구보다 더 많은 걸 알거나 가지고 있다는 건 참 좋은 일이야. 줄 수 있는 게, 나눌 수 있는 게 더 많다는 얘기니까. 그런 비참한 기분이 어떤 건지 안다면 너와 비슷한 처지에 있는 사람들을 더 쉽게 도울 수 있지 않을까? 난 네가 돌이킬 수 없는 과거에 너무 얽매이지 말고 네 힘으로 만들어갈 수 있는 미래에 더 힘을 쏟았으면 좋겠어. 넌 충분히 그럴 수 있는 사람이니까.”

정우가 걸음을 멈추는 바람에 정원과 거리가 생겼다.

정원은 뒤를 돌아보았다.

정우가 정원을 말없이 뚫어지게 쳐다보았다.

정원은 정우와의 거리를 좁히고 싶어 다가갔다.

그러자 정우가 무거운 입을 열었다.

“작은형이라는 사람이 저한테 그렇게 말해달래요?”

실망과 원망이 담긴 목소리였다.

“뭐?”

정원은 놀라 더 길게 말을 할 수가 없었다.

“오늘 함께 가는 거 봤어요.”

“아…… 그랬구나. 그런데 정우야, 오해하지 마. 난 내 생각을 말했을 뿐이야. 그리고 나에 대한 너의 믿음 저버리는 일 절대 없을 거니까 걱정하지 마.”

진심이 전해졌는지 정우가 더 이상 따지지 않았다. 정우가 다시 걷기 시작했다.

한동안 침묵이 계속되었고 두 사람은 말없이 걷기만 했다. 거의 편의점에 다 왔을 즈음이었다.

“저, 그분 만나러 간 적 있어요.”

정원은 정우가 편하지 않은 말투로 지칭하는 사람이 누군지 처음엔 알지 못했다.

“그분이라니?”

“제 친엄마 같다는 분이요.”

새로운 사실에 정원은 눈이 휘둥그렇게 뜨고 정우의 팔을 붙잡았다. 두 사람은 서로 마주 보았다.

“직접 만났어?”

“우리 서울역 앞에서 만난 날, 그분 팬 사인회가 명동에서 있었어요.”

정원은 심각한 얼굴로 말없이 그 상황을 상상했다.

정우가 계속 말을 이었다.

“팬인 척하고 찾아가 줄을 섰어요. 그리고 기다리다 그분 앞에 섰어요.”

정우가 그때 그 상황으로 되돌아간 것처럼 눈빛이 흐려졌다.

“분명히 날 봤어요. 날 똑똑히 봤는데…… 다른 팬들한테 한 것처럼 아무렇지도 않게 제 이름을 묻고 쓰고…… 사인을 해서 건네주고…… 한 번 웃어주고 그게 끝이었어요.”

그날 받은 충격이 되살아난 것처럼 정우가 멍하니 굳어져 있었다.

정원은 가슴이 먹먹해져 어떤 말도 할 수가 없었다. 그저 얼굴에 안타까운 마음을 담아낼 뿐이었다.

"제 얼굴도, 이름도 전혀 알아보질 못했어요. 솔직히 단번에 알아보면 어쩌지 하는 마음이 더 컸는데……."

정우가 쓰디쓴 미소를 머금으며 계속 말을 이었다.

"무슨 엄마가 그래요?"

굳이 답을 원하는 질문은 아니었다. 믿을 수 없는 현실에 대한 무력감을 표현한 것이었다.

"버리면…… 모든 게 다…… 아무렇지도 않게 끝나 버리는 거예요?"

달을 향한 눈이 유난히 반짝였다.

"기르던 개를 내다 버려도 그러진 않겠다. 어떻게 버린 아들을 보고 천진난만하게 웃을 수가 있는 거죠? 그 미소가 떠오를 때마다 심장이 너무…… 아파요. 전 무슨 죄를 지었기에 이런 운명을 타고 태어난 걸까요? 뭘 잘못했기에 버림을 받고 기형적인 성장을 할 수밖에 없는 거죠? 도대체 내가 뭘 잘못했기에…… 뭘…… 뭘……."

정우의 눈에서 마음 깊이 감춰둔 슬픔과 분노, 절망이 한 줄기 뜨거운 눈물이 되어 흘러내렸다.

누군가가 가슴 한복판에 징을 박는 듯해 정원은 고통스러운 표정을 지었다.

"아무래도 뭘 먹기엔 시간이 너무 늦은 것 같아요. 저 먼저 가 볼게요. 죄송해요."

정우가 눈물을 보이기 싫은지 등을 돌리고 왔던 곳으로 뛰어가기 시작했다.

정원은 점점 작아져 어둠 속으로 사라지는 정우를 부르지도 못한 채 그대로 서 있었다.

노정우……. 너의 겨울은 언제쯤 끝나는 거니?

12

완연한 봄이었다. 교정은 봄꽃이 흐드러지게 피어 꽃밭의 물결을 이루었다. 따사로운 햇살이 내려앉은 학교 풍경은 아늑하고 평화롭게 보였다. 이런 계절은 소풍이 제격이었다. 하지만 다들 1학기 중간고사 때문에 딴전을 피우거나 딴생각을 품지 못하고 바쁜 나날을 보냈다.

수많은 크고 작은 일로 학교는 하루도 조용할 날이 없었다. 학교 구성원인 학생, 교사, 학부모 간의 시비와 갈등이 심심찮게 불거졌다. 하나가 해결되면 또 다른 하나가 꼬리를 무는 식으로 악순환이 반복되었다.

그런 가운데 정원은 고군분투하고 있었다. 여선생에 대한 환상을 깬 죄로 아이들한테 푸대접받기 일쑤였지만 둥글둥글한 성격으로 그때그때 잘 해결해 나갔다.

신혁 역시 좌충우돌하며 나름대로의 노력을 기울이고 있었다. 교사진들과 견해 차이가 커 중간경영자의 역할을 해야 하는 교장을 늘 이리 치이고 저리 치이게 만들었지만 진화를 거듭하며 발전했다.

좀처럼 불쌍한 신세에서 벗어나질 못하고 있는 교장은 최근 더 드세진 학부모들의 치맛바람 등쌀까지 덤으로 반죽음 상태였다. 가속화되는 탈모로 인해 가발 또는 모발이식을 알아보러 다닌다는 이야기가 들려왔다.

학교에서 그나마 평화로운 곳은 마 선생이 있는 보건실이었다. 정원은 가끔씩 보건실로 찾아가 이런저런 대화를 나누며 친목을 다지고 조언을 구하기도 했다.

정우는 폭풍 전야의 고요를 연상케 했다. 침묵이 주는 긴장감과 위태로움으로 정원은 늘 마음이 조마조마했다. 문제 해결을 어떤 식으로 진행하고 있는지 궁금했지만 정우를 붙들고 자초지종을 물어볼 수는 없었다. 학생한테 시험만큼 중요한 것도 없었고 괜히 맘 잡고 공부하는 아이를 들이쑤셔 흔들어놓는 일이 될 수 있기에 아예 시도조차 하지 않았다.

정원은 전후좌우 10미터 이내 접근금지라는 신혁의 일방적인 약속을 애초부터 지킬 생각은 없었다. 그게 무슨 약속이란 말인가. 말도 안 되는 명령이지. 하여간 신혁은 그녀의 경로를 미리 파악하고 피하는 건지 좀처럼 보이지 않았다.

무슨 일이 있으면 교장을 통해 지시하고 보고받으면 되기 때문에 기간제 교사인 그녀와 이사장인 신혁의 접촉은 의도하지 않는 이상 거의 불가능한 일이었다. 그리하여 언제 터질지 모르는 시한폭탄 같은 문제는 지지부진한 가운데 답보 상태였다.

그러던 중 드디어 신혁을 만날 수 있는 길이 열렸다. 그것은 바로 신혁이 주최하는 회식 자리였다. 중간고사 기간을 이용해 성대한 회식을 할 거라는 소문이 돌아 선생들은 내심 큰 기대를 했다.

"한우 꽃등심이라도 줄 생각인가?"

"에이, 설마 그렇게 크게 쏘겠어요? 기껏해야 돼지갈비겠죠."

"오랜만에 노래방 가서 목 좀 풀겠네요. 강 선생, 노래 한 곡 뽑으셔야 합니다."

"다시는 시키고 싶지 않으실 텐데요."

정원의 농담에 모두가 함께 웃었다.

그렇게 교무실 분위기는 회식 당일 날까지 시종 화기애애했다.

정원은 회식을 통해 신혁과 교사들과의 냉랭한 관계도 어느 정도 녹겠지 하는 기대감을 품었다.

회식은 중간고사 마지막 날인 토요일로 확정되었다. 시험이 끝나는 대로 신혁이 대절해 놓은 버스를 이용해 모두 함께 이동하기로 했다.

학교 가까운 곳에 자리가 마련될 줄 알았던 선생들은 신혁이 정말 많은 준비를 했나 보다 하고 더 큰 기대를 가졌다.

정원도 색다른 회식이 될 것 같다는 생각을 하며 발전 가능성을 보이는 신혁에게 후한 점수를 주었다.

회식 당일 날 교사와 교직원을 태운 버스는 시내를 관통해 세종문화회관 세종홀 앞에 멈춰 섰다.

다들 의아했다. 왜 이곳으로 온 건지 알 수가 없어 기사가 문을 열어주어도 어느 누구 하나 내릴 생각을 하지 않고 앉아 있었다.

"내리시면 됩니다."

기사의 말에 다들 우왕좌왕하며 버스에서 내렸다.

"뭐야? 진짜 여기야?"

"그런가 본데요."

"세종문화회관에 고기집 생겼어?"

"글쎄요."

누군가가 앞에서 안내를 하는지 다들 줄을 서서 들어가는 분위기였다.

"뭐야? 여긴 레스토랑이잖아?"

"여기서 회식을 한다고?"

"그런가 봐요."

규모가 큰 룸 안에 하얀 식탁보가 깔린 테이블과 까만 의자가 가지런히 배열되어 있었다. 그 위에는 냅킨, 포크와 스푼, 투명한 유리잔 등이 놓여 있었다.

다들 황당해서 테이블 주위를 배회할 뿐 누구 하나 자리에 앉으려 하지 않았다.

"정 선생, 이사장한테 이런 고기 먹게 해달라고 했어?"

"아니요!"

회식을 건의했던 유준이 양손을 흔들어가며 강력하게 부인했다.

"이사장이다!"

누군가가 말하자 갑자기 선생들이 분주해졌다. 신혁과 한 테이블에 앉게 되는 불상사를 방지하기 위해 서로 네 명씩 짝을 지어 테이블을 차지했던 것이다. 그러는 바람에 마 선생과 정원이 앉은 자리만 두 자리가 비게 되었다.

교장과 함께 룸 안으로 등장한 신혁이 두리번거렸다.

다들 시선을 피하며 딴전을 부렸다.

교장이 신혁을 정원이 있는 테이블로 안내했다.

정원을 의식한 신혁의 표정이 그다지 편해 보이지 않았다.

"오셨습니까?"

신혁이 마 선생에게 먼저 인사를 건넸다.

마 선생이 고상한 고갯짓으로 답례했다.

신혁이 마 선생과 마주한 자리를 선점했다. 정원에게는 눈길도 주지 않았다. 자연스레 정원 앞에는 교장이 자리했다.

제각기들 웅성웅성 얘기를 주고받던 사람들이 착석하자 일단 조용해졌다.

레스토랑 측 웨이터, 웨이트리스가 곳곳을 다니며 유리잔에 물을 따라주고 음식을 제공하기 시작했다.

교장이 먼저 일어나 헛기침을 하며 말문을 열었다.

"에, 오늘 날씨가 참 좋습니다. 이사장님께서 그에 걸맞은 회식 장소를 물색하신 게 아닌가 싶습니다."

교장이 룸 안의 싸한 분위기를 살피며 손수건으로 진땀을 닦아냈다. 말을 길게 하고 싶지 않은 눈치였다.

"이런 자리를 마련해 주신 것에 대해 깊은 감사를 드리며 이사장님의 말씀을 들어보는 시간을 갖겠습니다."

교장이 억지웃음을 흘리며 박수를 유도해 신혁을 일어나게 만들었다. 그런데 박수 소리가 영 시원찮았다.

"안녕하십니까, 노신혁입니다. 이런 자리를 더 일찍 마련했어야 했는데 미처 신경 쓰지 못한 점 죄송합니다. 앞으로도 학교를 위해 혼신의 노력을 기울여 주실 것을 부탁드리며 식사 맛있게 하시기 바랍니다."

교장이 열화와 같은 호응을 하며 박수를 크게 쳤다.

이에 선생들도 박수를 치지만 끝까지 신통찮은 반응들이었다.

웅성웅성하며 식사를 하기 시작했다. 여기저기서 일부러 들으라는 식으로 떠드는 소리가 들려오기도 했다.

"왜 이렇게 포크랑 스푼이 많아?"

“그냥 대충 번갈아 쓰세요.”

“적당히 익혀 달라니까요.”

고기를 어떻게 해줬으면 좋겠냐는 웨이트리스의 질문을 반복해서 받았는지 한 선생이 신경질적으로 대답했다.

“어우, 상추, 마늘, 쌈장이 간절하네.”

“난 김치.”

“이렇게 먹어보는 것도 좋지 뭘 그래? 우리 월급에 이런 음식 먹는 거 쉽기나 해?”

“맞아. 쌍둥이 두 녀석 올해 대학 보냈더니 허리가 휘청해서 우리 가족들은 손가락 빨고 살아. 이런 거 감히 상상도 못해.”

“얼마 전에 기사 뜬 거 봤어요? 우리나라 교사들 월급 많은 거라고 보도한 거?”

“웃기고들 있네. 우리 마누라 한 달에 최소 삼백은 있어야 사는데 그 정도도 안 가져온다고 알바 알아본대. 그렇다고 우리 애들 사교육 시키는 것도 아니야. 그런데 그게 많아?”

“방학 있고 퇴직 후에 연금 나온다고 제일 좋은 직장이라고 부러워하지만 실상은 그렇지 않잖아요. 마음 편히 다닐 수 있다는 거 하나 제외하고는 좋을 게 없어요.”

“이제 연금도 안전하지 않다면서?”

“그래서 미리 퇴직 신청해서 그만두시는 분도 있잖아요.”

“말이 좋아 스승이지 학부모나 애들이 우릴 스승으로 보나? 되레 그러면 되냐, 안 된다, 가르치잖아.”

“아침 7시에 출근해서 수업에 잡다한 행정업무, 자율학습 감독하고 들어가면 밤 10시에 퇴근하지, 방학 때 우리가 노나? 자기계발하고 좀 쉬고 싶어도 몸 부서져라 보충 뛰지. 대기업 다니는 내 친구랑 비교하면 우리는 진짜 쥐꼬리만 한 월급살이하는 거라고.”

“그걸 누가 알아주나요?”

“모르지.”

정원은 여기저기서 들려오는 교사들의 애환이 담긴 말에 신혁이 어떤 반응을 보일지가 궁금해서 신혁을 쳐다보았다.

묵묵히 야채를 입에 넣고 씹고 있지만 신혁은 모든 이야기를 귀담아듣고 있는 것 같았다. 신혁이 웨이터를 불러 귀에다 무슨 말을 속삭였다. 곧 와인이 제공되는 걸 보니 그에 관한 이야기를 한 것 같았다.

“어이구, 요게 제일 마음에 드네. 향도 좋은데.”

“이사장님, 건배 안 합니까? 건배?”

누군가가 멀리서 외쳤다.

신혁이 일어나 와인이 담긴 잔을 들었다. 시선이 모이자 그가 크게 말했다.

“대한민국 교육계의 개혁을 위하여 건배!”

거창하면서도 이사장의 입을 통해 들으리라고는 전혀 생각하지 못한 말에 다들 주춤했다. 하지만 곧 여기저기서 건배를 따라 외치는 소리가 났다.

　그 이후부터는 웅성거리는 소리가 더 심해졌지만 무슨 말을 하는지 정확하게 들려오는 소리는 없었다.

　식사가 끝나고 2차가 준비되어 있다는 소리에 다들 기대를 하면서도 왠지 불안한 기색을 했다.

　아니나 다를까, 신혁이 준비한 2차는 세종문화회관 대극장에서 하는 오페라 관람이었다.

　또 한 번 유준이 타깃이 되었다. 이런 가무를 즐기자고 건의했냐고 몰이를 당했다. 절대 아니라고 항변하자 앞으로는 건의를 하려면 아주 구체적으로 하라고 구박을 받았다.

　역시 신혁의 곁에 앉으려 하는 선생들은 없었다. 모두 신혁의 뒷자리, 그것도 가장 먼 자리를 맡기 위해 소리없는 치열한 경쟁을 펼쳤다. 하는 수 없이 신혁의 중심으로 좌우에 교장, 마 선생, 정원이 앉고 경쟁에서 밀린 선생들이 같은 줄에 앉게 되었다.

　불이 꺼지고 오페라가 시작되었다. 다들 조용했다. 간혹 도대체 쟤네들이 뭐라고 하는 거냐고 투덜거리는 말소리가 들려왔지만 대체로 조용했다.

　그런데 한창 오페라가 진행되고 있을 때였다. 어디선가 작게 코 고는 소리가 들려왔다. 정원은 살짝 뒤를 돌아보았다.

　바로 뒤에 앉아 있는 나이 지긋한 영어담당 박 선생이 코가 넥타이에 닿을 정도로 고개를 숙이고 잠을 자고 있었다. 다른 선생들도 별반 다르지 않았다. 그나마 반쯤 뜬눈으로 졸음을 쫓거나, 지루해 죽겠다는 표정으로 오페라를 보고 있는 사람들은 몇 안 되지만 양호한 편에 속했다.

정원은 정말 색다른 회식을 경험한다고 생각하며 신혁을 몰래 훔쳐보았다. 아주 진지한 표정이었다.

정말 재미있어서 보고 있는 건가? 회식비는 엄청 나왔을 텐데 성과는 요 모양 요 꼴이네.

정원은 괜히 웃음이 나왔다. 오늘 일은 두고두고 잊지 못할 것 같다는 생각이 들어서였다. 분명 신혁은 노력하고 있었다. 올바른 성장, 진화, 변화라고 보기엔 다소 무리가 있지만 그 노력이 가상했다.

노신혁 씨, 당신 참 재미있는 사람 같아요.

정원은 신혁이 건배할 때 대한민국 교육계의 개혁을 위하여, 라고 외쳤던 말을 기억했다. 정원은 싱긋 웃으며 마음속으로 외쳤다.

노신혁의 개혁을 위하여 파이팅!

그렇게 회식과 2차가 모두 끝났다. 선생들은 각자 알아서 제 갈 길을 가기 위해 흩어졌다. 정원은 마 선생과 화장실에 들렀다가 천천히 로비로 나왔다.

"오늘 회식 어땠습니까?"

마 선생이 물었다.

"색다르고 재미있었어요."

정원은 웃으며 대답했다.

"이런 회식 처음이죠?"

"네. 전무후무한 회식으로 기억될 것 같아요."

"이사장이 무슨 생각으로 이런 회식을 연 것 같습니까?"

"새로운 회식 문화를 제시하고 싶었던 게 아닐까요?"

"다른 선생님들도 강 선생처럼 회식의 형태보다는 준비한 사람의 의도와 성의를 더 생각해 좋게 받아들였으면 합니다."

둘은 문을 열고 바깥으로 나왔다.

"이사장이군요."

마 선생이 도로 앞에 서 있는 신혁을 발견하고 말했다. 자신의 차를 기다리고 있는 듯했다.

"인사나 하고 갑시다."

마 선생이 일방적으로 정원을 끌고 신혁에게 다가갔다.

신혁이 뒤늦게 그들을 발견하고 멈칫했다.

"오늘 덕분에 아주 즐거웠습니다."

마 선생이 신혁에게 말했다.

"별말씀을요."

정원은 참 희한하다는 생각이 들었다. 독불장군처럼 제멋대로 구는 신혁이 왜 마 선생한테만은 절절매는 걸까 싶어서 말이다.

마 선생한테 꼬투리를 잡힌 일이 있나? 진짜 고분고분하네.

신혁은 여전히 정원을 의식적으로 피하고 있었다. 없는 사람 취급을 하며 눈길도 주지 않았다. 정우에 관해서 서로 이야기를 나눌 필요가 있는데 언제까지 이상한 규칙을 적용할 생각인지 알 수가 없었다.

그때였다. 강현이 주차장에서 차를 가지고 나타났다.

"타십시오. 집까지 모셔다 드리겠습니다."

신혁이 뒷문을 열고 마 선생에게 친절을 베풀었다.

"바쁜 일 없으십니까?"

마 선생이 물었다.

"네. 오늘은 한가합니다."

"그럼, 가는 김에 강 선생도 부탁합니다."

마 선생이 의향을 묻지도 않고 정원을 데리고 차에 올라탔다.

"저, 저기요. 저는 그냥 버스 타고 가면……."

"태워준다 하지 않습니까. 그냥 타고 갑시다."

마 선생이 당황한 정원의 말을 막았다.

정원은 눈치를 살피며 신혁을 쳐다보았다.

그도 어쩔 수 없는 일이다 싶었는지 곧 문을 닫고 조수석에 몸을 실었다. 그는 조수석에 있던 페이쓰를 안고 불편하게 가야만 했다.

정원은 마 선생이 내릴 때까지 한마디도 하지 않고 없는 듯 조용히 있었다.

반면 마 선생과 신혁은 이런저런 이야기를 주고받으며 갔다. 대화나 분위기를 미루어볼 때 두 사람은 서로 어느 정도는 잘 알고 지내는 사이인 것 같았다.

강현도 마 선생이 말한 적이 없는데 마 선생의 집을 잘도 찾아내 차를 댔다.

신혁이 마 선생과 함께 차에서 내렸다. 그리고 마 선생한테 깍듯하게 예의를 차려 인사하고 다시 차에 오르려 했다. 그러다 페이쓰를 안지 않고 편하게 가고 싶은지 마 선생이 앉았던 자리로 옮겨 탔다. 그러면서도 정원이 신경 쓰이는지 차창으로 고개를 돌리고 앉았다.

"댁이 어디십니까?"

강현이 물었다.

"가시다가 가까운 지하철역에서 내려주세요."

정원은 신혁이 자신을 많이 불편해하는 것 같아 그렇게 말했다.

"아닙니다. 댁까지 모셔다 드리겠습니다."

"아뇨, 뭣 좀 사야 할 게 있어서 그래요."

정원은 계획에도 없었던 일을 만들어 말했다.

"그럼 가다가 내려 드리겠습니다."

"네, 감사합니다."

정원은 잠시 고민을 했다. 앞에 있는 강현이 걸리기는 했지만 이번 기회를 놓치면 정우에 관해서 이야기를 할 시간이 없을 것만 같다는 생각이 들어서였다. 그녀는 어떻게 할까 하다가 신혁에게 말을 걸기로 했다.

"이사장님, 잠시 드릴 말씀이 있어요."

"뭡니까?"

신혁이 쳐다보지도 않고 물었다.

"정우에 관한 거예요."

정우라는 말에 귀가 번쩍 뜨였는지 신혁이 태도를 달리하며 그녀를 바라보았다.

"기억하실지 모르겠지만 제가 우려했던 일이 일어났어요."

구체적으로 설명하지 않아도 신혁이 금방 알아들었다.

"두 사람이 만나기라도 했다는 겁니까?"

"네."

신혁이 심한 충격을 받은 얼굴을 했다.

"그게 언젭니까?"

"신문에 실렸던 저의 사진 기억하시죠? 바로 그날이요."

신혁이 미간을 좁히고 한동안 생각에 잠겼다가 다시 물었다.

"그런데 그 사실은 언제 아셨습니까?"

"지난번 저 버리고 가신 날 밤에요."

한 번 더 놀란 신혁이 갑자기 짜증을 내기 시작했다.

"아니, 그때가 언젠데 지금 말씀해 주시는 겁니까?"

헐, 이 인간 좀 봐라. 진짜 웃기는 짬뽕일세!

정원은 억울하고 답답하고 화가 났다.

"생각 안 나세요? 전후좌우 10미터 접근금지라면서요?"

"긴급한 일 아닙니까, 긴급한 일!"

방귀 뀐 놈이 성낸다더니 적반하장이었다. 앞에 있던 페이쓰가 신혁의 큰소리에 놀라 고개를 내밀고 돌아보았다.

정원은 덩달아 화가 나서 자기도 모르게 휴대폰을 쥐고 있는 손으로 삿대질을 하며 말했다.

"아니, 제가 이사장님 연락처를 알기를 해요 아니면 이사장실을 들락날락할 수 있는 입장이에요?"

신혁이 갑자기 정원의 휴대폰을 확 빼앗아 들었다. 그러더니 버튼을 막 누르고 통화버튼까지 눌렀다. 곧 신혁의 휴대폰이 울렸다. 신혁이 다시 정원에게 휴대폰을 건네주고 자신의 휴대폰을 만지작거렸다.

"앞으로는 즉시즉시 연락하십시오!"

정원은 당황스러워 신혁과 자신의 휴대폰을 멀거니 번갈아 보았다.

"저장 안 하십니까?"

제멋대로 굴면서 꼼꼼하게 챙기기까지 하는 신혁이 괜히 얄미워 정원은 웃기는 짬뽕이란 이름으로 번호를 저장했다. 그리고 마음을 가라앉히고 더 알려줘야 할 이야기를 꺼냈다.

"약속을 하고 만난 건 아니래요. 일방적으로 행사가 열리는 곳을 찾아가 만났는데 그쪽에서 알아보지 못했대요. 이름까지 말해줬는데도 전혀 몰라봤대요. 그래서……."

정원은 그날 밤 눈물을 보였던 정우를 떠올리며 말끝을 흐렸다.

"말하지 않아도 어땠을지 알 것 같습니다."

조용히 경청하던 신혁이 한숨을 내쉬며 말했다.

"그동안 대화는 좀 나눠보셨나요?"

정원은 조심스럽게 물었다.

신혁이 고개를 가로저었다.

"내일쯤 할까 했습니다."

"지난번에 제가 이사장님 차에 탄 것을 본 것 같아요. 이것도 아셔야 할 것 같아서요. 생각보다 심각해요. 많이 신경 쓰셔야 할 것 같아요."

잠시 침묵이 흘렀다. 그 침묵을 깬 것은 정원의 휴대폰 벨소리였다. 발신인을 보니 유진이었다.

"유진아."

정원은 분위기를 고려해 소리가 새어나가지 않게 손으로 입을 가리고 되도록 목소리도 작게 냈다.

[네.]

"어디야?"

[집이요.]

"집? 빨리 왔네."

[몸이 좀 안 좋아서요.]

"많이 안 좋아? 약 사가지고 갈까?"

정원은 통화 중에 계속 신혁의 시선이 느껴져 힐끗 쳐다보았다. 이유를 알 수 없지만 왠지 싸늘한 눈빛을 하고 있었다.

[아니에요. 한숨 자고 나면 괜찮을 것 같아요. 그런데 오늘 저

녁까지 드시고 오시는 거예요?]

"저녁? 아니. 집에 가서 먹어야지. 기다려. 최대한 빨리 갈게.
뭐 먹고 싶은 거 있으면 말해. 사가지고 들어갈게."

[없어요. 그냥 오세요.]

"그래, 알았어. 조금 있다 봐. 끊어."

[네.]

짧은 통화였다. 뭘 잘못했나 싶어 되짚어봐도 별문제가 될 게
없었다. 그런데 왜 신혁이 차갑게 쳐다보는 건지 알 수가 없었
다.

"둘이 함께 사시는 겁니까?"

신혁이 뾰족하게 물었다.

"네."

거짓없이 진실만을 말했는데 신혁이 못 들을 말을 들은 사람
처럼 경악했다.

정원은 어리둥절하기만 했다.

"함께 산다고요?"

"네. 꽤 됐는데요. 그건 왜 물어보시는 거죠?"

신혁이 눈을 가느스름하게 뜨고 입술까지 실룩거리며 그녀를
황당하다는 듯 쳐다보았다.

"그때는 아니었는데 지금은 달라지셨나 봅니다."

"네? 그게 무슨……."

갑자기 무슨 뜻으로 하는 말인지 알 수 없게 되었다. 짧은 침

묵 속에서 정원은 눈만 끔벅거렸다.

그러는 사이에 차가 지하철역 앞에 도착했다.

신혁이 꿈쩍하지 않고 있어 정원은 차에서 내리지도 못하고 어정쩡하게 앉아 있었다.

"꼭 그래야만 했습니까?"

정원은 무척 당황스럽고 어안이 벙벙했다. 심각하게 묻는 걸 보면 분명 장난은 아닌데 신혁이 왜 이러는 건지 도무지 알 길이 없었다.

"둘이 함께 사는 거요? 네. 저는 꼭 그래야만 했는데요."

신혁이 정원을 뚫어지게 쳐다보더니 이내 문을 열고 나갔다.

저 인간이 왜 저래?

정원은 입술을 비죽이다가 강현과 페이쓰에게 인사를 건넸다.

"감사합니다. 다음에 또 봬요."

"안녕히 가십시오."

"네. 페이쓰 너도 잘 가."

인사를 마친 정원은 차 밖으로 나왔다.

신혁이 여전히 못마땅한 표정을 짓고 있었다.

"태워주셔서 감사합니다."

"태워주지 말 걸 그랬습니다."

심통이 난 말투였다.

"네?"

"모르는 게 약이었다 싶어서 그럽니다. 아무튼…… 가십시오."

신혁이 무슨 말을 하려다 고쳐 말하고는 차에 올라탔다.

정원은 신혁의 말과 태도를 끝까지 이해할 수 없었다. 신혁의 차가 떠났다.

아니, 내가 유진이랑 살고 있는 게 뭐 어떻다고 저러는 거야? 유진이가 뭐? 유진이가 왜 문제가 되는 건데? 유진이가 왜?

정원은 속으로 중얼거리며 지하철을 타기 위해 계단을 내려갔다. 그러다 불현듯 뇌리를 스치는 또 다른 이름 하나에 걸음을 멈추고 경악했다.

설마 유준!

비슷한 이름을 듣고 신혁이 유진을 유준으로 착각한 게 아닐까 하는 쪽으로 무게가 실렸다. 그게 아니면 다른 이유는 더 이상 찾을 수가 없었다. 지금까지의 상황에 유진 대신 유준을 대입하면 신혁의 이상한 말과 행동이 제대로 이해되었다.

아니, 그래도 그렇지 왜 저렇게 기분 나빠하는 거야? 왜?

정원은 다시 걷기 시작했다.

왜?

계속 의문을 던지며 고개를 갸웃거렸다.

왜?

그러다 또다시 멈춰 섰다.

저 인간 혹시…… 나 좋아해?

신혁의 감정이 질투처럼 느껴져서 그냥 한번 해본 말이었다. 그런데 아무래도 그런 것 같다는 생각이 들었다.

헐! 말도 안 돼. 저 웃기는 짬뽕이 나를?

정원은 어이가 없어 계속 헛웃음을 터뜨렸다. 자꾸 웃어대니 지나가는 사람들이 그녀를 힐끔거리며 쳐다볼 정도였다.

다시 걸음을 재촉한 그녀는 필름을 되감듯 기억을 하나하나 되짚어보았다. 하지만 늘 티격태격 아옹다옹했을 뿐이지 좋아하는 감정이 싹틀 만한 분위기가 조성된 적은 단 한 차례도 없었다. 고개가 절로 갸웃거려졌다.

내가 잘못 안 거겠지? 그런데 그 인간이 분명히 모르는 게 약이었다고 그랬잖아. 그 말은 알아서 병이 됐다는 건데 무슨 병? 내가 유준 선배랑 함께 산다는 걸 알아서 걸릴 병이 뭐가 있냐고?

정원은 눈을 가느스름하게 접고 깊은 고민에 빠졌다. 그러다 결국은 신혁이 자신을 좋아하는 것 같다는 종전과 똑같은 결론에 도달했다.

진짜 웃기고 이상한 짬뽕이야. 왜 날 좋아하는 건데? 내가 뭘? 내가 뭘 어쨌다고?

정원은 분명 신혁을 향해 화를 내며 따지고 있었다. 하지만 기분이 불쾌해지거나 엉망이 되지는 않았다. 뭐라 딱 꼬집어 말할 수는 없지만 기분이 참으로 묘했다. 말로는 자꾸 웃기는 짬뽕이라고 하지만 그가 가진 감정으로 인해 사람이 좀 달리 보였다. 아니, 달리 봐야만 할 것 같았다.

정원은 이상한 느낌이 들어 가슴에 손을 얹었다. 봄바람에 살랑거리는 꽃잎처럼, 조용히 밀려와 하얗게 부서지는 자잘한 파도처럼 가슴이 일렁거렸다.

난 또 왜 이러는 거지? 이런 느낌들 다 뭐야? 아냐.

13

차를 돌려 집으로 가는 길이었다.

신혁은 기분이 언짢았다. 마뜩잖은 생각이 사라지지 않아 짜증이 치솟았다. 차 안이 불쾌할 정도로 덥다는 생각이 들었다. 넥타이를 헐겁게 만들고 차창을 반쯤 열었다. 신선한 바람은 아니었지만 그래도 좀 살 것 같았다. 팔짱을 끼고 눈을 감았는데 괜히 한숨이 터져 나왔다.

"들키셨습니다."

강현이 갑자기 밑도 끝도 없는 말을 했다.

신혁은 눈을 뜨고 룸미러를 봤다.

강현이 짓궂게 히죽히죽 웃고 있었다. 예전에는 못마땅한 눈초리만 해도 벌벌 떨던 그가 지금은 개인적인 감정을 관여할 만큼 신혁을 편하게 대하고 있었다. 그동안 함께 해온 시간이며 나눈 대화의 양이 많았기에 가능한 일이었다.

"무슨 말씀이십니까?"

"들킨 것도 모르시고, 와아안전 초보시네요."

익살스런 표정으로 말장난을 치는 강현의 행동이 유치하기 짝이 없었다.

놀리는 것 같아 심사가 뒤틀렸다. 신혁은 인내심을 발휘해 이를 갈 듯 하며 조용히 되물었다.

"말을 하려면 알아듣게 하십시오."

"지금 저한테 다 들키셨다니까요. 아마 강정원 선생도 눈치 챘을걸요. 바보가 아닌 이상."

도둑이 제 발 저리다고, 신혁은 정원의 이름을 듣는 순간 뜨끔했다. 당황하니 절로 오리발을 내밀게 되었다.

"도대체 무슨 말인지 알아들을 수가 없군요."

"지금 아닌 척하시는 겁니까? 그래도 들킨 사실은 변하지 않거든요."

100% 확신하며 깐족깐족하는 강현이 밉살스러웠다. 말려들면 안 된다는 걸 알면서도 신혁은 본능적으로 발끈하고 말았다.

"제가 강 선생을 좋아하기라도 한다는 겁니까?"

"빙고!"

제대로 건수를 잡은 강현이 의기양양한 승리의 미소를 지었다.

"아닙니다."

차갑고 냉철한 이미지를 만들어 강현의 입을 다물게 하기 위해 낮은 목소리로 말했다.

그러나 강현이 입을 다물기는커녕 흐뭇함을 참지 못하고 걸걸하게 웃어댔다.

"흐흐흐."

"아니라고 했습니다."

"헤헤헤."

아니라고 하면 아닌 줄 알지 강현이 끝까지 약 올리는 웃음소리를 내며 물고 늘어졌다.

"한 번만 더 그렇게 웃으면 차에서 내리라고 할지도 모릅니다."

최후통첩으로 받아들였는지 강현이 바로 꼬리를 내렸다.

짧은 침묵이 흐른 뒤 강현이 분위기를 살피며 다시 입을 열었다.

"저는 진작 눈치 채고 있었습니다."

"제가 뭘 어쨌다고 자꾸 그러십니까?"

"그동안 꼭꼭 숨어라 머리카락 보인다, 하면서 다니셨잖습니까. 안 보일 거라 생각되는 곳에서는 몰래 보시고요."

뒤통수를 맞은 기분이었다. 신혁은 곤혹스러워 얼굴까지 화끈거렸다.

"제가 언제 그랬습니까?"

"저번에 강 선생이 반 애들 데리고 축구할 때 몰래 보셨잖습니까."

"제가 강 선생 봤습니까? 정우 봤지."

"에에에, 언제부터 사시가 되셨습니까? 분명히 강 선생 보셨거든요."

"정우랑 가까이 붙어 있을 때 봤나 보죠."

"뭐, 그게 다가 아니니까 그렇다고 하죠."

마음을 크게 써 너그럽게 봐준다는 말투였다.

"또 뭘 봤다고 그럽니까?"

"버스정류장에 서 있는 강 선생 보고 이사장님 분명히 고개 돌리셨습니다. 그것도 여러 번. 이건 절대 발뺌할 수 없을 겁니다. 제가 똑똑히 봤으니까요."

신경전에서 끈덕지게 물고 늘어지는 강현의 집념이 무서워지기까지 했다.

"사나이답게 인정할 건 인정하십시오."

"봤다고 다 좋아합니까? 강현 씨는 눈 가는 여자들 다 좋아합니까?"

"눈만 가면 뭐라고 합니까? 마음도 갔으니까 그러죠."

정곡을 정확하게 꿰뚫는 말에 신혁은 주춤하고 말았다. 강현의 말대로 너무 많은 걸 들킨 것 같았다. 고민 끝에 어느 정도는 인정하기로 했다. 마음이 흔들린 이후로 여러 차례 부정도 해봤지만 변함없이 이어져 온 사실을 말이다.

"그러면 뭐 합니까? 이미 골키퍼 있는 사람인데. 아까 못 들으셨습니까? 둘이 함께 산다고 하잖습니까."

말해놓고 보니 비참했다. 여자에 대한 뿌리 깊은 불신으로 연애 한번 제대로 할 기회가 없었던 그였다. 살면서 좋아하는 감정을 갖게 되고 사랑에 빠지는 일은 불가능할 거라고 생각해 왔다.

그런데 신기하게도 정원에게 눈이 갔다. 보고 있으면 봄 햇살에 경직된 땅이 말랑해지고 녹녹해지는 것처럼 기분이 보드라워졌다. 그 느낌이 좋아 중독된 것처럼 자꾸 보게 되었다. 사귀는 사람이 있는 여자를 그런 식으로 보면 안 된다는 죄책감에 사로잡혀 그러지 않으려고 애를 썼다. 하지만 마음대로 되지 않았다. 누가 그런 마음을 알기라도 할까 봐 살짝 겁이 나기도 했다. 큰일이 벌어질 것만 같았다. 형편없는 인간으로 낙인찍히는 게 싫어 나름 꽁꽁 숨겼다고 생각했다. 그런데 그마저도 아닌 것 같았다.

누군가를 좋아하는 감정은 종이처럼 딱딱 접어버릴 수 없다는 걸 깨달았다. 잘라내면 재생력이 강해 새로 자라고 가지치기를 하면 더 빽빽하게 우거진다는 사실을 알았다. 신혁은 왜 그 대상이 강정원이라는 여자여만 했는지, 다른 남자와 동거까지 하는 사람이어야만 했는지 알 수가 없었다. 기분이 나락으로 떨어졌다.

"그런데 그 골키퍼 이름이 유진입니까?"

강현이 물었다.

"유준입니다. 정. 유. 준."

속상한 마음에 신혁은 자기도 모르게 삐딱하게 대답했다.

"저는 유진이라고 들었는데요."

"유준입니다. 유준."

무슨 소리냐며 확실하다는 식으로 재차 주장했다.

"혹시 학교 체육담당 정유준 선생을 말씀하시는 겁니까?"

"네, 맞습니다."

"제가 알기론 정유준 선생 저하고 동갑이고 강 선생 선배인데요."

"그런데요?"

"아까 강 선생이 유진아, 그랬잖습니까."

강현이 정원의 목소리를 흉내 내며 말했다.

"유준아, 그랬다니까요."

답답해서 신혁도 흉내를 내며 인상까지 찡그렸다.

"아니, 누가 선배한테 유준아, 그럽니까? 그것도 이사장님 계시는 곳에서?"

"진짜 유준아, 안 그러고 유진아, 그랬습니까?"

"아, 정말 저 귀 좋습니다. 분명히 유진아, 그랬다니까요. 정 그렇게 못 미더우면 전화 걸어서 물어보십시오."

신혁은 유진이냐 유준이냐를 두고 옥신각신하는 자신이 한심하게 느껴졌지만 왠지 모를 안도감이 밀려왔다. 금세 기분이 풀리기 시작했다. 그래도 티는 내고 싶지 않았다.

"싫습니다. 제가 왜 그런 걸 가지고 확인 전화를 합니까?"

"오해는 테트리스 같은 겁니다. 해결 안 하고 자꾸 쌓다 보면 금방 게임 오버되는 거."

"좋아하는 사람이 있는 순간 이미 게임 오버 아닙니까?"

"답답하시기는, 골키퍼라고 아무 골대나 지킵니까? 제가 볼 땐 자기 골대 아니거든요."

강현의 말에 신혁은 귀가 솔깃했다. 어둠 속에서 한줄기 밝은 빛을 발견한 기분이었다.

"그게 무슨 뜻입니까?"

"정유준 선생 혼자서 그러는 거라고요. 강 선생은 아닌데."

"그걸 어떻게 아십니까?"

"회식도 일찍 끝났고 주말 아닙니까? 이런 날 따로따로 시간 보낸다는 건 연인 아니라는 소리거든요. 이사장님, 몰라도 너무 모르시는 거 아닙니까?"

"아니, 제가 연애를 해봤어야!"

신혁은 황급히 말을 끊고 입을 다물었다. 말이 길면 실수할 확률이 높아지는데 결국 치명적인 약점을 드러내고 말았던 것이다.

이에 강현이 특종을 건진 것처럼 눈을 반짝였다.

"에헤헤헤, 분명히 제가 연애를 해봤어야 알 거 아닙니까, 이러려고 하셨죠? 그쵸? 그쵸?"

"그만 하십시오."

신혁은 엄하게 경고조로 말했다.

하지만 강현이 제대로 꼬리를 잡았다고 생각했는지 더 날뛰었다.

"아니, 그동안 그 나이 되도록 진짜 연애 한 번 안 해보신 겁니까?"

"그만 하라 했습니다."

요즘 두 번씩 말하게 하는 버릇이 없어졌나 했는데 방식만 달라진 것 같았다. 신혁은 한 번만 더 같은 말을 하게 하면 강현을 길에 내려두고 직접 운전해서 갈 마음까지 먹었다.

"이사장님은 은근히 비밀이 많으신 것 같습니다. 아무튼 너무 감추려고 애쓰지는 마십시오. 사랑, 그거 애쓴다고 될 일은 아니니까요."

사람을 여러 번 들었다 놨다 하는 밉살스러운 강현이었지만 하는 말마다 옳아 토를 달 수 없었다.

"운전이나 신경 써서 하십시오."

다행히 강현이 입을 다물고 운전에만 몰두했다. 신혁은 팔꿈치를 팔걸이에 대고 손으로 입을 가린 채 차창 너머 풍경을 응시했다. 괜히 입이 옆으로 벌어졌다. 강현이 눈치 챌까 봐 얼른 수습을 했지만 그때마다 자꾸 입이 귀를 향해 꿈틀거리며 움직여 갔다.

신혁은 정원이 예전에 했던 말을 기억해 냈다. 유준과 사귀는 사이가 아니라고 했던 말을. 그리고선 또 한 번 벌어지는 입을 애써 오므렸다.

아니라더니, 진짜 아니었나 보네.

다음날 아침, 신혁은 본가를 찾았다. 병석에 누워계신 아버지를 뵙고 계단을 통해 2층에 위치한 정우의 방으로 향했다. 신혁은 단단히 마음을 먹고 정우와 대화를 나누기로 했다. 하지만 아직도 마음의 준비가 덜 됐는지 긴장이 되었다. 노크를 하기 전 크게 심호흡을 했다.

문을 두드리자 곧 정우가 문을 열고 모습을 드러냈다. 신혁을 보고 다소 놀란 눈치였다.

"들어가도 되니?"

정우가 말없이 문을 더 열어주고 안으로 들어갔다.

신혁은 방 안으로 들어가 문을 조심스럽게 닫았다.

정우가 책상으로 다가가 컴퓨터 화면을 껐다. 언뜻 보니 컴퓨터를 이용해 영화를 보고 있는 듯했다.

"영화 보고 있었니? 무슨 영화야?"

"별거 아니에요."

말로는 별거 아니라고 하는데 말투는 그렇지 않았다. 책상을 유심히 보니 영화 DVD 케이스가 놓여 있었다. 다름 아닌 전은영이 출연한 영화였다. 미처 그것까지 가릴 생각을 하지 못했던 모양이다. 신혁은 그냥 모른 척하기로 하고 방을 둘러보았다.

그동안 정우의 방에 들어올 일이 별로 없어서인지 처음 보는 것들이 많았다. 그중 눈에 띈 것은 벽에 걸린 정우의 어린 시절 사진이 담긴 액자였다. 초등학교 입학식을 마치고 집에 돌아와 온가족이 정원에 모여 함께 찍은 것이었다. 그 안에는 암 투병을 하다 돌아가신 어머니와 지금과는 사뭇 다른 모습의 페이쓰도 있었다. 정우의 입학식에 맞춰 미국에서 입국했던 그의 모습도 보였다. 새삼스러운 느낌이 들었다. 사진 안의 어린 정우가 페이쓰를 안고 해맑게 웃고 있었다. 행복하게 보였다. 정우가 웃는 모습을 보지 못한 게 꽤 오래되었다는 생각이 들었다.

신혁은 정우에게 묻고 싶었다. 차라리 아무것도 모를 때가 낫지 않느냐고 말이다.

"시험은 잘 봤니?"

참고서가 꽂힌 곳을 응시하며 물었다.

"대충요."

"대충 보지 말고 잘 봐."

"제가 알아서 해요."

신혁은 책상에 기대 서 있는 정우를 돌아보았다.

단둘이 있는 게 많이 어색한지 정우가 좀처럼 시선을 마주치지 않으려 했다.

"그럼, 네가 알아서 할 수 없는 일에 대해서 얘기 좀 할까?"

귀가 번쩍 뜨이는지 정우가 신혁을 쳐다보았다.

짧은 침묵이 흘렀다. 서로의 심중을 헤아리기 위해 필요한 시간처럼 느껴졌다.

"진실이라도 밝히실 생각이에요?"

"네가 생각하는 진실부터 들어보자."

정우가 하는 말을 듣고 대화의 수위 조절을 할 생각이었다.

"지금 여기서요?"

"곤란하면 어디 다른 곳으로 자리를 옮길까?"

고민 끝에 정우가 조심스럽게 말을 꺼냈다.

"지금 살고 계시는 곳으로 가면 안 돼요?"

"내 아파트?"

"네."

"좋아, 가자."

신혁은 정우와 페이쓰를 데리고 본가를 나와 차에 올라탔다. 주말이라 강현을 쉬게 해서 신혁은 직접 차를 몰아야만 했다.

두 사람은 조용했다. 나이 차이가 많고 오랫동안 떨어져 지낸 시간이 많았기에 서로 서먹할 수밖에 없었다.

신혁은 오늘 대면한 아버지의 말을 떠올렸다. 정우를 더 잘 보살피라고 했다. 마음을 읽고 다독여서 중심을 잡을 수 있게 하라고 했다. 뇌출혈 후유증으로 말도 어눌하고 거동이 불편해 좀처럼 길게 말하지 않으려 했던 분이 오늘따라 정우에 관해 많은 당부를 했다.

아버지는 이 일을 해결할 수 있는 사람은 자신이 아닌 신혁이라고 설명했다. 그리고 이 일이 이렇게까지 불거진 것은 아버지를 오랫동안 모신 전 기사의 말실수 때문이었다고 했다. 가정부와 함께 이야기를 나누다가 정우가 가진 출생의 비밀 일부를 발설했고 이를 정우가 우연히 듣게 되어 일이 커졌다고 했다. 죄책감을 느낀 기사와 가정부가 아버지에게 그 사실을 털어놓고 자진해서 일을 그만두었다고 한다. 그래서 새 사람을 고용하게 된 거라는 설명도 덧붙였다.

처음엔 정우가 아무런 말을 하지 않았다고 한다. 그래서 마음이 늘 조마조마했는데 알고 보니 자기 나름대로 사실 확인을 하러 다녔다는 걸 뒤늦게 알았다고 했다.

어느 날 정우가 갑자기 찾아와서 자신의 출생에 관한 진실을 말해줄 것과 친모를 직접 만나겠다는 의사를 밝혔다고 한다. 그 일로 인해 충격을 받은 아버지는 뇌출혈을 일으켰고 정우는 아버지가 그렇게 쓰러진 것이 자신의 책임이라 생각하고 일단 입을 다물었다고 한다. 그러나 해결되지 않은 일로 늘 괴로워하고 방황하고 있는 거라고 했다.

아버지는 어떻게든 정우를 지키고 보호하고 싶어 끝까지 그 일을 덮으려 했지만 이제는 그럴 수 없다는 걸 깨달았다고 한다. 언젠가부터 정우는 아버지를 아버지가 아닌 사람으로 대하고 있었다고 한다. 어렸을 때는 아버지가 제일 좋고 평생 함께 살 거라고 했던 정우가 낯설게 변해가고 있는 사실이 너무나도 괴롭다고 했다.

아버지가 했던 말들을 되새기다 보니 어느새 아파트에 이르렀다. 집 안에 들어설 때까지 두 사람은 별다른 말을 하지 않았다.

"좋네요."

집 안을 둘러보던 정우가 처음 내뱉은 말이었다. 정우가 계속 말을 이어갔다.

"궁금했어요. 어디서 어떻게 사는지."

"한번 오지 그랬어. 앉아."

신혁은 주방에서 가져온 시원한 음료를 거실 탁자에 내려놓으며 말했다.

아직도 보고 싶은 게 많은지 정우가 좀처럼 소파에 앉을 생각을 하지 않았다.

"저한테 오라는 말씀 한 번도 안 하셨어요."

거실 창문 너머로 보이는 한강을 바라보며 정우가 쓸쓸하게 말했다.

"자식, 형 동생끼리 뭐 그런 거 따져 가며 왕래하냐? 그냥 오고 싶으면 오는 거지."

멀찍이 서 있던 신혁은 정우의 곁으로 다가가서 말했다.

정우가 고개를 돌려 신혁을 물끄러미 쳐다보았다.

시선을 느낀 신혁은 정우를 바라보며 말을 계속 해나갔다.

"그거 물어보고 싶은 거야? 정말 내가 네 형이 맞냐고?"

대답은 없었지만 눈빛이 그렇다고 대신 말을 해주고 있었다.

“그래, 난 예전에도 네 형이었고, 지금도 형이고, 앞으로도 형일 거야.”

한마디 한마디 힘을 주어 진심을 표현했다.

“거짓말.”

불신이 가득한 정우의 눈빛이 어두워졌다.

신혁은 두 손으로 정우의 어깨를 부드럽게 잡았다.

“거짓말 아냐. 사실이고 진실이야.”

“그럼, 제 아버지는 누구예요?”

올 것이 왔다 싶었다. 신혁은 마음이 천근만근 무거워졌다.

“지금까지 키워주신 분이 네 아버지지 누가 아버지겠니?”

“전 절 낳아주신 친부를 말하고 있는 거예요.”

절대 물러서지 않겠다는 의지가 엿보였다. 신혁은 한숨을 내쉬었다.

“그것만은 말해줄 수 없다.”

도저히 그 사실만은 털어놓을 수가 없었다. 정우가 받을 상처가 너무나도 자명하게 예상되었기 때문이다. 감당할 수 없는 충격을 줄 수는 없는 일이었다.

“그럼, 말해줄 수 있는 범위가 어디까지예요?”

답답함과 애타는 마음이 느껴졌다.

“사실 오랫동안 많이 생각했지만 아직 정하지 못했다.”

“왜 감추려고 해요?”

“널 위해서.”

“뭐가 날 위해서예요?”

“네가 상처받는 거 원치 않아.”

정우가 신혁의 두 손을 뿌리쳤다.

“누굴 바보로 알아요? 저 알 만큼 알아요.”

“뭘 아는데?”

함께 언성을 높이지 않으려고 신혁은 부단히 노력했다.

“내 친엄마 존재요.”

정원에게 미리 들었기 때문인지 충격이 덜했다. 신혁은 아무런 말 없이 정우를 안타깝게 바라보았다.

“영화배우 전은영, 그 사람 맞잖아요.”

정우가 자신만만하게 말했다.

“물어봤어? 맞냐고?”

신혁은 침착하게 물었다.

“자꾸만 진실을 감추려고 하면 직접 물어볼 수도 있어요.”

“그럼, 물어봐.”

변함없는 어조로 차분하게 말했다.

“만나도 된다는 거예요?”

당혹한 기색이 역력한 정우였다.

“안 된다고 하면 안 만날 거니?”

“이미 만났어요.”

정우가 풀이 죽은 얼굴을 했다.

“인정해? 그 사람이 네가 아들 맞다고 인정했어?”

신혁은 정원에게 미리 들은 사실이 없는 것처럼 행동했다.

"다시 물어볼 거예요."

"물어봐도 네가 원하는 대답은 얻지 못할 거야."

"그걸 어떻게 알아요? 이미 손이라도 썼다는 거예요?"

"그런 짓은 안 해. 할 필요도 없고."

전은영, 그녀는 병원에서 정우를 낳자마자 몰래 도망간 여자였다. 끈질기게 수소문해도 그녀의 행방을 아는 사람은 아무도 없었다. 훗날 한국에서 영화배우로 데뷔했다는 소식을 듣고 만난 일이 있었지만 전혀 모르는 사람 취급을 했던 것도 그녀였다.

분명히 그날 신혁은 그녀가 낳은 정우의 이름을 가르쳐 주었다. 절대 잊지 말라고 똑똑하게 말해주었다. 그럼에도 불구하고 정우가 찾아갔을 때 안면을 몰수했던 여자였다.

누군가가 그랬다. 모성은 본능이 아니고 학습에 의해 길러지는 것이라고. 자신이 낳은 존재가치를 부정한다는 건 이미 부모로서의 자격을 포기한 거나 다름이 없었다. 부모의 포기는 자녀에게 사형선고와도 같은 것이다.

신혁은 정우가 더 이상의 기대나 미련을 가지고 그 단계를 밟거나 확인하지 않았으면 하는 마음이었다.

"정말…… 형이에요?"

"정우야, 잘 들어. 난 절대 너의 친부가 아니야. 뭘 걸고라도 맹세할 수 있어."

정우가 혼란스러운 낯빛을 했다.

신혁은 계속 확신을 주기 위해 말을 이어갔다.

"가족이란 건 말이야, 어떻게 보면 외형에 지나지 않는 거야. 피를 나누지 않아도 지켜주고 싶고 끝까지 보듬어가고 싶은 마음만 있으면 가족이 될 수도 있는 거야. 페이쓰도 비록 동물이지만 우리 가족이잖아."

정우의 검은 눈동자가 촉촉한 물기를 담으며 부드러워졌다. 눈자위가 점점 벌겋게 변하더니 맑은 눈물이 가득해졌다. 마음고생의 흔적들이었다. 정우가 고개를 숙이자 두 눈에서 커다란 물방울이 뚝뚝 떨어졌다.

"전 제가…… 페이쓰보다 못한 존재인 줄 알았어요."

정우의 음성이 떨리고 있었다.

"왜 그런 생각을 했는데?"

신혁은 다시 두 손으로 정우의 어깨를 살며시 잡았다.

"형이 형수 힘들다고 페이쓰 데려가셨잖아요."

"그래, 그랬지."

"전 형이 내 진짜 아버지인 줄 알았어요. 그래서 왜 아들인 날 안 데려가고 페이쓰를 데려가나 싶어서 원망도 했어요."

정우의 어깨가 점점 심하게 떨려왔다.

신혁은 손에 힘을 주었다.

"자식…… 많이 서운했구나. 미안하다. 네 마음 헤아리지 못해서."

신혁은 정우를 포근하게 감싸 안고 토닥였다. 엄마 젖 한 번 먹어보지도 못하고 앙앙 울던 녀석이 이제는 눈높이를 맞추고 덩치도 우람해졌다. 이렇게 흐느껴 우는 정우를 안고 있으려니 신혁은 새삼 두렵기만 했던 그날의 기억이 또렷이 되살아났다.

다 떠나가고 아무도 없는 곳에 정우가 혼자 남겨져 있었다. 아니, 버려져 있었다. 그때는 이름조차도 얻지 못한 상태였다. 정우는 배고픔을 이기지 못하고 처절한 몸부림을 치며 하늘까지 닿으라고 울어 젖히고 있었다.

처참한 광경에 신혁은 망연자실할 수밖에 없었다. 세상이 무너진 것 같았다. 정신이 아찔하고 눈앞이 컴컴해져서 아무 생각도 나지 않았다. 버림받은 건 정우뿐만이 아니었다. 그 역시 마찬가지였다. 그때 그의 나이 갓 열여덟이었다.

14

진학고등학교는 스승의 날을 맞이해 소운동회를 실시했다. 간단한 기념식을 갖고 준비체조를 한 다음 100미터 달리기, 줄다리기, 기마전, 계주를 펼치고 농구, 사제 간 축구시합만을 남겨둔 상황이었다.

1학년 12반은 비록 중간고사에서 꼴찌를 했지만 오늘처럼 에너지를 요하는 일에서만큼은 남다른 두각을 나타냈다. 특히 토너먼트를 통해 농구 결승전까지 진출한 12반의 사기는 하늘을 찌를 듯했다.

인생은 이벤트라는 모토를 가진 악동 삼총사가 이끄는 재치만점의 응원도 하나의 볼거리였다. 소운동회임에도 불구하고

'다 뎀벼! 이것들아!' '긴장 타라 최강 12반 떴다!' '아브트까다 브터' '우승을 말해봐' 등등의 문구를 새긴 플래카드를 준비해 응원했다.

또한 반티 없이는 시쳇말로 간지가 안 산다고 돈을 모아 검은 바탕에 흰 물감으로 등판에는 '붉' 앞면에는 '올레' 라는 단어를 새긴 티셔츠를 입고 머리엔 흰 수건으로 양머리를 만들어 썼다. 그래서 지는 상황이면 등판을 앞쪽으로 돌렸다가 다시 이기면 되돌리는 식으로 부지런함을 떨었다.

농구 경기가 시작되고 한창 진행 중이었다. 12반을 대표하는 선수들 가운데 정우가 유독 눈에 띄었다. 신장이 가장 크고 인물이 좋아서도 그렇지만 움직임도 나무랄 데가 없었기 때문이다.

정우는 3쿼터 4분께 오른쪽 사이드에서 깨끗한 3점 숏을 터뜨려 팀에 3점차 리드를 안겨 환호를 받았다. 4쿼터 초반에는 정면에서 기습적인 장거리포를 링에 꽂아 상대편인 7반을 6점차로 밀어냈다.

땀에 흠뻑 젖은 정우가 학급 아이들과 하나가 되어 서로를 격려하며 경기에 임했다. 게다가 환하게 웃기까지 했다. 아주 많이 달라진 모습이었다.

정원은 변화된 모습의 정우가 놀라우면서도 너무나 자랑스러웠다. 회식이 있었던 날을 기점으로 서서히 달라진 것을 보면 신혁의 숨은 노력이 있지 않았나 싶었다.

"강 선생, 애들한테 무슨 짓을 한 거야? 아주 다들 죽자고 덤비네?"

7반 담임인 유준이 정원에게 다가와 말을 걸었다.

"이기면 제가 오늘 뷔페 쏜다고 했거든요."

정원은 경기에서 눈을 떼지 않고 대답했다.

"돈 꽤나 나올 텐데."

"각오는 하고 있어요."

때마침 정우가 날카로운 속공을 성공시켜 또다시 득점을 올렸다.

"앗싸!"

함박웃음을 터뜨린 정원은 주먹 쥔 손을 허공에 휘두르며 방방 뛰었다. 그러다 본의 아니게 유준의 머리를 치고 말았다.

"아얏!"

유준이 맞은 부위를 손으로 감싸며 인상을 찡그렸다.

"헐! 미안해요! 많이 아파요?"

정원은 반사적으로 유준의 손을 잡고 아주 가까운 거리에서 다친 부위를 어루만졌다.

그러자 옆에 있던 아이들이 우우 하는 소리를 내며 야유를 보냈다.

"뭐? 왜?"

별생각 없이 한 짓에 민감하게 반응하는 아이들한테 어이가 없어 되물어봤을 뿐인데 파장이 더 커져 버렸다.

“둘이 잘 어울려요!”

“뭐?”

“결혼하세요!”

정원은 할 말을 잃고 말았다.

“결, 혼, 해! 결, 혼, 해!”

아이들이 손뼉을 치며 점점 목소리를 모았다.

“우리 형님 드디어 시집가는 거야? 장가간다고 해야 하나?”

누군가의 우스갯소리에 한바탕 폭소가 일어났다. 경기를 하던 아이들마저 시선을 돌릴 정도였다.

정원은 신경 쓰지 말고 계속 잘하라는 식으로 손을 휘저었다. 그러다 반대편 진영에 서 있는 신혁을 발견했다. 눈이 딱 마주쳤다. 괜히 가슴이 철렁 내려앉았다. 멋쩍고 쑥스러웠다. 웃기는 짬뽕은 우습게 생각하면 그만인데 마음이 이상하게 설레었다.

“와! 우리 형님 얼굴 빨개졌다!”

유준과의 일 때문에 그러는 줄 알고 아이들이 오해를 더했다. 정원은 살면서 이렇게 난감했던 적이 있나 싶었다. 바람과 함께 펑 하고 사라지고픈 심정이었다. 슬금슬금 유준에게서 떨어져 나와 거리를 두었다. 신혁을 힐끗 보았는데 계속 시선이 따라붙고 있었다. 숨이 턱 막혔다. 그런 정원을 구원해 준 것은 경기 종료를 알리는 호루라기 소리였다.

“와! 이겼다!”

“뷔페 가게 생겼구나!”

반 아이들이 서로 얼싸 안고 기뻐했다.

그 틈을 이용해 정원은 승리를 거두고 들어오는 아이들을 반기고 격려하면서 은근슬쩍 신혁에게서 등을 돌렸다. 아주 자연스러워 이상하게 보이지 않을 거라 생각했다.

“잘했어! 잘했어! 아주 장하다!”

정원은 선수로 뛴 아이들의 등을 두드려 가며 밝게 웃었다. 그러다 우연히 신혁을 향해 환하게 웃으며 손을 흔드는 정우의 모습을 목격했다. 정원은 뒤를 돌아보고 싶었다. 신혁이 어떤 반응을 보일지 너무 궁금해서였다. 하지만 차마 뒤돌아볼 용기가 나지 않았다. 자꾸 눈빛이 부딪치다 보면 두근거리는 마음을 너무 많이 들켜 버릴 것만 같았기 때문이다.

정우의 변화를 보면 신혁과의 사이가 눈에 띄게 좋아진 것을 알 수 있었다. 참으로 다행스런 일이었다. 걱정거리가 줄어든 탓인지 정원은 덩달아 기분이 가벼워졌다. 신혁의 마음이 다가오는 것만 몰랐더라면 더할 나위 없이 만족스러웠을 것이다.

신혁이 싫은 건 아니었다. 그렇다고 아주 좋은 것도 아니었다. 우선 편하게 대할 수 없는 위치의 사람이라는 게 가장 큰 걸림돌이었다. 학교 이사장, 게다가 담당하고 있는 반 아이의 가족이었다. 사적인 감정으로 얽히는 건 도리가 아니라는 생각이 들었다. 사내커플, 연애에 반대하는 입장이라 유준도 밀어냈는데 신혁이라고 해서 예외가 될 수는 없었다.

그런데 웬일인지 유준과 신혁에 대한 각각의 마음이 똑같지 않았다. 굳이 교사가 아니더라도 살면서 가장 범하기 쉽고 경계해야 할 사항이 차별과 편애이기에 늘 공평하게 살려고 노력을 해왔다. 하지만 지금의 감정은 이율배반적인 것이었다. 스스로 생각해도 모를 일이었다. 거부하고 부정하고픈 감정이었다. 그럴 수 없다면 철저히 숨기고 싶은 마음이었다.

곧 사제 간 축구대결이 벌어질 거라는 방송이 나왔다. 입담 좋은 학생 둘이 마이크를 들고 축구 해설자로 나섰다.

A : 안녕하십니까? 축구 해설의 달인 인사드립니다.

B : 이름이 달인이십니까?

A : 기억하지도 못할 이름 따위가 뭐 그리 중요하겠습니까. 대충 알아들으십시오.

B : 네. 알겠습니다. 그냥 묻지도 따지지도 말고 닥치는 대로 보는 축구시합, 먼저 오늘 선수로 출전할 학생회 임원들이 직접 뽑은 교사팀의 베스트 일레븐 명단을 공개하겠습니다. 호명하면 무조건 이유 불문하고 나와서 뛰어야 한다는 거 아직까지 모르는 분이 없기를 바랍니다.

A : 까무러치고 다치지 않는 이상 벗어날 수 없는 45분짜리 지옥의 리그 희생양은 다음과 같습니다. 이사장님, 교장선생님, 정유준 선생님…….

계속 이름이 호명되었다. 정원은 재미있는 볼거리가 생겼다는 생각을 하며 웃고 있었다. 마지막 한 명만이 남은 상황이 되었다.

A : 강정원 선생님.

깜짝 놀란 정원은 주위에 있는 아이들에게 자신을 가리키며 물어보았다.

"나? 나? 정말 나?"

"형님 맞아요! 얼른 나가세요!"

반 아이들이 정원의 등을 떠밀다시피 했다.

B : 자! 지금 호명한 열한 명의 선생님들은 십 분을 드릴 테니 후딱 옷을 갈아입고 나오시기 바랍니다. 그동안 저희는 여신돌님들의 노래를 들으며 휴식시간을 갖도록 하겠습니다.

축구 해설자의 말이 끝나자 요즘 인기를 얻고 있는 여자 아이돌의 노래가 스피커를 통해 흘러나왔다. 정원은 어쩔 수 없이 운동장으로 나갔다.

"헉헉, 강 선생, 뛸 수 있겠어요? 헉헉."

교장이 짧은 보폭으로 빠르게 달려와 물었다.

정원은 되레 교장한테 그 질문을 하고 싶었다. 조금 달리고도 숨이 턱까지 차오른 상태라 보는 사람이 더 불안했기 때문이다.

"별수 있나요? 뛰라고 하면 뛰어야죠."

유준도 걱정이 됐는지 달려왔다.

"괜찮겠어?"

"저 얼마 전에도 애들 축구할 때 심판 봐줬어요. 괜찮아요."

"심판하고 선수하고 같나? 사내 녀석들하고 부딪치면 멍들고 다칠 수도 있는데.”

어지간히 걱정이 되는지 유준이 어두운 표정까지 지었다.

“별일이야 있겠어요?”

“애인이 많이 걱정되나 본데 뛰다가 정 못 뛸 것 같으면 심판한테 말해요. 무리하지 말고.”

교장이 여전히 유준과의 관계를 오해해 정원을 불편하게 만들었다. 해명을 하려고 하는데 교장이 뭔가를 보고 쪼르르 달려갔다.

고개를 돌려보니 신혁이 다가오고 있었다. 트레이닝복으로 갈아입으니 사람이 많이 달라 보였다. 늘 정장 차림에 근엄한 이미지였는데 지금은 인상이 훨씬 부드럽고 유순하게 보였다. 나름대로 관리를 잘했는지 건강하고 탄탄해 보였다.

교장이 신혁의 옆에 착 달라붙어 걱정을 늘어놓기 시작했다.

“애들이 이사장님을 친근하게 생각하고 선발한 것 같으니 너무 괘념치 마십시오. 그런데 축구는 해보셨습니까?”

“보기만 했습니다.”

신혁이 솔직하게 말했다.

“애써 힘들게 달리실 필요는 없습니다. 그냥 좀 서 있다가 들어가셔도 됩니다.”

“참고하겠습니다.”

휴식시간으로 주어진 10분이 지나자 본부석에서 선수로 나온 사람들에게 옷을 나누어 주었다. 각 팀을 구별할 수 있는 조끼였다.

교사들은 학생회 임원들로 구성된 학생팀과 마주 보고 서서 인사를 나눴다.

축구 해설자들의 목소리가 다시 들려왔다.

B : 곧 경기가 시작되겠습니다. 앗! 그런데 저분은 혹시 여선생님이신가요?

A : 저희 학교에 여선생님이 어디 있습니까? 그 여선생님은 마음 착한 사람만 볼 수 있는 건가요?

B : 그럼 관중들한테 한번 물어볼까요? 여러분, 우리 학교에 여선생님이 계십니까?

"없습니다!"

전교생의 우렁찬 목소리가 교정에 울려 퍼졌다.

B : 그럼, 어이없다는 표정으로 웃고 계신 저분은 누구십니까?

"형님이십니다!"

또 한 번의 거대한 소리가 모아졌다.

A : 예, 알겠습니다. 형님이시랍니다. 오늘 심판은 행정실에서 맡아주시겠습니다. 진심으로 감사드립니다. 나중에 답례품으로 준비한 파스 한 장씩 꼭 챙겨가시기 바랍니다. 두 장씩 챙겨가시는 분은 지구 끝까지 쫓아가서 받아내겠습니다.

B : 레알 진심이십니까?

A : 예능을 다큐로 받아들이시면 곤란합니다. 말씀드리는 순간 드디어 경기가 시작되었습니다!

B : 패스, 패스, 패스. 계속해서 패스.

A : 선제공격에 나선 교사팀이 계속 공만 돌리고 있습니다.

B : 스승의 날이라고 학생팀이 많이 우대를 하느라 접근 자체를 안 하고 있는데도 말이죠.

A : 공을 받은 교장선생님, 저희들 멘트를 의식하셨나요? 골대를 향해 열심히 달려갑니다. 아, 그런데 왜 이렇게 눈이 부신 거죠?

B : 저런 걸 자체발광이라고 하는 거죠. 레알 마드리드의 지단 선수가 저러다 머리를 아예 밀어버렸습니다. 빛나는 머리로 상대방 선수의 시력을 자극해서 방해하겠다는 의도로 해석됩니다.

A : 골대를 향해 뛴 지가 언젠데 교장선생님 아직도 도착을 하지 못하고 있습니다.

B : 다리만 짧고 훈화를 비롯해 모든 게 느리고 긴 교장선생님이십니다.

A : 네, 결국 공을 빼앗기는군요. 다리 풀린 교장선생님 드디어 취침모드에 돌입하셨습니다.

B : 학생팀 반격에 나섭니다. 누가 누군지 모르겠지만 저 선수 발에 모터를 달았나요? 빠릅니다. 패스, 패스, 선생님들은 뭐 하시나요? 이러다 학생팀이 먼저 득점을 하게 될 것 같습니다. 자, 많이 비었습니다. 골키퍼로 나선 정유준 선생님과 일대일 상황! 슛!

A : 아! 막았습니다. 정유준 선생님께서 몸을 날려 공을 막아내고 장렬하게 쓰러졌습니다. 튕겨 나간 공을 학생팀이 다시 한 번 찹니다. 슛!

B : 앗! 갑자기 나타나 공을 막아낸 저분은 누구신가요? 이사
장님이십니다! 운동신경이 좀 있으신 것 같습니다. 나이스 플레
이!

A : 득점으로 연결되지 않은 공을 강정원 선생님이 반대 진영으
로 멀리 차냅니다. 여자의 힘이라고는 절대 볼 수가 없습니다. 형님
이 확실합니다.

B : 강정원 선생님이 찬 공이 방금 일어난 교장선생님께로 갑니
다. 주위에 학생팀 선수들이 하나도 없습니다. 교장선생님 공을 받
아 다시 골대를 향해 뜁니다. 학생팀이 열심히 따라붙습니다.

A : 교장선생님 잠시 멈춰 서서 누구한테 공을 패스할까 고민합
니다. 누군가를 봤습니다. 공을 찹니다. 공을 받은 사람은? 또 이사
장님이십니다! 아니, 언제 그곳까지 뛰어가신 겁니까? 의외로 발이
빠릅니다.

B : 그렇습니다. 이사장님이 공을 몰고 달립니다. 과연 슛을 날
릴 것인가? 찹니다! 슛!

A : 고오오오올! 골인입니다!

B : 빠르고 날카로운 오른발 슛으로 선제골을 뽑아냈습니다!

A : 이게 웬일입니까! 이사장님이 다크호스일 줄이야!

마이크가 터져라 축구 해설자들이 흥분을 하며 소리쳤다.

구경꾼들도 일제히 환호성을 터뜨렸다.

정작 골을 넣은 신혁만 어리둥절한 표정이었다. 자신이 하
고도 결과를 믿을 수 없다는 듯 골대를 멍하니 쳐다보고만 있

었다.

B : 새로운 골 세리머니인가요? 멍 때리는 세리머니? 나름 개성
이 넘칩니다.

A : 교사팀 모두 함께 기뻐하고 있습니다. 하지만 축구는 한 골
넣으면 끝나는 스포츠가 아닙니다. 계속 달리셔야 합니다.

B : 한 골 먹은 학생팀 서서히 눈빛이 달라집니다.

A : 몸싸움에 태클까지 불사합니다.

B : 학생팀한테 공 빼앗기고 넘어지신 선생님, 계속 학생들을 뚫
어져라 보고 계십니다.

A : 나중에 성적으로 복수하실 생각이 아니길 바랍니다.

B : 그런데 의외로 강정원 선생님이 잘 뛰고 계십니다. 전혀 지
친 기색이 없습니다. 정말 튼튼하고 씩씩한 형님이십니다.

A : 아, 그런데 저기 저분들은 누구실까요?

B : 누구를 말씀하시는 겁니까?

A : 배가 고파 제 눈이 어떻게 됐는지 정문 가까운 곳에 서 있는
여학생들이 보입니다.

B : 헉! 제 눈에도 보입니다. 교복을 입은 여학생들이 틀림없습
니다. 꽃다발을 들고 온 걸 보니 스승의 날을 맞이해 은사님을 찾아
온 것 같은데요?

A : 누구를 열심히 응원하고 있는 것 같은데 소리가 잘 안 들립
니다.

B : 앗! 강정원 선생님께서 방금 여학생들을 향해 손을 흔드셨습

니다! 형님의 제자들인 모양입니다!

A : 지금 강정원 선생님을 형님이라 하셨습니까?

B : 네.

A : 어딜 봐서 저분이 형님이십니까? 누님! 진심 애정합니다! 소개팅 좀 시켜주십시오! 알럽뷰! 혼또니 아이시떼루용!

변심한 축구 해설자가 벌떡 일어나 정원을 향해 큰 하트를 만들어 보였다.

제대로 낚인 또 다른 해설자가 눈을 감고 입을 떡 벌린 채 뒤로 넘어갈 것 같은 몸짓을 했다.

시간이 흘러 결국 2대1로 교사팀이 우승을 거두고 모든 행사가 끝났다.

학교 인근에 위치한 뷔페식당이었다.

정원은 반 아이들과 아무 연락도 없이 학교로 찾아온 제자들과 함께 식사를 하고 있었다.

에너지가 바닥난 아이들은 열심히 음식을 담아와 배를 채우고 정원은 오랜만에 만난 제자들과 이야기꽃을 피웠다.

"선생님."

정우가 다가와 정원을 불렀다.

"왜?"

"잠시만요."

할 말이 있는 것 같아 정원은 자리에서 일어나 정우와 함께 복도로 나갔다.

"무슨 일 있어?"

"잠깐 1층에 내려갔다 오시면 좋을 것 같은데요."

"거긴 왜?"

"가보시면 알아요."

정우가 엘리베이터 버튼을 누르며 말했다. 그리고 문이 열리자 정원을 그 안에 밀어 넣었다. 무슨 꿍꿍이셈인가 싶었다.

1층에서 문이 열리자 정원은 엘리베이터에서 내려 복도를 두리번거렸다. 그러다 현관 가까이에 서 있는 신혁을 발견했다. 예상치 못한 만남이라 정원은 눈을 동그랗게 뜨고 얼어붙고 말았다.

신혁이 정원을 보고 성큼성큼 걸어왔다. 그럴수록 정원의 심장이 빠르게 쿵쾅거렸다. 샤워를 하고 옷을 갈아입었는지 다시 말끔해진 그에게서 좋은 향이 났다.

"여, 여긴 웬일이세요?"

정원은 딱 붙어버린 입을 겨우 떼어 물어보았다.

"받으십시오."

신혁이 손에 들고 있던 봉투를 건넸다.

"이게 뭐예요?"

정원은 봉투를 받지 않고 물끄러미 쳐다보며 말했다.

"발전지원금입니다."

“발전지원금이요?”

“네. 촌지나 뇌물은 아니니까 걱정 안 하셔도 됩니다. 애들 밥값에 노래방비 정도밖에 안 됩니다.”

“이걸 왜 주시는 거예요?”

“발전지원금은 더욱 발전하라고 주는 겁니다. 뭐 하십니까? 안 받고?”

“받기가 좀…….”

신혁이 정원의 손목을 잡고 봉투를 손에 쥐어주는 바람에 거절의 말을 끊을 수밖에 없었다. 예기치 못한 스킨십에 정원은 깜짝 놀랐다.

“호의는 호의로 받아들이시면 됩니다. 그리고 이건 엄밀히 말하면 애들한테 주는 거지 강 선생한테 주는 거 아닙니다. 그러니 부담 갖지 않으셔도 됩니다.”

얼굴이 화끈거렸다. 빨갛게 달아오른 게 틀림없었다. 정원은 그런 모습을 보이고 싶지 않아 어서 마무리를 하려고 했다.

“그럼 감사히 받을게요. 안녕…….”

인사를 건네고 가려는데 신혁이 또 말을 잘라냈다.

“한 가지 짚고 넘어가고 싶은 게 있습니다.”

정원은 어서 빨리 말하고 가라는 식으로 재촉하는 눈빛을 했다.

“유진입니까? 유준입니까?”

신혁은 어디로 튈지 모르는 예측불허 인물이었다. 사람을 당황하게 만드는 장기가 있는 듯했다.

정원은 커다란 눈을 해가지고 신혁을 쳐다보기만 했다.

"그때 차에서 통화하신 분 말입니다."

무슨 말을 하는지 몰라서가 아니라 왜 그걸 확인하려고 하는지 알 수가 없어 입을 다물고 있었을 뿐인데 신혁이 더 구체적으로 물었다.

"그건 갑자기 왜 물으세요?"

"갑자기가 아니라 내내 물어보고 싶었던 걸 이때까지 참은 겁니다."

정원은 신혁의 직설적인 말과 솔직한 태도에 더욱 움찔했다.

"유진인데요."

"다시 한 번 정확하게 말씀해 보십시오."

"유진, 소유진이에요. 지금도 위에서 밥 먹고 있고요."

"제 귀가 안 좋은 탓도 있지만 강 선생 발음에도 문제가 있는 것 같습니다."

"네?"

"앞으로는 제가 오해하지 않도록 확실히 발음해 주십시오."

"저, 저기요."

"말씀하십시오."

"저도 짚고 넘어가고 싶은 게 있어요."

“그게 뭡니까?”

“호, 혹시…….”

정원은 그의 마음을 확인하고 싶어 입을 열었다가 바보 같은 질문이 될 것 같다는 생각이 들어 말을 흐렸다.

“아니에요.”

심각하게 말을 꺼냈다가 싱겁게 결말을 맺자 신혁이 답답하다는 듯이 채근을 하기 시작했다.

“무슨 말인데 하다 말고 끊으십니까? 사람 궁금하게.”

“아무것도 아니에요. 그럼 저는 이만 올라가 볼게요. 안녕히 가세요.”

냉큼 인사를 하고 또다시 도망갈 궁리를 하는데 신혁이 정원의 팔을 붙잡았다.

“내일 일요일인데 뭐 하십니까?”

“내, 내일요?”

아무렇지도 않게 팔을 잡은 것도 당혹스러운데 내일 일정까지 캐물으니 정원은 정신을 차릴 수가 없었다. 치근거리는 느낌은 들지 않았다. 오히려 대담하다는 생각이 들었다.

“네.”

“그냥 집에 있을 건데요.”

“만납시다. 계급 떼고 편하게.”

의미심장한 메시지가 담긴 신혁의 눈빛에 심장이 걷잡을 수 없이 뛰었다. 아찔하기까지 했다. 난생처음 겪어보는 가슴 떨림이었다.

"지, 지금 저한테 데이트 신청하시는 건가요?"

확실하게 해두고 싶었다.

"네."

"왜요?"

이유도 알고 싶었다.

"그러고 싶으니까요."

"저도 그러고 싶어할 거라고 생각하셨나요?"

스스로도 혼란스러워 물은 말이었다.

"지금 거절하고 싶어서 이러는 겁니까?"

정원은 대답을 하지 못하고 우물쭈물했다. 거절해야 하는 게 맞는 일이었다. 자신이 정한 나름의 규칙에도 어긋나는 일이었기 때문이다. 그런데 쉽게 말이 나오지 않았다. 왜 이런 마음이 드는 건지 알 수가 없었다.

"거절 거절합니다."

계속 대답을 기다리던 신혁이 그렇게 말했다.

"네?"

"저 누구한테 데이트 신청해 본 적 없습니다. 그런데 처음부터 거절당하면 트라우마 같은 거 생겨서 앞으로도 계속 못할지도 모릅니다. 그러니까 거절하지 마십시오."

차마 거절할 수 없는 상황이었다.

여전히 잡혀 있는 팔이며, 가까이에서 내려다보고 있는 그의

잘생긴 얼굴이며, 가슴 두근거리게 만드는 말로 인해 정원은 잠
시 정신줄을 놓은 거라 생각했다. 자기도 모르게 알겠어요, 라
는 말을 하고 말았기 때문이다.

15

신혁은 서재의 책상 앞에 앉아 컴퓨터를 하고 있었다. 책상 위에 놓인 시계를 보니 벌써 새벽 3시였다. 시간 가는 줄도 모르고 긴 시간을 앉아 있었다는 사실에 한숨이 절로 터져 나왔다.

정원에게도 밝혔지만 신혁은 누군가와 데이트를 한 번도 해본 적이 없었다. 살면서 대시는커녕 여자한테 대시를 받아도 번번이 퇴짜를 놓았기 때문에 그런 기회를 전혀 가져보지 못한 것이다.

항상 계획성있는 생활을 하는 습관이 있다 보니 데이트도 언제 어디서 무엇을 어떻게 해야 할지를 정해놓아야 한다는 강박관념에 사로잡혀 그는 계획을 짜기 시작했다. 첫 데이트를 엉성

하고 어설프게 하고 싶지는 않았다. 이왕 할 거면 제대로 잘해 내고 싶었다.

데이트를 하는 방법이라든가, 장소 선정, 경로를 알아보는 데 만 해도 엄청난 시간이 소요되었다.

매번 이런 식으로 준비를 해야 하는 거야? 데이트 울렁증 생기고도 남겠네.

처음에는 해보지 않아도 알 수 있는 데이트의 공식을 떠올리 며 그냥 영화나 보고 식사와 차를 마시면서 이야기를 나누면 되 겠지 하고 쉽게 생각했다. 그래서 영화를 예매하려고 컴퓨터에 접속했다.

그런데 정원의 취향을 알 수가 없어 결정을 할 수가 없었다. 전화로 물어보자니 시간이 너무 늦었다. 하는 수 없이 네티즌 리뷰를 꼼꼼히 보고 결정하기로 했다. 마침내 고른 영화를 예매 하려고 했더니 이미 매진이거나 좋은 좌석은 다 나간 상태였다.

그러다 북적대는 대형극장에서 혹시라도 아는 사람을 만나면 정원이 불편하겠다는 생각이 들었다. 한적한 곳이 더 나을 것 같아 장소를 바꾸기로 했다.

블로거들이 추천하는 장소를 물색하기 시작했다. 서울을 알 아보다가 경치 좋은 근교가 더 좋을 것 같아 경기도 일대를 샅 샅이 뒤졌다. 적당한 장소를 찾고 나니 식사는 한식, 일식, 중 식, 양식 중에 무엇을 선택해야 할지 카페는 어디가 좋은지 등 등 고민해야 할 게 한두 가지가 아니었다. 어쨌든 공들여 데이트 일정을 정했다.

"다 됐다."

신혁은 장시간 컴퓨터 사용으로 인해 피로해진 눈을 감고 의자에 등을 기댔다. 편했다. 이대로 잠이 들어도 좋을 것 같았다.

그런데 내일 뭘 입고 나가지?

신혁은 퍼뜩 드는 생각에 눈을 번쩍 떴다.

이런, 이런, 이런, 하마터면 큰일 날 뻔했군.

신혁은 다시 컴퓨터로 검색하기 시작했다. 데이트 옷차림이란 단어로 검색을 했더니 '여자들이 좋아하는 8가지 과학적인 데이트 옷차림' 이란 내용이 떴다.

다행이다. '과학적인' 이란 말이 마음에 드네.

클릭해서 보니 미국에서 수년간 각종 설문조사와 뉴스자료, 리서치센터 통계자료, 연구 논문을 종합해 여자들이 좋아하는 데이트 옷차림을 알아냈다는 내용이었다. 게다가 백전백승은 못해도 백전구십승은 보장한다는 말까지 덧붙여 있었다.

좋아, 좋아.

신뢰가 갔다. 더 이상 알아볼 필요도 없을 것 같았다. 신혁은 깔깔해진 눈에 힘을 주고 내용을 탐독해 나갔다. 그런데 초반부터 그의 의도를 뛰어넘는 문구들이 등장해 그를 당황케 만들었다.

남자 얼굴의 균형미가 뛰어날수록 여자를 더 빨리 침대로 데려갈 수 있고 그런 얼굴을 보게 되면 여자는 무의식적으로 2세에 대한 긍정적인 생각을 하게 돼 흔쾌히 허락한다고 적혀 있었다.

뭘 허락해? 마음? 아니면 몸?

첫 데이트부터 엉큼한 흑심을 품을 생각은 없었다. 하지만 알아둬서 나쁠 건 없다 싶어 계속 읽어나갔다. 글을 다 읽고 골라낸 중요한 핵심은 다음과 같았다.

7센티미터 정도 크기의 칼라가 있는 기본 컬러의 드레스 셔츠, 핀 스트라이프(pinstripe) 슈트, 스포츠 재킷, 촉감이 좋은 소재, 겨드랑이에서 목 쪽으로 사선 절개선이 나 있는 래글런 소매의 셔츠, 가죽 제품, 값비싼 시계와 구두, 핑크나 보라색, 밝은 오렌지색 계열의 옷. 이런 것들만 갖추면 된다는 설명이었다.

그런데 왠지 탐탁지가 않은걸. 이거 혹시 미국에서나 통하는 이야기 아냐?

그는 다시 검색하기로 했다. 이번에는 한국 패션잡지 설문조사를 바탕으로 한 글이 나왔다.

그러면 그렇지.

여자들이 좋아하는 남자의 데이트 옷차림 1위는 면바지에 셔츠와 니트, 스니커즈였다. 슬림하게 잘 빠진 정장 차림에 반짝이는 구두는 3위에 그쳤다. 만족스러운 결과에 신혁은 다시 편안해졌다.

더 빠진 것이 없나 머리를 굴려보았다. 놓친 게 있어도 피곤

해서인지 더 이상 머리가 돌아가지 않았다. 신혁은 컴퓨터를 끄고 책상 위를 말끔하게 정리한 후 침실로 향했다. 피곤에 지친 발걸음이었다.

제길, 데이트 한 번 하기 되게 힘드네!

주말이라 평소 기상시간보다 한 시간 늦게 자명종을 맞추고 잠이 들었다. 그런데 눈 한 번 감았을 뿐인데 자명종이 울렸다. 잔 것 같지가 않았다. 신혁은 믿을 수 없다는 표정으로 시계를 보았다.

7시? 지금 장난해?

신혁은 인상을 구기며 휴대폰으로 다시 시간을 확인해 보았다. 마찬가지였다. 괜히 억울한 기분이 들었다.

침대에서 나와 욕실로 들어가 샤워를 했다. 잠을 깨기 위해 물의 온도를 다소 차갑게 만들었다. 피로가 남은 눈이 따끔거렸다. 온몸이 뻐근했다. 아무래도 전날 축구를 할 때 너무 격렬하게 몸을 움직였던 탓인 것 같았다.

옷을 갈아입고 주방으로 나왔더니 강현이 식사 준비를 하고 있었다. 정우가 아파트에 왔었던 날을 기점으로 정우와 함께 지내고 있었는데 집안일 봐주는 아주머니가 하루가 멀다 하고 그만두는 바람에 아예 강현이 자청하고 나섰던 것이다.

급여 협상을 하고 남아도는 방 하나 내어달라고 해서 주었더니 강현이 아예 짐을 챙겨 살러 들어왔다. 그리고 남자 셋에 개 한 마리의 의식주를 성실히 도맡아 완벽하게 소화해 냈다. 강현은 모든 면에서 존절하고 깔끔한 살림꾼이었다. 신혁의 성격을 제대로 파악해서인지 문젯거리를 만드는 법도 없었다.

"안녕히…… 못 주무신 것 같습니다."

달걀프라이를 만들고 있던 강현이 인사를 건네다 신혁의 얼굴을 보고 말을 바꿨다.

"잠이 좀 부족했나 봅니다."

차마 데이트 준비를 하느라 그랬다는 말을 할 수 없었다. 신혁은 냉장고에서 물을 꺼내 마시고서 식탁 앞에 자리를 잡고 앉았다.

식탁 위에 놓인 토스트기에서 땡 하는 소리와 함께 바삭하게 구워진 식빵 두 개가 튀어 올라왔다.

곧이어 현관문에서 디지털 도어록 열리는 소리와 함께 산책에서 돌아온 정우와 페이쓰의 기척이 들렸다.

"다녀왔습니다."

정우가 신발을 벗으며 활기차게 인사했다.

"아침 준비 다 됐다. 손 씻고 와."

눈을 반쯤 뜨고 넋이 빠져 마네킹처럼 굳어져 있는 신혁을 대신해 강현이 말했다.

"네."

식탁 위에 음식을 담은 접시와 컵이 놓여도 신혁은 계속 멍한 상태였다.

"많이 피곤하시면 더 주무십시오."

"안 됩니다."

"약속 있으십니까?"

"저 혼자 가니까 신경 안 쓰셔도 됩니다."

"외출하세요?"

손을 씻고 온 정우가 바로 앞에 앉으며 물었다.

"어."

"사람 만나러 가는 거예요?"

"어."

"누군데요?"

"몰라도 돼."

정신이 혼미해서 신혁은 대충 둘러댔다.

"여자군요."

"네."

강현의 교묘한 시간차 공격에 신혁은 무심코 대답을 하고 말았다. 뒤늦게 깨닫고 정신을 차린 신혁은 당혹한 낯빛을 하고 강현과 정우를 보았다.

"여자 누구요?"

정우가 놀란 표정을 해가지고서 물었다.

반면 강현은 모든 걸 알겠다는 식으로 능글맞은 웃음을 흘렸다.

"있어."

신혁은 입맛도 없으면서 반숙된 달걀프라이를 입에 크게 밀

어 넣고 우물거렸다. 먹을 땐 개도 안 건드릴 것 같아 그랬던 것
인데 입안에서 터진 노른자가 너무 뜨거웠다. 불덩어리를 문 것
처럼 신혁은 고개를 들어 입을 벌리고 화기를 내뿜었다. 그래도
뜨거워 방금 갈아 만든 오렌지주스를 입안 가득 담아 물었다.
어울리지 않은 조합으로 맛이 이상해진 것은 참을 수 있었다.
문제는 홀라당 벗겨진 것 같은 입천장이었다. 눈물마저 찔끔 나
왔다.

"정우야, 우리 그냥 모른 척하자. 사람 하나 잡겠다."

강현이 터져 나오는 웃음을 억지로 참으며 말했다.

"네."

눈물겹게 고맙다는 말은 이런 때 써야 하는 모양이었다. 신혁
은 입에 담고 있는 음식물을 간신히 넘겼다. 덕분에 졸음은 싹
달아난 상태였다.

"나갈 때 우산 챙기세요."

정우가 식빵에 잼을 바르며 말했다.

"비 와?"

강현이 호들갑을 떨며 냉큼 말을 받았다.

"네. 꽤 올 것 같던데요."

"그래? 아이구, 잘됐네!"

아주 기뻐 날뛰는 말투였다.

신혁은 오렌지주스를 다시 입에 담으며 강현을 쳐다보았다.

강현이 헤벌쭉 웃으며 말을 계속해 나갔다.

“데이트는 이런 날 해야 하는 거거든. 차 안에서, 우산 속에서 껌처럼 딱 밀착된 상태로 서로를 느끼며 오붓하게…….”

신혁은 자기도 모르게 그 광경을 상상하다가 하마터면 오렌지주스를 내뿜을 뻔했다. 불상사를 막기 위해 주스를 억지로 삼켰다. 그러다 사레들려 죽을 것처럼 기침을 쏟아냈다. 간신히 해결하고 정우와 강현을 쳐다보았더니 안쓰러워 도저히 못 봐 주겠다는 표정을 짓고 있었다.

그때였다. 휴대폰으로 문자가 도착했다는 소리가 났다. 열어 보니 정원에게서 온 것이었다.

「오늘 비 많이 온대요.」

그래도 만날 거냐는 말이 생략되어 있는 듯했다. 어제도 데이트 제안에 흔쾌히 응한 게 아니었기 때문에 마침 구실이 생겼다 싶은 모양이었다.

신혁은 답장을 보냈다.

「폭설이 아니라서 다행입니다.」

한여름에 무슨 소리냐고 하겠지만 오늘 데이트는 무슨 일이 있어도 꼭 할 거라는 말로 알아듣기 바랐다.

금방 또 한 통이 도착했다.

「진짜 만나요?」

신혁은 열심히 손을 움직였다.

「시간 맞춰 데리러 가겠습니다.」

「데리러 온다고요? 우리 집 어딘지 모르잖아요.」

「왜 모릅니까? 이력서에서 봤는데.」

「헐!」

그건 미처 생각하지 못했던 모양이다. 신혁은 의기양양한 미소를 지으며 고개를 들었다.

정우와 강현이 감쪽같이 사라지고 없었다.

신혁은 주위를 두리번거렸다. 그러다 어깨 너머로 기린처럼 목을 빼고 휴대폰을 들여다보고 있는 두 사람을 발견했다.

"뭐 하는 거야?"

신혁은 휴대폰을 감추며 소리쳤다.

"정우야, 이제 좀 알겠지?"

강현이 느긋한 목소리로 말했다.

"누군지 대충 알 것 같네요."

정우가 고개를 끄덕이며 자기 자리로 돌아와 태연하게 빵을 뜯어먹었다.

"내 집에서의 프라이버시 침해, 인권 유린은 절대 용납하지 않을 겁니다! 앞으로 주의해 주십시오!"

신혁은 인상을 쓰며 거세게 항의했다.

하지만 이를 진지하게 받아들이는 사람은 없었다. 어느 순간부터 강현과 정우는 죽이 너무 잘 맞았다.

신혁은 분한 기분을 떨쳐 버리지 못했다.

내비게이션을 점검하고 주유를 마친 신혁은 정원의 집 앞에 도착했다.

휴대폰으로 전화를 걸어 나오라 했더니 정원이 누군가를 달고 나왔다.

가족인가 싶어서 신혁은 우산을 쓰고 차 밖으로 나왔다.

"안녕하세요."

정우 또래의 여자애가 생글생글 웃으며 인사를 해왔다. 호기심 가득한 눈이 반짝반짝 빛났다.

그런데 왠지 낯이 익었다.

"반갑습니다. 그런데 우리 어디서 만났던가요? 낯이 익습니다."

신혁은 손을 내밀어 악수를 청하며 물었다.

"어제 학교에서 보셨나 본데요."

"아! 이제 확실히 기억납니다. 이름이?"

"유진이라고 해요. 소유진."

"아하……."

오해와 불신의 씨앗이 될 뻔했던 장본인이라는 사실을 깨닫고 신혁은 계속 말을 해나갔다.

"노신혁이라고 합니다."

"네. 말씀 많이 들었어요."

"저에 대해서요?"

무슨 말을 한 거냐고 묻듯 정원을 쳐다보았다.

하지만 정원이 일부러 시선을 외면하고 있었다.

"네. 그리고 다음에 만날 땐 말씀 낮추시고 편하게 대해주세요. 비에 많이 젖으실 것 같으니까 얼른 차에 타시고요."

유진의 해맑은 미소를 대하고 있으려니 신혁은 정원과의 첫 만남이 떠올랐다. 낯가림이 전혀 없고 사교성과 어인술이 능한 정원과 아주 비슷했다. 한집에서 지내는 걸 보면 보통의 사제지간은 아니라는 생각이 들었다.

"다녀올게."

정원이 어디론가 끌려가는 사람처럼 다소 비장하게 말했다.

"즐거운 시간 보내고 오세요."

유진이 귀엽게 웃으며 손을 흔들었다.

"다음에 또 봐요."

신혁은 차에 오르기 전 유진을 향해 인사했다.

"안녕히 가세요."

빽빽하게 들어선 주택의 골목길을 빠져나와 넓은 도로를 달렸다. 올림픽대로로 진입할 때까지 길을 안내해 주는 내비게이션만 떠들어댈 뿐 두 사람은 아무런 말을 하지 않았다.

"음악 좀 들을까요?"

"그러세요."

신혁은 챙겨온 CD 중 하나를 꺼내 틀었다. Kiss the rain을 비롯해 Before the rain 등 비 오는 날 들으면 좋은 음악들이 계속 흘러나왔다. 어색했던 분위기가 조금 누그러졌다.

"장르가 다양하고 생소한 음악도 많네요. 직접 선곡하신 건가요?"

"네."

"평소에 음악 많이 들으세요?"

"혼자 있을 때 주로 듣습니다."

빗속을 달리며 차 안에서 단둘이 듣는 음악도 좋다는 의견을 밝히려 하는데 정원의 휴대폰으로 문자가 도착했다는 소리가 들렸다.

문자를 확인한 정원이 재빨리 답장을 써서 보냈다.

곧바로 또 한 통의 문자가 날아들었다.

정원이 문자를 확인하더니 소리없이 웃기까지 했다. 답장을 하면 또 문자가 오고 계속 그렇게 문자로 대화가 이루어졌다.

이쯤 되니 신혁은 데이트를 방해하는 인간들이 누군지 슬슬 궁금해지기 시작했다.

"누굽니까?"

"네? 아, 네. 유진이, 정우, 제자들 그리고 지인들이요."

다소 당황해하면서도 미안해하는 표정과 말투였다.

"오늘 데이트한다고 광고라도 했습니까? 아니면 원래 그렇게 많이 주고받는 겁니까?"

"광고를 할 리가 있겠어요? 자주 주고받기는 하는데 오늘따라 많은 거예요."

"휴대폰 꺼놓으면 안 됩니까?"

"아, 죄송해요. 운전하는 데 방해되셨나 보네요."

“데이트하는 데 방해됩니다.”

흠칫 놀라는 정원이 잠시 망설이더니 휴대폰을 꺼버렸다. 덩달아 대화도 중단되어 버리고 말았다.

차 안은 빗소리와 음악 소리만 가득해졌다.

강일IC를 지나 미사대교를 건너가고 있을 때 정원이 오랜 침묵을 깨고 입을 열었다.

“그런데 어디로 가시는 거예요?”

“조금만 가면 됩니다.”

세 개의 긴 터널을 지나 서종IC로 나왔다.

빗줄기가 가늘어지더니 부슬비로 바뀌고 있었다.

양수리 끝자락 와 도착한 곳은 전원적인 풍경이 한데 어우러진 별장 같은 느낌의 레스토랑 앞이었다.

탁 트인 주차장에 차를 세우고 두 사람은 차에서 내렸다.

우산을 챙겨 내린 신혁은 가방만 챙겨 들고 내린 정원에게 다가가 우산을 함께 쓰려 했다.

“이 정도는 맞아도 될 것 같은데요.”

정원이 손을 내밀어 비의 양을 가늠하며 털털하게 말했다. 정원은 청바지에 흰 셔츠, 운동화, 액세서리 하나 없이 가방 하나 둘러맨 검소한 차림이었다. 데이트라고 해서 화장을 하고 나온 것도 아니었다. 볼 때마다 느끼는 거지만 피부 하나는 기가 막히게 깨끗하고 매끄러워 보였다. 정원이 볼에 툭 떨어진 빗방울을 아무렇지도 않게 손으로 쓱 닦고 레스토랑을 향해 씩씩하게 걸어갔다. 키가 크고 다리가 길어서 그런지 청바지가 유난히 잘 어울린다는 생각이 들었다.

레스토랑의 문을 열고 들어서자 입구부터 아기자기하면서도 이국적인 소품이 가지런히 진열되어 있었다. 오래되고 다양한 종류의 앤틱 소품들을 감상할 수 있는 쇼룸도 마련되어 있었다.

벽의 대부분을 차지한 커다란 창문 너머로 시원하게 펼쳐진 계곡과 초록빛으로 물든 풍경이 보였다. 아름다운 자연에 눈이 즐거워지고 마음이 확 트이는 듯했다.

"와! 멋진데요."

정원이 마음에 드는 곳에 머물러 서서 바깥을 응시하며 말했다.

신혁은 열심히 정보를 모은 보람이 있는 것 같아 기분이 좋아졌다.

"앉읍시다."

"네."

하도 볼거리가 많다 보니 정원의 시선 한 번 받기가 힘들다는 게 유일한 단점이었다. 신혁은 말없이 앉아 다양하게 변하는 정원의 표정을 관찰해 나갔다. 아름다움을 눈과 마음에 담는 일이 즐거운지 얼굴에서 미소가 떠날 줄 몰랐다. 반짝이는 눈으로 턱을 괴고 앉아 무의식적으로 예쁘다는 말을 계속 반복하는 모습이 순수하고 순진무구해 보였다. 늘 그렇듯 정원은 바라만 봐도 좋은 사람이었다. 신혁은 마음이 폭신폭신해지는 것을 느꼈다.

“뭘 먹을까요?”

메뉴판이 도착하고 의향을 묻고 나서야 신혁은 정원의 눈길을 받을 수 있었다.

“글쎄요. 전 뭐든 잘 먹는데.”

“그럼 제가 시켜도 되겠습니까?”

“그러세요.”

신혁은 코스요리를 선택해 주문했다.

“여기 자주 오세요?”

“처음 왔습니다.”

“정말요? 헤매지도 않고 곧장 오셔서 단골인 줄 알았어요.”

“마음에 듭니까?”

“그럼요. 훗날 이런 데서 살아야겠다 싶은 생각이 들 정돈데요.”

“좋은 생각입니다.”

신혁은 한가로운 전원 풍경을 배경으로 정원과 함께 하는 미래는 어떨지를 상상하며 말했다. 괜히 웃음이 나왔다.

“왜 그렇게 봅니까?”

신혁은 자신을 물끄러미 쳐다보고 있는 정원에게 물었다.

“신기해서요.”

“예전에도 그러더니 오늘은 또 뭐가 신기합니까?”

“웃고 계신 거요.”

“사람 웃는 거 처음 봅니까?”

“이사장님 웃는 건 처음 봐요.”

“계급 떼고 편하게 만나자고 했을 텐데요.”

신혁은 귀에 거슬리는 단어를 날카롭게 지적하며 말했다.

“그게 말처럼 쉽나요. 이렇게 만나는 것도 오늘이 처음이자 마지막일 텐데 그냥 이사장님이라고 부르게 해주세요.”

신혁은 몸을 꼿꼿이 세우고 얼굴을 더욱 찌푸렸다.

“왜 오늘이 처음이자 마지막이라고 단정하시는 겁니까?”

“전 직장 내 상사나 동료와 단둘이 만나거나 식사를 하지 않는 사람이에요. 오늘은 그동안 지켜온 철칙을 처음으로 어긴 거고요.”

정원이 신중한 태도로 진지하게 말했다.

“처음이라니 영광입니다.”

비꼰다고 생각했는지 정원이 눈썹을 추켜세웠다.

신혁은 계속 말을 해나갔다.

“기분 나빠하지 마십시오. 비꼬는 거 아니니까요. 제가 많이 부담스러우십니까?”

“사실 이런 자리가 부담스러운 거죠.”

정원이 무겁게 한숨을 내쉬고는 웅얼거리는 어조로 말했다.

“정원 씨를 만나려면 이사장 직을 내놔야겠군요.”

신혁은 건조한 어투로 말했다.

“농담이 지나치시네요.”

“농담으로 한 말 아니었는데 그렇게 들리셨습니까?”

정원이 혼란스러운 듯 눈을 동그랗게 떴다.

신혁은 계속 말을 이어나갔다.

"견해 차이라 그런지 왜 그런 걸 금기시하는지 납득이 잘 가지 않는군요. 뭐 안 좋은 경험이라도 하신 겁니까?"

"직접은 아니고 간접적인 경험으로 굳어진 생각입니다."

"앞으로 의식적으로 절 피해 다니시겠군요."

속내를 들켰는지 정원이 아무런 반응을 보이지 않았다.

신혁은 이대로 물러날 마음이 없었다. 쉽게 결정하고 가볍게 단념할 것 같았으면 애당초 시작도 하지 않았다. 청춘사업도 사업이라면 사업인데 끈질긴 설득과 노력, 도전 없이는 원하는 성과를 거둬들일 수 없다는 게 그의 생각이었다. 그는 정원을 설득하기로 했다.

"저처럼 마음을 달리 먹고 모험을 해보실 생각은 없으십니까?"

"모험이라뇨?"

"위험을 무릅쓰고 사람을 믿고 좋아하는 감정을 가져보는 거. 그게 저한테는 모험입니다."

신혁은 강한 눈빛으로 정원을 바라보았다.

비구름 걷힌 파란 하늘의 햇빛으로 실내가 갑자기 환해졌다.

정원의 얼굴이 빛을 받아 눈부시게 빛났다.

정원은 바삭하게 구워진 마늘 바게트를 입에 넣고 우물거렸다. 겉과 달리 속이 촉촉하고 부드러웠다. 고소한 향에 맛있게 먹고 있는 신혁까지, 맛이 좋은 게 틀림없었다. 그런데 정원은 아무런 맛도 느낄 수가 없었다.

이상하네.

빵 접시가 치워지고 전채요리로 달팽이 요리가 나왔다. 프랑스 3대 음식 중 하나라는 귀한 음식인데 아무런 리액션도 준비하지 않고 그냥 입에 집어넣고 씹어 먹었다. 평소 같았으면 극진한 예우를 갖춰 맛을 기대하고 경험하고 감탄했을 텐데 말이다. 그것도 아주 요란하게. 쫄깃하다는 느낌 외에는 별 맛이 느꺼지지 않았다.

진짜 이상하네.

괜히 한숨이 새어 나왔다.

"맛이 없습니까?"

시큰둥한 반응이 마음에 걸렸는지 신혁이 물어왔다.

정원은 살면서 입에 넣고 삼킬 수 있는 게 맛없다는 생각을 한 번도 해보지 않았기 때문에 일단 고개를 가로저었다. 열심히 씹다 보니 이번엔 부드러운 수프가 등장했다. 적당한 온도라 목구멍으로 꿀꺽꿀꺽 잘도 넘어갔다.

그런데 도대체 왜 아무 맛도 안 느껴지는 거냐고!

신혁이 제대로 먹을 생각은 하지 않고 계속 신경을 쓰고 있었다.

정원은 그 사실을 이미 알고 있었다. 하지만 모르는 척했다. 정체 모를 음식을 대접해도 엄지를 치켜세우고 칭찬을 쏟아냈던 예전의 행동과는 아주 다른 것이었다.

깨끗하게 비워진 접시가 사라지고 상큼해 보이는 샐러드가 나타났다.

이번엔 뭔가 다르겠지.

정원은 이전의 것들보다 색상이 화려한 샐러드를 입에 넣었다. 하지만 마찬가지였다.

뭐야, 고도로 발달했던 내 미각은 어디로 간 거냐고.

아무래도 이 모든 게 마음의 문제라는 생각이 들었다. 문제를

해결하지 않는 이상 더 좋은 산해진미를 가져다주어도 매한가
지라는 소리였다.

왜 이렇게 마음이 어수선하고 뒤숭숭한 거야?

정원은 알 수가 없었다. 불쾌하거나 짜증이 나는 건 아니었
다. 오히려 울적하다는 표현이 맞았다.

가진 것도 많고 근사하게 잘생긴 남자한테 대시를 받았다. 성
격적으로 다소 문제가 있다 싶기는 하지만 개선의 여지가 많기
때문에 아주 꽝은 아니었다. 그러니 정신이 나가지 않는 이상
기분이 좋아야 하는 게 정상이었다. 굳이 한 직장에서 일하는
사이라는 점을 배제하더라도 우선 기뻐해야 하는 일이었다. 대
시에 응할 생각이 없으면 유준한테 그랬던 것처럼 그냥 쿨하게
웃고 입장을 정리해서 보여주면 그만이었다. 그런데 무엇 때문
에 그러지 못하고 지지리 궁상에 끙끙거리고 있는 건지 알 수가
없었다.

음식을 남기는 법 없이 살아왔기 때문에 정원은 습관적으로
접시를 비웠다. 아무리 머리가 복잡하고 맛을 느끼지 못해도 그
것은 별개의 일이었다.

"혹시 화나셨습니까?"

힘들게 칼질을 하지 않아도 레드와인 소스로 맛을 낸 최고급
한우 안심 스테이크는 쉽게 썰어졌다. 그런데 무의식적으로 고
기가 아니라 접시를 동강 칠 생각으로 칼질을 했던 모양이다.
정원은 정신을 차리고 다시 한 번 고개를 가로저었다. 그리고

창문 너머로 시선을 옮겼다.

비 개인 여름 하늘이 맑게 푸르렀다. 물기를 머금은 싱그러운 식물들이 태양 빛을 받아 찬란하게 빛났다. 비를 피해 숨어 있었던 작은 산새들이 날아오르며 즐겁게 지저귀었다.

아름다운 자연을 배경 삼아 멋진 공간에 들어앉아 감미로운 음악을 들으며 식사하는 오후의 시간이 참으로 호사스럽다는 생각이 들었다.

지상낙원 에덴이 따로 없네.

에덴이란 단어에 아담과 하와 그리고 선악과가 연상되었다. 선악과를 두고 뱀에게 유혹당하는 심정이 어땠을지 조금이나마 알 수 있을 것 같다는 생각이 들었다.

"그런데 선악과는 무슨 맛일까요?"

정원은 신혁에게 갑작스러운 질문을 던졌다.

신혁이 뜬금없는 말에 잠시 머뭇거렸다.

"먹음직도 하고 눈여겨볼 만한 값어치가 있어 보이고 지혜롭게 할 만큼 탐스럽다고 했지만 맛은 언급이 되지 않았던 걸로 기억합니다."

"어떻게 생겨먹었기에 그런 마음이 들었을까요? 그런데 선악과 먹으면 죽는다고 했지 않았나요?"

"그랬던 것 같습니다."

"그러고 보면 사람의 호기심은 죽음도 마다하지 않을 만큼 무모한 거네요. 용감무쌍하다고 해야 하나?"

“내가 제안한 모험이 선악과처럼 느껴져서 그런 말을 하는 겁니까?”

“유혹을 느끼고 호기심이 생기게 만드는 존재가 선악과라면 그렇다고 볼 수 있겠네요. 그런데 전 죽는 거 싫거든요. 선악과 먹고 죽으면 때깔이 훨씬 더 고울지 몰라도요.”

정원은 스테이크 한 점을 입에 넣고 질겅질겅 짓씹으며 말했다.

“그런데 결국은 안 죽었잖습니까. 남자는 땀 흘려 일하게 되고 여자는 애 낳는 고통이 심해졌을 뿐.”

“그래서 지금 저더러 먹어보라고 유혹하시는 건가요?”

정원은 눈을 가느스름하게 접고 불만조로 물었다.

“생각해 보니 굳이 힘들여 유혹하지 않아도 될 것 같습니다.”

“제가 만만하다는 뜻인가요?”

정원은 인상을 구기며 발끈했다.

“그게 아니라 제가 시작한 모험에서 정원 씨는 절대적으로 빠져서는 안 될 필수 요소이자 중요한 역할이 맡겨진 인물이기 때문입니다. 다시 말해서 원하든 원치 않든 간에 저의 모험이 시작된 순간 정원 씨의 모험도 동시에 시작되었다는 거죠. 정원 씨의 의지와는 전혀 상관이 없이 말입니다. 오늘의 만남이 그걸 증명하고 있잖습니까.”

정원은 신혁의 말을 곰곰이 생각해 보았다. 정말 그렇다는 생각이 들었다. 그녀는 아랫입술을 꽉 깨물고 불만 가득한 얼굴을 했다.

"대상을 바꾸세요."

유일한 해결책이라 생각했다. 정원은 계속 말을 해나갔다.

"이사장님 처음부터 저 마음에 안 들어하셨어요. 기억 안 나세요? 일부러 길도 헤매게 만드시고 제가 하는 말도 안 믿으셨고 만나기만 하면 으르렁댔고……. 아무리 생각을 해봐도 좋은 감정이 생길 틈이 없었다고요."

"그러다 정이 들었나 봅니다."

"정이라고 하셨어요? 정은 무슨……. 착각하신 거예요."

"그런 줄 알았습니다. 그런데 아니었습니다."

"확실한가요? 저 좋아하는 남자들 없어요."

정원은 답답하다는 듯 말했다.

"왜 없습니까? 정유준 선생도 있고 송강현 씨도 있고."

"송강현 씨가 저를 좋아한다고요?"

처음 안 사실이었다. 정원은 눈을 동그랗게 떴다가 믿을 수 없다는 표정을 지었다.

"그렇습니다. 제가 좋아하는 거 알고 단념했지만요."

"헐, 그런데 왜 저를 좋아하세요?"

정원은 너무나 궁금한 나머지 상체를 앞으로 쑥 내밀며 물었다.

"그러게 말입니다. 참 신기한 일이죠? 아무래도 정원 씨가 여자 같지 않아서 그런 것 같습니다."

"네?"

다시 뒤로 물러나 되물으며 말을 계속 이었다.

"취향이 참 의심스러우면서도 독특하시네요. 맞선 보러 나가면 다들 질겁하고 도망가던데 말이죠."

"아마 맞선 자리에서 만났더라면 저라도 그랬을 겁니다. 사람들이 흔히 말하는 것처럼 첫눈에 반할 타입은 아니니까요."

잔인하고도 냉정한 평가였다. 신혁이기에 그런 말을 아무렇지도 않게 하는 거라고 생각했다. 신혁이 물 한 모금을 마신 후 다시 말을 이어나갔다.

"물론 제 평생에 그럴 일은 절대 없을 겁니다. 첫눈에 반하다니, 정말 말도 안 되는 일 아닙니까?"

"살면서 그런 경험 단 한 번도 없으셨어요?"

"없었습니다. 능력자도 아닌데 어떻게 한눈에 모든 걸 파악할 수 있습니까? 모든 게 아니더라도 삶에 대한 가치관이라든가 세상을 바라보는 시각 정도는 파악해야 마음도 쏠리는 거 아닙니까?"

"굉장히 신중하신 모양이군요."

"누구 말처럼 사랑은 게임도 도박도 아닌 인생이 달린 중요한 문제니까요."

중요한 핵심을 짚어주는 신혁을 물끄러미 쳐다보다가 정원은 남은 스테이크를 입어 넣으며 생각에 잠겼다. 더 이상 먹을 게 없어지자 포크와 나이프를 내려놓고 냅킨으로 입을 닦았다. 그리고 후식으로 나온 과일에 손을 대지 않고 말없이 쳐다보기만 했다. 하얀 접시 위에 키위, 오렌지, 딸기, 포도가 소량으로 담겨져 있었다. 색과 모양과 맛은 달라도 본질은 같아 과일로 통하는 것들, 언뜻 다양한 인간들이 모여 세상을 살아가는 삶과 유사하다는 생각이 들었다.

"금귤, 귤, 오렌지, 유자, 한라봉 중에서 뭘 가장 좋아하세요?"

정원은 계속 과일을 응시하며 질문을 던졌다.

"한라봉이 제일 맛있지 않습니까?"

"비싸서 몇 번 못 먹어봤지만 저도 그래요."

정원은 아랫입술을 지그시 물었다가 신혁을 바라보며 말을 계속했다.

"저의 어떤 점을 보고 그런 모험을 하겠다고 마음먹었는지 몰라도 전 귤처럼 흔한 사람이에요. 여자로서의 특별한 아름다움도 없고 지극히 평범하죠. 반면 이사장님은 제게 한라봉 같은 분이에요. 누가 지었는지 몰라도 이름 자체는 촌스럽지만 보기 드물고 접하기 힘들죠. 빙빙 돌려 말했지만 우리는 서로 잘 어울리는 조합이 아니라는 뜻이에요."

신혁의 눈빛이 어둡게 변했다. 실망을 안겨준 모양이다.

미안한 마음이 들어 정원은 눈을 내리깔고 검지로 매끄러운 접시 테두리를 쓱쓱 문지르며 말을 계속했다.

"불장난을 하기엔 나이가 적지 않아요. 백마 탄 왕자를 기다

리는 공주처럼 환상을 품고 있는 것도 아니고요. 어딘가에 저한
테 잘 어울리는 사람이 있을 거란 생각을 하고 있지만 이사장님
과는 거리가 멀어요. 사실 저……."

진심을 털어놓고 싶어 다시 신혁을 쳐다보았다.

"흔들렸어요. 속물근성이 있는지 싫지 않았어요. 저 좋은 차
로 이런 데 와서 밥 먹기 힘든 사람이에요. 좋죠. 당연히 좋죠.
왜 안 좋겠어요. 그런데…… 무임승차하는 기분이랄까, 아무튼
개운치가 않아요."

정원은 씁쓸하게 웃고 나서 다시 입을 열었다.

"서로에 대해 아는 게 없는데 좋아하고 사랑한다는 자체가 어
불성설이잖아요. 아마 관심 정도일 거예요. 우리가 공통적으로
서로에게 가지고 있는 마음의 단계는 말이에요. 서로가 다르니
까 순간적으로 혹한 게 아닐까 싶어요. 저나 이사장님의 유일한
공통점이 있다면 그건 특이한 캐릭터잖아요. 신기해서 눈여겨
보다가 겪는 일시적인 착각일 수 있다는 생각이 들어요. 그러니
까 좀 더 시간을 두고 신중하게 고민했으면 해요. 금방 후회할
수 있는 모험이 될 수도 있는 거니까요."

두 사람 사이에 침묵이 흘렀다.

마지막 코스인 커피가 식탁에 놓였다. 진한 커피향이 두 사람
주위를 맴돌았다.

적당히 식었을 무렵 신혁이 아무것도 넣지 않은 커피를 입에
가져갔다. 생각이 많은지 좀처럼 입을 열지 않았다. 레스토랑

안에 있는 화분들을 응시하며 한동안 커피만 마시던 신혁이 잔을 내려놓았다. 그리고 정원을 똑바로 쳐다보았다.

"식물 같은 거 잘 키우시는 편입니까?"

"신경 많이 안 써도 되는 식물 몇 개 정도요."

"물에만 담가놔도 잘 크는 식물이 딱 적당하겠군요."

"그렇죠."

정원은 희미하게 웃었다.

"그런 식물은 죽지 않을 정도만의 관심이면 충분하죠."

정원은 신혁이 말하고자 하는 의도를 파악하려고 애쓰며 말 없이 고개를 끄덕였다.

"그 정도의 관심만 가지고 있으십시오."

"네?"

무슨 뜻으로 하는 말인지 몰라 되묻고 말았다.

"욕심 안 부릴 테니까 저에 대한 관심, 버리지만 말고 있으란 소리입니다."

정원은 그제야 이해할 수 있었다. 신혁은 모험을 포기할 의사가 전혀 없었던 것이다.

신혁이 계속 말을 해나갔다.

"다가가면 밀어내거나 도망치지 말고 그냥 지켜보기만 하십시오. 보다 보면 알게 될 거고 그러다 보면 시간이 내린 결론을 수용할 수 있지 않겠습니까? 그러니까 아무것도 하지 말고 이대로 변하지만 말고 계십시오."

마력이란 게 이런 것일까?

정원은 원인을 알 수 없는 힘에 이끌려 현혹되어 가는 기분을 느꼈다.

식사를 마치고 신혁이 산책이나 하자며 차로 자리를 옮겼다. 양수리 두물머리 세미원이라는 곳이었다.

"여기도 처음이신가요?"

"네."

"준비 많이 하셨나 보네요."

"좀 했습니다. 세미원은 물과 꽃의 정원으로 수련과 연꽃이 가득한 곳이라고 하더군요. 인터넷에 올라온 사진들을 봤는데 한번 와보고 싶었습니다."

두 사람은 태극 문양으로 만들어진 입구를 지나 예쁜 정원으로 들어섰다. 양옆으로 물이 흐르고 물 위로 징검다리가 놓여 있었다. 물가 곳곳에 피어오른 부처꽃, 나리꽃, 비비추가 옅은 바람에 몸을 맡긴 채 리듬을 타고 있었다.

"어느 길로 갈까요? 왼쪽? 오른쪽?"

정원은 두 개로 나누어진 징검다리를 가리키며 신혁에게 물었다.

"요즘 우측통행하라고 권고하니까 오른쪽으로 갑시다."

신혁이 앞장을 섰다.

쌍갈래 물길 가운데 한반도 지형을 닮은 연못이 있었다. 하얀 수련이 피어 있는 연못을 지나 구부러진 돌길을 나란히 걸었다.

카메라를 가지고 온 사람들이 아름다운 풍경을 담고 있었다.

"이렇게 좋은 곳에 올 줄 알았으면 카메라 챙겨올 걸 그랬어요."

"여기 있습니다."

신혁이 들고 있는 가방에서 디지털 카메라를 꺼내며 말했다.

그냥 아쉬워 해본 말이었는데 정원은 신혁의 철저한 준비성에 다시 한 번 놀라고 말았다.

"사진 찍는 거 좋아하십니까?"

신혁이 물었다.

"블로그에 올리려고 열성적으로 찍어대는 정도는 아니고 그냥 기념으로 한두 장 남길 정도죠. 그러는 이사장님은요?"

신혁이 인상을 찡그렸다.

"제가 학교에서나 이사장이지 나와서도 이사장입니까? 누가 들으면 제 성이 이 씨라서 이사장인 줄 알겠습니다. 자꾸 그런 식으로 부르면 저도 정원 씨를 강 사장이라고 부르는 수가 있습니다."

까칠한 성격이 트레이드마크인 신혁의 말에 정원은 웃고 말았다.

"웃지만 말고 수정 부탁합니다."

신혁이 끝까지 고집을 피웠다.

"뭐라고 불러 드릴까요? 원하는 호칭을 말씀해 보세요."

장난기가 발동해서 한 말이었다.

“말하면 정말 불러주는 겁니까?”

“불러 드린다고 약속할게요.”

신혁이 깊은 고민에 빠졌다. 좀처럼 고르기가 힘든지 정원에게 카메라를 넘기며 말하기까지 했다.

“고르는 동안 사진이나 찍고 계십시오.”

정원은 쉽게 가는 법이 없는 신혁을 향해 고개를 절레절레 흔들며 카메라로 365개의 장독대로 이루어진 분수대의 모습을 담았다. 장독대 뚜껑에 난 구멍으로 시원한 물줄기가 제각기의 높이로 솟아오르는 모습이 장관이었다.

뒤돌아보니 신혁은 아직도 결정을 못했는지 심각한 표정으로 거닐고 있었다. 그 모습이 조금 귀엽다는 생각이 들어 정원은 신혁 몰래 사진을 찍었다. 찍은 사진을 확인해 보니 모델과 배경이 좋아서 그런지 제법 멋진 사진 하나가 나왔다.

계속 다양한 연못이 나왔다. 예쁜 꽃들이 연못을 호위하듯 둘러싸고 있었다. 단아한 연꽃과 연밥이 가득한 연못 위로 앉아 쉬어갈 수 있는 정자가 있었다. 이미 그곳은 사람들로 꽉 차 있었다.

빈 배가 떠 있는 연못을 지나 기다란 병으로 만들어진 분수대 앞에 섰다. 잘게 부서지는 물방울들 사이로 작은 무지개가 춤을 추고 있었다.

“결정했습니다.”

신혁이 다가와 말을 걸었다.

"뭐로 결정하셨는데요?"

"너무 욕심 부리면 안 불러줄 것 같아서 평범한 호칭으로 골랐습니다. 그냥 신혁 씨라고 해주십시오."

"네. 그러죠. 신혁 씨."

정원은 약속을 이행하듯 순순히 원하는 바를 이루어주었다.

신혁이 고개를 살짝 돌려 삐져나오는 웃음을 숨겼다. 만족스러운 모양이었다.

볼수록 귀엽다는 생각이 들었다. 갖은 폼은 다 잡아도 초딩스러운 면이 있다는 걸 자신도 알고 있을까 하는 마음이 들 정도였다.

신혁과 함께 모네의 정원이라는 곳을 지나 갖가지 꽃들이 피어 있는 오솔길로 향했다. 구불거리는 오솔길이 정겨웠다.

"신혁 씨 덕분에 오늘 제 눈이 호강을 하네요. 여기 너무 좋은 것 같아요. 그렇지 않나요? 신혁 씨?"

신혁을 놀려주기 위해 계속 호칭에 힘을 주어 말했다.

"호칭 가지고 놀려도 끝까지 그렇게 부르라고 할 겁니다."

"신혁 씨가 선택한 건데 어련하시겠어요. 신혁 씨. 그런데 신혁 씨, 웃으려면 화끈하게 빵 터뜨려서 웃어버리세요. 뭘 그렇게 감질나게 웃으세요? 신혁 씨?"

신혁이 더 이상 참지 못하고 하얀 이를 드러내고 환하게 웃었다.

정원은 자신이 시키고도 처음 보게 된 신혁의 근사한 미소에 깜짝 놀라고 말았다. 심장이 세차게 두근거렸다. 그럼에도 이 순간을 놓치고 싶지 않아 카메라로 그의 모습을 담았다.

"어? 허락도 없이 막 찍어대는 겁니까? 엄연한 초상권 침해입니다."

신혁이 뒤늦게 깨닫고 항의를 했다.

"엄청난 희귀템인데 놓칠 수는 없죠."

"뭐가 희귀템이라는 겁니까?"

"아마 자신이 무슨 짓을 했는지 모르실 거예요."

정원은 자신의 가슴 떨림을 우회적으로 표현했다.

신혁이 다가와 손을 내밀었다.

"어디 한번 봅시다. 그 희귀템."

신혁에게선 늘 좋은 향이 났다. 향기 때문인지 아니면 너무 가깝게 다가온 신혁 때문인지 정신이 아찔해졌다.

하지만 신혁은 전혀 그런 사실을 알지 못하는지 정원의 손에서 카메라를 빼앗아 들었다.

살짝 스치기만 한 손인데도 불에 덴 것 같은 느낌이 확 퍼졌다.

신혁이 사진을 확인하고선 자신도 놀랐는지 애매한 표정을 지었다.

"얘 누굽니까? 나랑 비슷하기는 한데 처음 보는 놈이군요."

"이름이 신혁씨래요. 성이 신이고 이름이 혁씨."

정원은 한 손으로 뜨거운 느낌이 남아 있는 손을 문지르며 장난스럽게 말했다.

그런데 웃을 줄 알았던 신혁이 정색을 했다.

"수업시간에도 그럽니까?"

"교실을 냉장고로 만드는 게 특기냐고 하시려고요? 학교 냉방비 절약 차원에서 가끔씩 그래요."

"순간 체온이 쑤욱 떨어졌습니다. 썰렁한 개그도 정도껏 해야지 애들 여럿 얼려 죽이겠습니다."

신혁만이 할 수 있는 까칠한 유머였다.

그런 신혁을 향해 정원은 웃을 수밖에 없었다.

"부탁이 있어요."

정원은 다소 진지한 태도로 말을 꺼냈다.

"뭡니까?"

"하루에 한 가지씩만 보여주실래요? 너무 몰아서 보여주시니까 정신을 차릴 수가 없잖아요."

"그게 무슨 소리입니까?"

"무슨 소린지 잘 생각해 보세요."

정원은 세미원 끝에 위치한 강을 향해 먼저 걸어가며 말했다.

초록색과 파란색이 넘쳐흐르는 공간 위로 하늘이 활짝 열려 있었다.

문득 먼 훗날 가족들과 손잡고 나들이 와도 참 좋을 것 같다는 생각이 들었다. 그런 생각을 하며 웃고 있는데 뒤에서 사진 찍는 소리가 들려왔다.

고개를 돌려보니 신혁이 계속 그녀의 사진을 찍어대고 있었다.

"어! 저도 초상권 있는 사람이거든요!"

항의를 해도 소용이 없었다. 신혁이 계속 셔터를 눌러댔다.

그런 신혁을 향해 정원은 눈을 흘기다가 메롱 하고 혀를 내밀었다.

"진정한 레전드급 희귀템이 뭔지 제가 보여 드려요?"

신혁이 웃고 있었다.

앞으로는 그렇게 자주자주 웃으라는 뜻으로 정원은 재미있는 표정을 마구 지어주었다.

이제 신혁이 소리까지 내어가며 웃어댔다.

"이제 시집은 다 갔습니다!"

"그걸 아는 사람이 계속 찍어요?"

"멈출 수가 없잖습니까."

"그럼 멈추지 말아요."

자신 스스로를 개혁하려는 노력도, 인생의 즐거움을 알아가는 일도, 행복하게 웃을 수 있다는 게 얼마나 좋은 건지 깨닫는 일도 멈추지 말라는 뜻으로 그렇게 말했다.

적당하게 볼거리를 제공한 후 정원은 비닐하우스에 마련된 정원을 향해 걸어갔다. 가다가 뒤를 힐끗 돌아보니 신혁이 자신이 찍은 사진을 확인하며 뒤따라왔다. 입가에 미소를 머금은 채.

설마 사진에 내 마음까지 찍힌 건 아니죠?

정원은 신혁을 향해 소리없는 질문을 던지고 씨익 웃으며 앞을 보고 씩씩하게 걸어갔다. 뒤에서 신혁의 웃음소리가 들려왔다. 가슴 설레게 하는 그의 웃음소리를 녹음이라도 해두고픈 마음이 들었다. 정원은 휴대폰을 열어 몰래 그의 영상과 목소리를 담기로 했다. 정원은 휴대폰을 들여다보는 척하며 신혁을 향해 돌아서서 뒷걸음질했다.

"안 궁금합니까?"

신혁이 여전히 카메라를 들여다보며 물었다.

"안 궁금해요."

"궁금할 텐데요."

"제가 드리는 선물이에요. 돈 주고도 살 수 없는 거니까 평생 두고두고 보세요."

정원은 나도 그럴 거니까요, 하는 말을 삼켰다.

신혁이 카메라에서 정원에게로 시선을 옮기고 다가오고 있었다. 휴대폰으로 자신을 찍고 있다는 걸 모르는 듯했다.

"선물 고마워요."

신혁이 환하게 웃으며 정원을 지나쳐 갔다.

정원은 멀어져 가는 그의 뒷모습까지 담아 저장하고서 휴대폰을 덮었다.

나도 고마워요.

$$17$$

신혁과의 첫 데이트가 끝난 다음날이었다.

정원은 교내에서 신혁과 여러 번 마주치게 되었다.

그는 혼자가 아니었다. 누군가를 꼭 대동하고 대화를 나누고 있었다. 어제 편안한 차림으로 장난스럽게 웃던 신혁의 모습은 어디에도 없었다. 단정하고 품위가 느껴지는 정장을 입고 상대방의 의견을 귀 기울이는 그는 어느 때보다 진지하고 엄숙해 보였다. 대동한 사람들이 하나같이 그보다 나이가 많은 사람들이었지만 그는 누가 봐도 오너로서의 이미지를 갖추고 있었다.

자신의 일에 최선을 다하는 신혁의 모습은 멋졌다. 흐트러짐 없는 몸가짐, 깊이가 느껴지는 눈빛과 유려한 손짓에 정원은 가숨이 두근두근 뛰었다. 하지만 결코 겉으로 드러낼 수 없는 감정, 느낌들이었다.

그와 살짝 눈이 마주쳤을 때 정원은 정중히 고개 숙여 인사했고 그도 마찬가지의 행동을 보이며 무심히 지나갔다. 사내연애를 두려워하는 정원을 위한 그의 배려였다.

남이 볼 때는 아주 자연스러워 어떤 의심도 들지 않는 행동들이었다. 하지만 떨리는 가슴을 졸이며 연기를 해야 하는 정원으로서는 오만 가지 생각이 교차하면서 바짝 긴장할 수밖에 없는 일이었다.

아무리 배려 깊은 행동에 명연기라 하지만 그녀를 대하는 그의 태도가 너무 냉정하고 무정해서 하루 사이에 마음이 바뀌었나 하는 오해가 들 정도였다. 만약 퇴근시간이 거의 가까워졌을 즈음, 그에게서 문자가 오지 않았더라면 정말 그렇게 여겼을지도 모를 일이었다.

「단 하루 연기했을 뿐인데도 힘들어 죽겠습니다. 이 짓을 계속해야 하는 겁니까? ㅡ ㅡ^」

마지막에 첨부한 이모티콘에 정원은 웃음을 터뜨리고 말았다. 신혁이 잘 짓는 표정과 너무나도 닮았기 때문이다.

「기립박수 칠 정도로 아주 잘만 하시던데요 뭐. (ㅠㅠ)b」

정원은 엄지까지 치켜세운 이모티콘을 만들어 답장을 보냈다.

「ㅡ ㅡ+ 계속하라는 소리군요. 아무튼 저녁 9시쯤 집 앞으로 가겠습니다. 차 한 잔 하십시오.」

잠깐만이라도 만났으면 좋겠다는 생각이 설핏 들었지만 정원은 그를 생각해 답장을 보냈다.

「피곤하실 텐데 쉬셔야죠.」

「이따 봅시다. 끝.」

그의 문자에 정원은 더 이상 할 말이 없어지고 말았다.

신혁은 편안한 옷차림으로 차를 직접 몰고 약속 시간에 맞춰 집 앞에 나타났다.

"진짜 오셨네요."

정원은 조수석에 앉으며 말했다.

"온다고 했잖습니까."

"그래도 정말로 오실 줄은 몰랐어요."

"내가 뱉은 말은 무슨 일이 있어도 지킵니다. 자, 받으십시오."

신혁이 작은 보온물병을 꺼내 그녀에게 뚜껑을 건넸다.

"이게 뭐예요?"

"라벤더 차입니다."

"차 한 잔 하라고 하더니 차를 직접 준비해 온 거예요?"

"카페 찾아 돌아다닐 시간 아끼려고 그랬습니다. 온도가 적당해서 마시기 좋을 겁니다. 드십시오."

정원은 그가 따라준 차를 한 모금 마셔보았다.

"차는 맛보다 향이라더니 향이 기가 막히게 좋은데요."

"그거 마시면 잠도 잘 옵니다."

"아, 그래요?"

정원은 한 모금 더 마셨다. 그러다 그에게 여분의 컵이 없다는 사실을 깨닫고 들고 있는 컵을 내밀었다.

"컵이 하나라서 못 마시고 있었던 거예요? 이거라도 드실래요? 아니면 제가 올라가서 컵 하나 가져올까요?"

정원은 당장이라도 차에서 내릴 기세를 보였다. 그러자 신혁이 한 손으로 컵을 받아 들고 다른 손으로는 그녀를 손목을 붙잡으며 피식 웃었다.

"일부러 놓고 온 컵을 가지러 가면 어떡합니까?"

"네?"

정원은 무슨 말인지 이해할 수 없어 그를 멀뚱멀뚱 쳐다보았다.

"어느 쪽으로 마셨습니까?"

"이쪽이요."

정원은 자유로운 손으로 입술을 댔던 부분을 가리켰다.

"아, 이쪽입니까?"

신혁이 그녀가 가리킨 부분으로 차를 마셨다.

"헐."

정원은 그제야 그가 여분의 컵을 가져오지 않은 이유를 알게 되었다.

신혁이 기분 좋은 미소를 지으며 입을 열었다.

"저 이렇게 날마다 물 주러 올 겁니다. 강정원이라는 식물한테 말입니다. 정성들여 키워서 무럭무럭 자라게 만들고 저를 향해 방긋방긋 웃는 꽃을 피우고 말 겁니다."

그가 고개를 돌려 그녀를 따뜻하게 바라보았다. 마음을 녹이고 벽을 허무는 힘을 가진 시선이었다.

"그런데 우리 꼭 비밀스럽게 만나야 하는 겁니까? 아예 공표하고 만나면 안 되는 겁니까?"

"그건 좀……."

정원은 난색을 표하며 말을 흐렸다.

"솔직히 저는 이해가 가지 않습니다. 연애나 사랑이 죄라도 됩니까? 타인을 의식해 자신의 생각과 감정을 눌러가며 표현을 억제할 필요가 있느냐는 말입니다."

"조직사회의 원활한 관계유지를 위해서는 그래야 한다고 생각해요. 그게 한국 사회의 정서와 습성이라 이해할 필요가 있고요."

"그런 것까지 따져 가며 연애를 하고 사랑을 해야 하다니 참으로 어려운 것 같습니다. 어쨌든 알겠습니다. 불편하기는 하지만 정원 씨가 하자는 대로 하겠습니다."

정말 그는 자신이 뱉은 말은 무슨 일이 있어도 지킨다더니 그 이후로도 계속 그녀를 찾아왔다. 잦은 문자와 전화는 말할 것도 없었다. 교내에서 우연히 아무도 없는 곳에서 일대일로 만나는 일이 있으면 싱긋 웃으며 손을 가만히 그러쥐었다가 가기도 했다.

쉬는 날을 앞두고 있으면 심야영화를 보기도 하고, 서점에 들러 책을 고르고 서로 추천해 주기도 하면서 의견을 나누었다. 때로는 차 한 잔씩을 사이에 두고 서로 마주 앉아 아무 말 없이 시간의 여유를 즐겼다. 서로를 관찰하다가 둘 중에 하나가 배시시 웃으면 전염된 것처럼 웃어버렸다. 그래도 충분한 교감을 나누고 있다는 생각까지 하게 되었다.

신혁은 다소 엉뚱하고 돌발적인 구석도 많았지만 결코 가볍거나 허튼 남자는 아니었다. 매사가 정확하고 빈틈없고 진지했다. 우직하고 곧이곧대로 삶을 살아간다는 인상을 받기도 했지만 다양한 시각으로 접근할 필요가 있다고 조언하면 이해하고 받아들이려고 노력했다.

결국 마음의 문제였던 걸까. 정원은 노신혁이란 남자한테 점점 빠져들고 있었다. 그의 유일한 관심의 초점이 되어 그가 주도하는 대로 따랐을 뿐인데 어느 순간 그에게 점령당하고 말았다.

정원은 스스로에게 변화를 준 게 아무것도 없었다. 그에게 특별히 잘 보이려고 노력하지도 않았다. 그럼에도 불구하고 많은 것이 달라져 있었다. 우선 신혁을 보면 가슴이 설레었다. 어쩔 땐 정신을 놓고 눈으로 그를 쫓은 적도 있었다.

매일 그가 생각나는 횟수가 늘어났다. 문자나 전화가 오면 입가에 미소가 생겨났다. 별 내용은 아니더라도 기분이 좋았다.

잦은 문자와 매일 갖는 만남 때문에 그들은 굉장히 오랫동안 사귄 사이처럼 친밀해졌다. 그러면서도 서로를 함부로 대하지는 않았다. 심하다 싶을 정도로 정중하고 공손했다.

어쩌면 조심조심하는 모습이 그렇게 비쳐질 수도 있다는 생각이 들었다. 세상에서 가장 힘든 일이 사람을 믿는 일이라고 하더니 신혁은 모든 걸 쉽게 내던지는 무모함은 보이지 않았다.

정원도 마찬가지였다. 철칙을 깬 이상 신중에 신중을 기하고 싶었다.

신혁은 가끔씩 자신의 어린 시절과 가족, 오랜 기간 유학 생활을 하면서 경험했던 일들에 관해 말해주었다.

정원은 대부분 경청했다. 궁금한 게 없지는 않았지만 되도록 묻지 않았다. 관심이 부족해서가 아니었다. 말해줄 수 있는 범위와 한계선이 그 정도라고 하는 것 같아서 넘어서지 않으려는 것이었다.

그러면서도 정작 자신은 모든 것을 오픈했다. 그가 물으면 진솔하게 털어놓았다. 숨길 것도 없었고 꺼릴 것도 없었기에 가능한 일이었다. 단 한 가지 대충 얼버무린 게 있다면 그것은 전에 있던 학교를 그만둔 사연이었다. 그렇게 시간은 흘러가고 있었다.

태양 빛이 점점 강렬해졌다. 방학이 되려면 아직 한 달가량이

나 남았는데 더위가 기승을 부리고 있었다. 곧 장마가 시작될 거라는 일기예보가 있었지만 믿기 힘들 정도였다.

교실은 더웠다. 활동량이 많은 커다란 사내 녀석들 30명 정도가 앉아 있으니 창문을 죄다 열어놓아도 체감온도는 30도 이상을 웃돌았다. 그나마 오전은 참을 만했다. 하지만 날이 가장 뜨거운 오후에는 수업 분위기가 산만해지고 집중력이 최악으로 떨어질 수밖에 없었다.

1학년 12반 악동 삼총사들이 찜통교실을 벗어나 복도에 나란히 앉아 있었다. 정우는 그 옆에서 창문 밖을 내다보고 있었다.

"이게 학교냐? 찜질방이지!"

태현이 러닝셔츠 바람으로, 바지는 무릎 위까지 걷어붙이고 부채를 부치며 말했다.

"그러게 말이다. 그런데 틀어주지도 않을 거면서 에어컨은 왜 설치를 해놓은 거야?"

"전시용인가 보지. 진짜 쪄 죽을 것 같다. 우리 엄마한테 학교로 항의 전화 좀 넣으라고 할까?"

"맞다! 니네 엄마 한 성깔 하시지? 부탁이다. 제발 전화 좀 하라고 해."

수업 시작을 알리는 종이 울렸다. 하지만 어느 누구 하나 교실로 들어갈 생각을 하지 않았다.

"형님이다!"

누군가가 소리치자 아이들이 맥 빠진 모습으로 하나둘 자리에서 일어나 교실로 향했다.

정우는 그 모습을 바라보며 오늘 신혁에게 아이들의 고충을 설명하고 개선을 요구해야겠다고 마음먹었다.

정원이 교실에 들어와 교탁 앞에 섰다. 더워도 여전히 씩씩하고 활기찬 모습이었다.

학급회장인 민호의 구령에 맞춰 아이들이 인사를 했다. 아주 매가리없는 목소리로.

이에 정원이 안쓰럽다는 표정을 지었다.

"더워서 많이 힘들지?"

"네!"

짧은 대답 안에 깊은 불만과 원망이 담겨 있었다.

"선생님! 교무실은 에어컨 빵빵하게 틀어놨던데 왜 우리들은 안 틀어주는 거예요?"

태현의 거침없는 질문에 여기저기서 맞장구치는 소리가 더해졌다.

정원이 난감해했다.

"그게…… 학교 보건법 시행규칙에 의하면 실내온도를 섭씨 18도 이상 28도 이하로 하라고 되어 있거든. 그런데 그 온도를 넘어서지 않았다고 생각하신 모양이야."

"말도 안 돼요! 우린 죽을 것 같은데!"

"선생님이 건의 좀 해주세요! 네!"

"그래, 알았어. 얘기해 볼게. 그러니까 조금만 참고 수업하자."

"너무 더워서 아무것도 안 보이고 안 들려요. 우리 놀아요!"

"놀아요! 놀아요!"

정원이 조용히 하라는 식으로 검지를 세워 입에 가져다 댔다.

"수업 열심히 하면 10분 일찍 끝내고 아이스크림 먹게 해줄게."

"앗싸! 형님 최고!"

잠시나마 아이들이 활기를 되찾았다.

"자! 오늘은 교과서 38페이지 배우자 선택과 결혼에 대해서 배울 거야. 왠지 구미가 당기지 않니?"

"42페이지 임신과 출산이 더 알고 싶어요!"

"배우자를 고르고 결혼을 해야 임신도 하고 출산도 할 거 아냐."

"에이, 고리타분하시기는, 인생이 교과서대로 흘러가나요?"

태현의 능글맞은 농담으로 교실이 웃음바다가 되었다.

"교과서대로 흘러가지 않으니까 자꾸 개인적, 사회적 문제가 생기는 거야. 그래서 얘가 간곡하게 부탁을 하잖니. 제발 좀 그러지 말라고. 얘가 하는 소리 좀 들어보자."

정원이 교과서를 가리키며 계속 말을 이어갔다.

"이 시간에는 크게 결혼의 의미와 준비에 대해 알아볼 거야. 전통사회와 현대사회를 비교해서 배우자 선택과 결혼의 의미가 어떻게 다른지, 결혼의 준비에서는 성숙한 사회인은 어떤 정의를 가지고 있는지, 미숙한 사랑과 성숙한 사랑의 차이점, 배우

자와의 만남과 선택에서 어떤 부분을 중시해야 하는지에 대해
서 중점으로 배울 거다. 알았지?"

정원이 능숙하게 요점을 판서하고 설명을 해나갔다.

정원의 수업 진행 방식은 지루하지 않았다. 교과서를 달달 외
웠는지 책을 보는 법도 없었다. 아이들과 눈을 맞추며 대화하듯
했다. 적절한 유머와 알아듣기 쉬운 말, 명쾌한 예거로 아이들
의 이해를 도왔다. 기술 가정이란 과목이 주요 과목은 아니었지
만 살아가면서 도움이 많이 되는 실용 과목이니 소홀히 대하지
말라는 부탁도 잊지 않았다.

언젠가 누군가가 정원한테 물었다. 왜 어울리지 않게 기술 가
정 선생이 되었냐고. 그때 정원은 자신은 원래 여군이나 사회체
육 쪽으로 진로를 택해 나갈 생각이었다고 한다. 그런데 그러지
않아도 항상 남자로 오해받는 손녀를 그런 식으로 두면 평생 시
집도 못 갈 거라고 생각한 조모가 결사반대를 해서 그렇게 되었
다고 한다. 조모는 여자한테 선생님이라는 직업만큼 좋은 게 없
다는 인식을 가지고 있다고 했다.

정원은 대단한 고집을 가진 조모가 단식투쟁만 안 했어도 자
신의 뜻을 굽히지 않으려고 했는데 백기를 들 수밖에 없었다고
한다. 그런데 막상 교직에 몸을 담고 보니 자신의 적성과 맞아
떨어졌고 보람도 느껴 지금은 조모한테 고마움을 느끼고 있다
고 했다.

정우는 열의를 가지고 수업에 임하고 있는 정원을 유심히 쳐

다보았다. 가슴 라인이 드러나는 얇은 옷 때문인지 아니면 처음 봤을 때보다 길어진 머리 탓인지 그것도 아니면 요즘 신혁과 연애를 하고 있기 때문인지 많이 여성스러워졌다는 느낌이 들었다.

물론 정우는 신혁과 정원이 자주 만나고 있다는 사실을 아주 잘 알고 있었다. 자주가 아니라 거의 매일이었다. 두 사람이 직접 정우에게 그 사실을 밝힌 적은 없었다. 하지만 퇴근 후 집에 돌아와 저녁식사를 마치고 밤마다 혼자 외출하고, 주말 대부분을 함께 보낼 사람은 정원밖에 없었다.

게다가 우연히 떨어진 신혁의 지갑 속에 우스꽝스러운 얼굴을 하고 찍은 정원의 사진이 있는 걸 발견한 강현으로 인해 한바탕 난리가 난 적이 있었기 때문에 두 사람의 연애는 더욱 확실해졌다.

두 사람은 절대 학교에서 티를 내지 않았다. 마주치더라도 다른 선생들과 하는 것처럼 고개만 살짝 숙이고 그냥 지나쳤다. 정우는 그런 모습을 여러 번 보았다. 사람들의 이목을 우려해서 그러는 것 같았다. 남의 입에 오르내리는 일은 그다지 유쾌한 일이 되지 못하기 때문에 충분히 이해할 수 있는 일이었다.

정우는 일부러 모른 척해주었다. 하지만 그게 더 편하지 않은지 정원이 가끔씩 전전긍긍 불안한 기색을 보였다. 뭔가를 털어놔야 한다는 의무감에 사로잡혀 있는지 자꾸 머뭇거렸다. 정우는 비밀연애 중인 두 사람을 지켜보는 것도 나름 재미가 있다는

생각이 들었다. 어디까지 갈 생각이고 어느 순간까지 감출 생각
인지 알 수는 없지만 정우는 그때까지 입을 꾹 다물 생각이었
다.

"자, 수업은 여기까지! 질문 있으면 해."

정원이 분필을 내려놓고 탁자 앞에 서서 말했다.

"저요!"

늘 질문이 많은 태현이었다.

"그래, 태현이 말해봐."

"선생님 수업 들으니까 자꾸 생각나는 사람이 있는데 저 좀
소개시켜 주세요."

"그게 누군데?"

"스승의 날에 찾아왔던 사람들 중에 머리 길고 얼굴도 하얗고
똑똑하게 생겼던 사람이요. 그날 선생님 바로 오른쪽에 앉아 있
었어요."

정우는 태현이 설명한 사람이 유진이라는 것을 단번에 알아
차렸다. 스승의 날 이후로 태현이 유진한테 반했는지 허구한 날
노래를 불러댔기 때문이다.

"너 연상 좋아하니?"

"요즘은 연상연하가 대세잖아요. 하하하!"

부끄럼없이 당당한 태현이었다.

"이리 나와."

정원이 웃으며 손짓을 하자 태현이 냉큼 앞으로 나갔다.

“민호야, 스톱워치 기능 있는 시계나 휴대폰 있니?”

“네.”

“그럼 준비 좀 해줄래? 자, 지금부터 3분 안에 매점 가서 아이스크림 사오면 소개시켜 준다. 준비, 시작!”

말이 끝나기가 무섭게 태현이 정원의 손에서 돈을 채가지고 매점을 향해 냅다 달렸다.

간절해 보이는 모양새에 아이들이 폭소했다.

하지만 정우는 웃지 않았다.

스승의 날 두 번째로 만나게 되었던 유진이 떠올랐다. 친구들과 교복 차림으로 찾아와 웃음꽃을 피웠던 유진은 그날 입을 귀에 걸고 방긋방긋 웃어댔다. 한강에서 처음 봤던 모습과 너무나도 다른 모습이었다.

그래서 그랬을까? 자꾸 시선이 갔다. 그러다 눈이 마주쳤다. 별 의미를 두지 않고 고개를 돌린 것은 유진이었다.

태현의 말처럼 유진은 반듯하게 앉아 있기만 했는데도 똑똑해 보였다. 총명한 기운이 서린 눈빛 때문에 더 그렇게 느껴지는 것 같았다.

그날 정우는 정원을 신혁이 있는 곳으로 내려보내고 복도를 서성이다 때마침 화장실을 가기 위해 나온 유진과 맞닥뜨렸다. 정우는 유진에게 먼저 말을 걸었다.

“선생님 일이 좀 있으셔서 1층 가셨어.”

“그래?”

유진이 건성으로 말하고서 가던 길을 가려 했다.

좀 더 말을 나누고 싶은 마음이 생겨 정우는 유진을 잡았다.

"너한테 진 빚 기억하고 있어."

"빚? 무슨 빚?"

"초콜릿."

"아, 그거."

그날 배가 고프면 초콜릿이라도 먹고 있으라며 정우에게 자신의 것을 다 주었던 것을 기억해 냈는지 유진이 짧게 말했다.

"나중에 갚을게."

"그러지 않아도 돼. 그냥 준 거니까."

"맛있더라."

대놓고 싸구려 초콜릿이라고 놀렸던 정우가 그런 말을 하니 유진이 다소 놀란 모양이었다.

정우는 계속 말을 이어갔다.

"가끔 그 맛이 생각나서 사다 먹기도 해."

그럴 때마다 니 생각도 나더라, 라는 말은 하지 않았다.

"이 누나한테 반말 안 하고 꼬박꼬박 누나라고 부르면 더 사줄 용의도 있어."

정우는 누나라는 호칭에 집착을 보이는 유진한테 눈살을 찌푸리며 다가갔다.

"니 이름을 소유진에서 소누나라고 바꾸지 않는 이상 그건 좀 힘들 것 같다. 지금껏 그런 호칭 불러가며 산 적이 없는데 손발

오그라들게 어떻게 부르냐? 게다가 키도 나보다 한참 작은 애한
테."

　절대 호락호락하지 않을 거라 예상을 했는지 유진이 화를 내
지 않고 그를 빤히 올려다보았다.

　"내 이름도 아네?"

　"선생님이 말씀해 주셨어."

　"그랬구나. 그런데 나 이젠 그만 가도 되는 거지? 노정우?"

　"내 이름 용케 기억하고 있네?"

　"그럼, 당연히 기억하지. 너만큼 나한테 싸가지없이 구는 애
도 없는데. 그럼, 이만 가볼게."

　유진이 찬바람을 일으키며 자리를 떠났다.

　정우는 괜히 웃음이 나왔다. 차마 화는 내지 못하고 두 주먹
을 불끈 쥐고 걸어가는 유진의 뒷모습이 귀엽게 느껴졌기 때문
이다. 볼 때마다 누나가 아니라 여동생 같은 기분이 들었다.

　유진에 대한 기억에 젖어 있는데 갑자기 앞문으로 태현이 뛰
어들어 왔다. 숨이 턱까지 차오르고 비를 맞은 것처럼 땀에 흠
뻑 젖은 상태였다.

　"헉헉! 여, 여기요."

　교탁 위에 아이스크림이 든 비닐봉투를 올려둔 태현이 풀린
다리로 털썩 주저앉더니 이내 교실 바닥에 벌러덩 누워버렸다.
거의 실신 직전의 모습이었다.

　"3분, 3분 안 넘었죠? 헉헉!"

"너 정말 간절한 모양이구나? 민호야, 결과는 어떠니?"

"3분 44초요."

민호가 시계를 들여다보며 지극히 이성적인 말투로 말했다.

"으아악! 말도 안 돼!"

태현의 처절한 절규와 몸부림에 반 아이들 모두가 또 한 번 폭소하고 말았다.

토요일 하굣길이었다. 장마가 시작될 거라 하더니 갑자기 많은 비가 내렸다.

정우는 우산을 들고 버스정류장을 향해 걸어가고 있었다.

진동으로 맞춰둔 휴대폰으로 문자가 들어왔다.

정우는 잠시 걸음을 멈추고 바지주머니에서 휴대폰을 꺼내 열어보았다.

「노정우?」

모르는 번호였다. 누굴까 싶어 답장을 보냈다.

「네. 그런데 누구세요?」

별생각 없이 다시 걸어가는데 다시 문자가 들어왔다.

걸음을 멈췄다.

「나…… 전은영, 좀 만날 수 있을까?」

정우는 자신의 눈을 믿을 수가 없었다. 휴대폰을 들고 있는 손이 덜덜 떨렸다. 심장이 걷잡을 수 없이 쿵쿵 뛰었다. 지구가 빠르게 도는 것 같은 착각까지 들었다.

얼마나 그렇게 서 있었던 걸까? 빗줄기가 더 거세져 허벅지 부분까지 바지가 젖어들었다. 우산을 찢기라도 할 것처럼 내리꽂는 비의 기세는 대단했다. 그럼에도 불구하고 정우는 정신을 차리기가 힘들었다.

또 한 번의 문자가 들어왔다.

「버스정류장에 서 있는 XX수 1226 번호의 차를 타고 오면 돼. 꼭 만나고 싶구나.」

정우는 휴대폰에서 20미터 전방에 위치한 버스정류장으로 시선을 옮겼다.

문자대로 차 한 대가 비상 깜박이를 켜고 서 있었다.

정우는 어쩔 줄을 몰라 계속 서 있기만 했다.

사실 수십 번 망설였던 일이었다. 신혁의 말을 믿기는 했지만 그래도 은영을 한번 만나보고 싶은 마음이 계속 있었다. 그러던 와중에 비로소 기회가 온 것이다. 그것도 은영이 직접 자리를 마련해서 부르고 있는 것이다.

어떤 경로로 자신의 연락처를 알고 학교까지 알아내 차를 보냈는지 알 수는 없었다. 하지만 하루아침에 알고 준비한 것 같지는 않았다. 게다가 세상이 다 알고 있는 이름을 가진 사람이 위험한 만남을 시도하고 있는 것이다.

무슨 마음일까? 왜 날 찾는 걸까?

명확한 답을 얻을 수 없었다.

호기심 때문인지 어느 순간부터 정우는 앞을 향해 나아가고

있었다. 무모한 발보다 멍해져 버린 머리를 일깨워 먼저 앞세워
야 했다. 하지만 머리는 뒤죽박죽 엉킨 상태로 혼란에 빠진 상
태였다.

곁으로 다가가자 차의 운전석에서 한 남자가 우산을 펼쳐 들
며 내렸다. 햇빛 한 점 없는 날씨에 선글라스를 쓰고 있는 남자
였다. 남자가 아무 말 없이 뒷좌석 문을 열고 기다렸다. 아마도
함께 가기로 결단을 내렸다고 생각한 모양이었다. 그게 아니면
함께 가는 게 좋을 거라고 종용하는 것인지도 모른다.

정우는 길게 망설였다.

남자도 재촉하지 않고 묵묵히 기다렸다. 질긴 대립이었다.

정우는 고민 끝에 차에 올라타기로 했다. 어떤 상황이 펼쳐질
지 알 수는 없지만 이 기회를 놓치면 평생 따라붙을 자신에 대
한 궁금증을 해결할 길이 없다는 생각이 들어서였다.

차는 시야가 제대로 확보되지 않은 빗길을 달렸다. 어디가 어
디인지 알 수 없을 정도였다.

그렇게 한 시간가량을 달렸다.

굵기를 달리하는 비 때문에 정우는 도로표지판으로 자신이
서울에서 많이 벗어났음을 깨달았다.

차가 멈춘 곳은 양평 쪽에 위치한 어느 전원별장 같은 곳이었
다.

정우는 차에서 내렸다. 그리고 운전석에서 내린 남자를 쫓았
다.

남자가 현관문을 열어주고 더 이상 안으로 들어갈 생각을 하지 않았다.

정우는 현관으로 들어섰다. 뒤로 문이 닫혔다. 정우는 비에 흠뻑 젖어 척척해진 바지와 신발을 내려다보며 잠시 망설였다.

"많이 젖었구나."

은영의 목소리였다. 그녀가 출연한 영화를 수십 번, 수백 번 돌려봤기 때문일까? 너무나도 익숙하게 들렸다.

정우는 고개를 들고 바로 앞에 서 있는 은영을 바라보았다. 팬인 척하고 사인을 받으러 갔을 때도 그랬지만 전혀 실물 같은 느낌이 나지 않았다. 여전히 영상을 보는 듯한 기분에 사로잡혔다. 그래서인지 거세게 뛸 줄 알았던 심장도 의외로 잠잠했다.

"그렇게 서 있지만 말고 들어와."

은영의 음성은 들뜨지 않고 아주 차분했다. 긴장한 모습으로 보이지 않았다.

"신발이랑 옷이 너무 많이 젖어서요."

정우는 아무런 감정 없이 말하는 자신이 놀랍기만 했다. 지나가는 사람을 붙잡고 길을 물어도 이보다는 낫겠다는 생각이 들 정도였다.

"괜찮아. 들어와."

정우는 발에 딱 달라붙어 잘 벗겨지지 않는 양말과 신발을 함께 벗어두고 안으로 들어갔다.

방향을 틀자 넓은 거실이 나왔다. 비에 흐려진 세상을 담은 커다란 창문, 많은 인원이 함께 앉아 대화를 나눌 수 있는 소파와 갖가지 인테리어 소품들이 눈에 들어왔다.

"욕실에 갈아입을 옷을 마련해 뒀으니까 씻고 입는 게 좋겠다."

괜찮다고 고집을 피울 만한 상황이 아니었다. 이대로는 소파에 앉을 수조차도 없었기 때문이다. 정우는 욕실로 안내하는 은영을 뒤따라갔다.

은영이 욕실 문을 열어주고 왔던 길로 되돌아갔다.

욕실로 들어가 보니 은영이 말한 대로 옷이 놓여 있었다. 새로 구입한 옷처럼 보였다. 면바지와 티셔츠, 양말, 속옷까지 있었다.

정우는 은영보다 그 옷들로 인해서 말로 표현하기 힘든 감정에 사로잡혔다. 옷에 고정된 시선을 다른 곳으로 옮길 수가 없었다. 왜 그런지 알 수는 없지만 가슴마저 먹먹해져 버렸다.

처음 만났을 때는 전혀 모르는 사람 취급을 하더니 왜 이제와서는 17년이라는 세월을 훌쩍 넘겨 마치 이제껏 잘 알고 지내온 사람처럼 대하는 건지 알 수가 없었다. 모든 말과 행동에서 의미를 찾지 않을 수 없었다.

시간이 꽤 지난 것 같았다.

정우는 대충 씻고 옷을 갈아입었다. 바지가 아주 조금 컸지만 미리 매여 있는 벨트로 마무리했다. 그 외에는 모든 것이 알맞았다. 정우는 옷 밑에 있던 지퍼백에 젖은 옷을 담아가지고 욕실을 나왔다.

"이리로 와."

거실로 나온 정우를 보고 맞은편 주방에서 은영이 불렀다.

정우는 소파 옆에 놓인 자신의 가방 속에 젖은 옷이 담긴 지퍼백을 집어넣고 주방으로 갔다.

커다란 6인용 식탁은 빈틈없이 음식들로 가득했다. 마치 오랜 세월 해주지 못한 것들을 한꺼번에 다 보상하려는 것처럼.

"다행이다. 옷이 잘 맞아서."

은영이 정우를 보고 만족스럽기보다는 안심이 된다는 듯 말했다.

"앉아. 많이 배고플 텐데."

목소리가 아주 가늘게 떨렸다.

정우는 그제야 알 수 있었다. 은영이 침착해지려고 애는 쓰고 있지만 실상은 그러지 못하다는 것을.

함께 착석을 하고도 두 사람은 한동안 우두커니 앉아 있기만 했다.

먼저 말을 꺼낸 것은 은영이었다.

"좀 먹어봐."

정우는 근심이 가득한 은영의 눈을 물끄러미 바라보며 입을 열었다.

"왜 이러시는 거예요?"

"응?"

무슨 의도로 하는 말인지 알아듣지 못했는지 은영이 잠시 멍한 얼굴을 했다. 실물로 보니 화면보다 훨씬 더 눈부시게 아름다운 얼굴이었다. 세상에 알려진 35살이라는 나이로는 전혀 보이지 않았다. 자신을 낳은 엄마가 아니라 누나라고 해도 믿을 정도였다.

"팬 관리하는 걸로 받아들이기엔 무리가 있잖아요."

은영이 아무런 말을 하지 못했다.

"그게 아니면…… 절 자식으로 대하시겠다는 뜻인가요?"

무리수를 두었다. 원하는 대답을 얻지 못할 거라고 신혁이 그랬지만 분명하게 짚고 넘어가고 싶어서였다.

"정우야……."

정우는 은영의 말을 성마르게 끊었다.

"지금부터 잘 말씀하셔야 할 거예요. 저는 아직 철없이 아무 말이나 행동을 하고 돌아다닐 수 있는 나이니까요. 이미지 실추에 개망신당할 수도 있는 일이니까 조심하세요."

"정우야……."

은영의 얼굴과 음성에는 안타까움이 배어 있었다.

하지만 정우는 그런 사실이 우습기만 했다. 의도하지 않았던 비웃음이 입술을 타고 흘러나왔다.

"잘도 부르시네요. 정우야, 정우야. 누가 들으면 되게 친한 줄 알겠어요."

은영이 입을 다물고 어두운 표정을 지었다.

"계속 말씀하시게 놔둬야 하는데 왜 자꾸 말을 끊는 건지 저도 알 수가 없네요. 말씀하세요. 입 다물고 들으려고 노력해 볼게요."

짧은 침묵 후에 은영이 겨우 입을 뗐다.

"사실…… 기다렸어. 사인회 있었던 날부터 줄곧 널 기다렸어. 오지 않을까…… 다시 찾아오지 않을까 하고 말이야."

"기억 안 나세요? 그날 저 전혀 모르는 사람 취급하셨어요."

정우는 묻지 않을 수가 없었다.

"알아. 그랬어. 널 그런 식으로 대했어."

"그날 절 알아보기는 하셨다는 건가요?"

은영이 괴로운 표정을 하고 고개를 끄덕였다.

"이름 보고…… 니 얼굴 본 순간 확실하다고 생각했어. 네 아빠 젊었을 적 모습하고 많이 닮았으니까."

정우는 자신의 친부에 관해 묻고 싶었다. 하지만 은영의 말을 끊을 수 있는 적절한 타이밍을 놓치고 말았다. 은영이 계속 말을 하고 싶어했기 때문이다.

"하지만 그곳에서 널 아는 척할 수는 없었어. 날 욕해도 좋아. 이해하기 힘들겠지만 어쩔 수 없는 일이었어."

"그럼 끝까지 모르는 척하시지 왜 기다리고, 왜 이제 와서 이러시는 거죠?"

"끝까지 감출 수 없을 것 같다는 생각이 들었기 때문이야."

그런 이유만으로는 부족했다. 17년이라는 긴 세월을 설명하기엔 턱없이 부족했다. 정우는 고개를 가로저었다.

"잘…… 이해가 가지 않아요. 오늘…… 갑자기…… 너무나도 생뚱맞게 만나게 돼서 그런 건지 잘 모르겠어요."

"내가 설명할게. 묻고 싶은 게 있으면 물어봐."

신혁이 은영에 대해 단단히 오해를 하고 있는 게 아닐까 싶었다. 세상에 도는 유언비어들 모두가 거짓인 것 같았다. 정우의 눈에 은영은 상처받기 쉬운 유약한 타입으로만 보였다. 은영이 하는 말을 듣고 싶었다. 그리고 믿고 싶었다.

"정말 제 친모가 맞으신 건가요?"

가장 중요한 사실을 분위기나 느낌으로 알고 싶지는 않았다. 은영이 직접 하는 말로 확인하고 싶었다.

"그래, 내가 네 친모야."

이렇게 쉽게 들을 수 있으리라고는 예상하지 못했다. 꿈을 꾸는 기분이었다.

"그럼 제 친부는 누군가요?"

정우는 잔뜩 긴장한 모습으로 물었다.

"얘기…… 못 들었니?"

이미 알고 있으리라고 생각한 모양이었다.

"듣지 못했어요."

은영이 생각이 많아졌는지 좀처럼 입을 열지 못했다.

"사실대로 말씀해 주세요. 네?"

"이 세상 사람은 아니야."

“네? 그게 무슨 말씀이에요? 돌아가셨다는 말씀인가요?”
　은영이 힘겹게 눈을 감고 고개를 끄덕였다. 눈가가 촉촉하게 젖어들더니 말간 눈물이 주르르 흘러내렸다.

18

[어디 갔는지 짐작되는 곳도 없으세요?]

수화기 너머로 걱정을 담은 정원의 음성이 들려왔다.

"없습니다."

베란다 창문을 열고 아래를 살피던 신혁은 잠시 소강상태에
접어든 밤하늘을 바라보며 말했다.

[휴대폰까지 꺼두고 말도 없이 어디로 간 걸까요?]

"그러게 말입니다."

신혁은 한숨을 내쉬며 거실로 돌아와 소파에 털썩 주저앉았
다.

맞은편 소파에 앉아 있는 강현과 페이쓰가 계속 신혁을 주시

했다.

"아무튼 오늘은 만나기가 어려울 것 같습니다."

바로 그때였다. 현관에서 비밀번호 누르는 소리가 났다.

강현이 황급히 달려가 수동으로 문을 열었다.

곧 무뚝뚝한 얼굴을 한 정우가 나타났다.

"노정우! 인마 너 어떻게 된 거야?"

정우가 아무 말 없이 강현을 지나쳐 안으로 들어왔다.

그 모습을 지켜보며 신혁은 수화기에다 대고 작게 말했다.

"정우 왔습니다. 제가 나중에 다시 연락드리겠습니다."

[다행이네요. 너무 다그치지 마세요. 무슨 이유가 있었겠죠.]

"알겠습니다. 그럼 이만."

신혁이 무선 전화기를 내려놓으며 정우에게 다가섰다.

"휴대폰 배터리 나갔니? 왜 전화도……."

정우가 신혁도 그냥 지나쳐 자신의 방을 향해 갔다. 곧 방문이 쾅 하는 소리를 내며 닫혔다.

불길한 예감이 엄습했다. 신혁과 강현은 잠시 멍한 상태로 방문을 쳐다보기만 했다.

"저기…… 정우 입고 있는 옷하고 들어올 때 벗어둔 신발 모두 새것입니다. 알고 계셔야 할 것 같아서요."

강현이 미처 깨닫지 못한 사실을 일깨워 주었다.

신혁은 잠시 생각에 잠겼다. 아침만 해도 밝게 웃으며 집을 나갔던 정우였다. 정원의 말에 의하면 학교에서도 별일이 없었다고 했다. 그런데 갑자기 정우가 전투적인 자세로 반항적인 모습을 보이고 있는 것이다.

도대체 무슨 일이 있었던 걸까?

신혁은 정우와 대화를 하기 위해 문을 두드렸다.

"정우야, 들어가도 되겠니?"

아무런 대답이 없었다. 안에서 부산스러운 소리만 들려왔다.

신혁은 이상한 느낌이 들어 문을 열었다. 잠그지 않은 문은 쉽게 열렸다. 신혁은 안에서 벌어지는 일을 직접 보고도 믿을 수가 없었다. 정우가 침대 위에 트렁크를 펼쳐 놓고 자신의 옷가지며 물건들을 쓸어 담고 있었기 때문이다.

"노정우! 너 지금 뭐 하는 거야?"

신혁은 정우의 팔을 움켜잡으며 크게 소리쳤다.

"놔! 이 위선자! 살인자!"

정우가 거칠게 신혁의 손을 뿌리치며 악을 썼다.

살기 돋친 눈빛과 목소리에 신혁은 충격을 받아 잠시 멍해졌다. 방금 들은 말을 도무지 믿을 수가 없었다. 입이 굳어버렸는지 되묻지도 못하고 있었다.

정우가 변했다. 오해를 하고 물과 기름처럼 겉돌았던 이전의 모습보다 더 끔찍하게 변해 있었다. 얼굴은 철갑처럼 차고 딱딱했다. 분노로 붉어진 눈초리는 칼끝처럼 표독스럽게 찢어져 있었다. 조금만 더 건드리면 형체를 알아보기 힘들 정도로 폭발하거나 산산조각이 날 것처럼 보였다. 신혁에게서 시선을 뗀 정우가 정신없이 다시 짐을 꾸리기 시작했다.

신혁은 이대로 두고만 볼 수 없었다. 거침없는 광기의 고삐를 쥐어틀어야만 한다는 생각이 들었다.

"정우야."

엄하게 불렀다.

"정우야!"

기회를 주듯 다시 한 번 불렀다.

하지만 정우는 전혀 멈출 기미를 보이지 않았다.

"노정우!"

신혁은 두 손으로 정우의 어깨를 세게 움켜잡고 마주 보게 하며 소리쳤다.

"이거 놔! 놓으란 말이야! 내 몸에 손대지 마!"

정우가 심하게 버둥거렸다.

하지만 신혁은 이에 질세라 더욱 힘을 가했다.

"정신 차려! 정신 차리란 말이야!"

실랑이 끝에 잠시 정우가 힘을 빼고 거칠게 숨만 몰아쉬었다.

신혁은 언성을 낮추기로 했다.

"설명해 봐. 무슨 일이 있었는지, 갑자기 이러는 이유가 뭔지 말해봐."

"다 들었어요."

"뭘?"

"내 아버지가 어떤 사람이고 어떤 식으로 죽었는지 당신이 우리 엄마한테 무슨 짓을 했는지 다 들었다고요!"

정우가 경멸하고 증오한다는 듯이 두 눈을 희번덕거리며 노려보면서 퉁명스럽게 소리쳤다.

신혁은 그제야 모든 것을 알 수 있었다. 정우가 은영을 만나고 온 사실을. 또한 예상과 다르게 은영이 정우의 친모라는 사실을 인정했다는 것, 그리고 잘못돼도 한참 잘못된 이야기를 전해 듣고 온 사실을 말이다. 신혁은 좀 더 자세한 이야기를 들어볼 필요가 있었다.

"더 자세하게 말해봐."

"내 아버지랑 둘도 없는 친구였다며! 있지도 않은 사실을 꾸며내 아버지와 엄마 사이를 갈라놓고 배반한 것도 모자라 아버지를 죽음으로 내몰았다며!"

정우가 울분을 터뜨리며 무너졌다. 침대에 머리를 대고 통곡을 하며 눈물을 쏟아냈다.

신혁은 기가 차서 아무 말도 할 수가 없었다. 은영이 사악하다는 것은 이미 알고 있었다. 하지만 자식한테까지 왜곡된 진실을 알려주고 광폭하게 만들 줄은 몰랐다. 또다시 과거로 거슬러 올라가 전철을 되밟는 기분이 들었다.

정우까지 잃을 수는 없었다. 무슨 수를 써서라도 자신을 믿게끔 만들어야 했다. 그것은 사명에 가까운 일이었다. 자신이 아닌 오해를 떠안고 파멸의 길로 떠나 버린 친구를 위해서도, 더 이상의 재앙을 막기 위해서도 꼭 해야만 하는 일이었다. 신혁은 마음을 굳게 먹고 정우 곁에 다리를 접고 몸을 낮췄다.

"정우야."

믿었던 사람에게 철저하게 속았다는 생각을 하고 있는지 정우가 쉽게 울음을 그치지 못했다.

신혁은 자식의 눈에서 피눈물이 나게 만든 은영이 저주스럽기만 했다.

"정우야, 지금부터 내가 하는 말 잘 들어. 그리고 믿어줬으면 좋겠어. 아니, 절대적으로 믿어야만 해. 내 모든 것, 목숨이라도 걸고 맹세할 수 있는 이야기니까 말이야. 네가 상처받는 거 정말 원치 않았기 때문에 그동안 밝히지 않았던 것뿐이야. 하지만 이제는 어쩔 수 없이 밝혀야 할 때가 온 것 같다. 우리 서로 눈 보면서 말하면 안 될까? 부탁이다."

신혁은 자신의 진심이 정우에게 닿기를 진정으로 원했다.

하지만 정우가 받아들이지 않겠다는 식으로 계속 외면했다.

신혁은 절망했다. 점점 두려워지기 시작했다. 아주 가까이 있는데도 정우가 멀게만 느껴졌기 때문이다.

"네 말대로 둘도 없는 친구였다. 착하고 밝고 순수한 사람이었어. 네 아버지는."

신혁은 정우의 친부였던 최정빈을 떠올리며 말했다.

"나와는 전혀 다른 성품을 가진 사람이었어. 친구 하나 없이 지내는 내가 보기 딱했는지 먼저 손을 내밀었고 자신이 가진 것을 나눠 주려고 애를 썼어. 그래서 덕분에 난 친구를 얻었지. 네 아버지는 그런 사람이었어. 누구한테나 친절하고 정이 많은 사람."

정우의 울음이 조금씩 줄어들었다.

신혁은 계속 말을 이어갔다.

"비록 어렵게 사는 재미교포 2세였지만 최선을 다해 살아가고 있었어. 그러다 네 친모를 만났고 빠르게 사랑에 빠졌어. 너무나도 빨랐어. 차마 말릴 새도 없이 급속도로 빠져들었어. 네 친모는 어려서 미국으로 입양된 사람이었어. 마음고생 몸 고생이 심했던 모양이야. 양부모한테 벗어나려고 무던히 애를 썼고 일찍이 가출을 해 떠돌아다녔어. 네 친모는 자신을 구원해 줄 사람이 필요했던 거야. 그러던 중에 네 아버지가 그래 줄 수 있는 사람이라고 생각했던 모양이야. 그 당시 네 아버지는 나와 함께 지냈어. 내 집에서. 난 네 아버지한테 내가 가진 모든 것을 함께 쓰게 해줬어. 그래서 네 친모가 오해를 했던 모양이야. 네 아버지가 아주 부유한 집안의 자식인 줄 알았던 거지. 네 아버지는 애초부터 네 친모를 속일 생각이 없었어. 네 친모는 널 임신한 사실을 털어놓으며 결혼하기를 강요했어. 그러다 자신이 오해한 사실을 알게 되었던 거지. 네 아버지는 어떻게 해서라도 책임을 지고 싶어했어. 진심으로 결혼을 하고 싶어했고 널 낳아 기르고 싶어했어. 하지만……."

신혁은 끝까지 덮어두고 싶었던 것까지 모두 다 털어놓아야 한다는 부담감에 잠시 한숨을 내쉬었다.

"네 친모는 달랐어. 널…… 지우…… 고 싶어했어. 네 아버지
와 헤어지고 싶어했어. 널 지우기 위해 찾아간 병원에서 네 아
버지의 손에 이끌려 나온 적도 많았어."

"아니야, 아니야. 내가 들은 말과 너무도 달라!"

가만히 듣고 있던 정우가 말아 쥔 손으로 침대를 퍽퍽 치며
외쳤다.

"모든 게 사실이야! 결국 네 친모는 아무 관련도 없는 날 끌어
들여 비열한 술수를 사용했어! 내가 너의 생물학적인 아버지라
는 말도 안 되는 주장을 하며 네 아버지를 충격에 빠뜨린 거야!"

"아니야…… 아니야……."

"그래, 나도 너처럼 아니라고 했어. 그런 일은 절대 없었으니
까. 그런데 믿지 않더라. 정말 믿지 않더라. 그러면서도 네 아버
지는 네 친모를 원망하지 않았어. 버리지 않았어. 오히려 버림
을 받은 건 나였어!"

그때 받았던 깊은 마음의 상처가 되살아나 신혁은 입술을 부
르르 떨며 말했다.

"벗어날 수 있을 거라 예상했던 네 친모는 결국 벗어나지 못
했어. 더 이상 널 지울 수 없는 단계에 접어들기도 했고. 잠시
마음을 바뀌는 듯했어. 피나는 노력과 애정을 쏟는 네 아버지한
테 감복한 줄 알았어. 하지만 그게 아니었어. 네 친모는 기회를
노렸던 거야. 그래서 병원에서 널 낳자마자 버려두고 감쪽같이
사라졌던 거지. 그 이후로 네 아버지는 폐인이 되었어. 지독한

우울증에 시달렸고 그러다 결국…… 목을 매고 말았어.”

끔찍한 결말에 모두가 숨을 죽였다.

방 안은 무거운 침묵에 잠겼다. 다시 비가 내리기 시작했는지 창문으로 비 들이치는 소리가 세차게 들려왔다.

“나가줘요.”

정우가 긴 침묵을 깨고 입을 열었다.

“혼자 있고 싶어요.”

생각할 게 너무 많다는 의미로 전해졌다. 신혁은 정우의 뜻을 존중하기로 했다. 일어나 천천히 자리를 벗어났다. 17년을 간직해 온 비밀을 모두 비워냈는데도 가슴이 예전보다 더 묵직했다. 살점을 크게 도려낸 것처럼 고통스러웠다.

평생 살면서 절대 용서할 수 없는 단 하나의 사람이 있다면 그건 바로 은영이란 생각이 강하게 들었다. 무슨 마음을 먹고 애한테 온갖 거짓말을 늘어놓은 건지 알 수는 없지만 절대 해서는 안 될 짓을 한 것만은 분명했다. 신혁은 아플 정도로 이를 악물고 주먹을 말아 쥐었다.

하늘의 물대포라는 표현이 적당할 정도로 비가 무섭게 쏟아졌다.

늦은 새벽 직격탄을 맞은 정원의 옥탑방에 비상상태가 발생했다. 창틀에 고인 빗물이 찰랑찰랑하더니 이내 방 안으로 넘쳐 흐르고 말았던 것이다.

그 사실도 모르고 잠을 자던 정원은 축축해진 이불로 인해 화들짝 놀라 눈을 떴다. 처음엔 말도 안 되는 사고를 저지른 줄 알고 바지를 더듬거렸다. 하지만 바지는 멀쩡했다. 설마 옆에서 자고 있는 유진이 그랬을까 싶어 황급히 불을 켰다. 그리고 경악을 금치 못했다.

방바닥의 절반 이상이 물에 젖어 있었다. 옥탑방까지 홍수가 났나 싶어 정신이 번쩍 들었다. 그러다 창틀에서 흘러내리는 물줄기를 발견했다.

정원은 유진을 깨워 젖은 이불을 한곳에 모아두고 창문에 가까이 놓인 책상을 멀찌감치 옮겨놓았다. 방 안은 어수선하기 짝이 없었다.

“이건 집을 옮기라는 하늘의 계시야.”

정원은 양동이에 물걸레를 짜내며 투덜거렸다.

“여름엔 불가마 겨울엔 이글루 장마철엔 수영장으로 변신하는 옥탑방만 피해서 말이야.”

“그래도 견딜 만하잖아요.”

쪼그려 앉아 물이 뚝뚝 떨어지는 걸레와 씨름을 하면서도 웃음을 잃지 않는 유진이었다.

“독한 것! 전기세 많이 나온다고 한여름에는 에어컨도 못 달게 하고, 도시가스비 아껴야 한다고 한겨울에도 점퍼에 양말 껴입고 자게 만들 때부터 너 독한 건 진작 알아봤다. 그래도 그렇지 자다가 물벼락까지 맞은 상황에서 그런 말을 웃으면서 하냐?

이게 인간의 한계는 어디까지인가 알아보는 거지 견딜 만한 거야?"

유진이 투덜거리는 정원의 말이 우스운지 소리 내어 웃었다.

"이런 게 다 나중엔 추억거리가 되는 거죠 뭐."

"야밤에 잠도 못 자고 지지리 궁상떠는 추억거리가 뭐 좋다고 끝까지 고집이야?"

"그럼 저는 이 집에서 계속 고집 피우고, 선생님은 좋은 집으로 시집가시면 되겠네요."

"너 지금 집 가지고 개그 친 거냐? 그리고 시집? 언제부터 시집이 혼자 가는 걸로 바뀐 거냐?"

"멋진 삼선짬뽕님이 계시잖아요."

유진이 신혁을 처음 본 순간부터 별명을 바꿔 불렀다. 자신이 보기엔 신혁은 전혀 웃기는 짬뽕이 아니라는 것이었다. 오히려 굳이 그렇게 불러야겠다면 급을 상승시켜야 한다고 주장했다. 그래서 붙여진 별명이 좀 더 가격이 나가는 삼선짬뽕이었다.

사실 정원도 더 이상 그를 웃기는 짬뽕으로 생각하지는 않았다. 신혁의 모험으로 인해 덩달아 하루하루를 살얼음 걷듯 살고 있지만 길게 만나든 짧게 만나든 만남 자체는 아주 즐거웠다.

"말씀이 없는 거 보니까 멋진 삼선짬뽕님한테 시집가고 싶으신 모양이다."

신혁에 대한 생각이 길어져 말을 하지 않은 것뿐인데 유진이 넘겨짚었다.

"너무 앞서 간다, 너."

"선생님도 멋진 삼선짬뽕님이 싫지는 않으시잖아요?"

"몰랐니? 난 박애주의자라 이 세상에 존재하는 모든 사람들을 아끼고 사랑하는 사람이야."

"둘러대시기는. 그런데 그분 어제는 왜 안 오신 거예요?"

유진이 아무리 일이 바빠도 집 앞으로 찾아와 10분을 만나고 돌아갔던 신혁을 두고 물었다.

"집에 일이 좀 생겨서."

정원은 아직까지 유진에게 신혁과 정우의 관계를 설명해 주지 않았다. 신혁이 비밀로 해달라고 부탁을 했기에 지금까지 어느 누구한테도 발설한 적이 없었던 것이다.

"그렇구나."

유진이 건성으로 말하며 걸레질을 했다.

그때였다. 정원의 휴대폰이 울렸다.

새벽 4시에 누가 전화를 했을까 싶어 정원은 걸레를 놔두고 책상 위에 얹어둔 휴대폰을 살펴보았다. 발신인이 정우였다. 정원은 황급히 전화를 받았다.

"이 시간에 웬일이니? 무슨 일 있어?"

정우가 한동안 아무런 말을 하지 않았다.

심각한 상황이라는 생각이 뇌리를 스쳤다.

[갈 곳이 없어요.]

자포자기의 심정이 느껴지는 말이었다.

"그게 무슨 소리야?"

[집을 나왔는데…… 미성년자에 혼자라고 받아주는 곳이 없어요. 이상한 데는 못 들어가겠고요.]

"너 지금 어딘데?"

[삼성동 인터컨티넨탈호텔 앞이요.]

"내가 데리러 갈 테니까 어디 가지 말고 로비에서 기다려. 알았니?"

[부탁이 있어요.]

"뭔데?"

[형한테는 말하지 말아요.]

"알았어. 염려 마."

[죄송해요.]

"아무튼 기다려. 금방 갈 테니까."

정원은 휴대폰을 끊고 황급히 나갈 채비를 했다.

"설마 노정우 걔예요?"

"응."

유진이 인상을 찡그렸다.

"걔는 왜 그렇게 선생님 속을 썩이는 거예요? 정말 양심도 없이!"

"유진아, 미안한데 정우 잠시 이리로 데려와야 할 것 같아."

"여기로요?"

유진이 눈을 동그랗게 뜨고 물었다.

“응. 마땅히 갈 데가 없어서. 설득해서 곧장 집으로 보낼 거니까 네가 이해 좀 해주라. 응?”

“하여간 노정우 걔는 정말 골치 아픈 애예요!”

유진이 툴툴거리며 양동이를 비우러 화장실로 향했다.

“갔다 올게.”

“조심해서 다녀오세요!”

정원은 우산을 챙겨 들고 집 밖으로 나갔다. 그리고 빗속을 뚫고 대로로 나가 택시를 잡아타고 호텔로 향했다.

다행히 정우는 로비에 있었다.

정원은 한시름 놓은 표정을 하고 정우에게 다가갔다.

인기척을 느꼈는지 정우가 고개를 돌렸다. 운 사람처럼 눈가가 붉고 살짝 부어올라 있었다.

정원은 터져 나오는 한숨을 간신히 삼키고 입을 열었다.

“야, 너 간도 크다. 나이도 어린 게 이런 델 다 올 생각을 하고 말이야.”

정우가 아무런 말을 하지 못했다.

“가자.”

“어디로요?”

“가보면 알아.”

“설마 형한테 가는 건 아니죠?”

“이 새벽에? 너만큼 사람 놀라게 하는 재주가 없어서 미처 그 생각은 못했다. 거기는 아니니까 안심하고 따라와."

정원은 정우의 손목을 잡아 호텔 밖으로 이끌었다.

"나는 쟤가 택시처럼 안 보이더라. 몸값이 너무 비싸서."

정원은 모범택시만 즐비하게 서 있는 곳을 지나 대로로 나와 택시를 잡았다. 그리고 다시 집으로 돌아왔다.

"유진아, 우리 왔어."

군말없이 따라온 정우와 함께 방 안으로 들어섰다.

유진이 그새 마법을 부렸는지 방 안은 제법 정리가 된 상태였다.

유진이 걸레로 창틀에 고인 물을 닦아 옆에 놓인 양동이에 짜내고 있었다.

"오셨어요? 어서 와."

반갑지 않은 손님일 텐데 유진이 티를 내지 않았다.

"이런 시간에 찾아와서 미안. 그런데 너 거기서 뭐 하는 거야?"

"보다시피 재난 극복 중."

처음 보는 광경인지 정우가 마냥 신기하게 쳐다보았다.

"앉아. 비좁기는 해도 무너지지 않으니까. 아니다. 하도 비가 세게 와서 천장이 무너질 수도 있으니까 마음 단단히 먹고 있는 게 좋겠다. 보험 처리도 안 되니까 그것도 각별히 유념하고."

유진이 농담으로 한 말이었는데 진짜 불안한지 정우가 낮은 천장을 유심히 쳐다보았다.

정원과 유진은 서로 시선을 주고받으며 웃음을 참았다.

"유진이가 장난으로 한 소리야. 그만 앉아."

정우가 어깨에 짊어진 배낭을 내려놓고 자리에 앉았다.

유진이 창틀 위에 걸레를 꾹꾹 눌러놓고 부엌으로 가 손을 씻고 물 두 잔을 내왔다.

"이거라도 마셔. 줄 수 있는 게 이것밖에 없다."

"고마워."

"정말 고맙기는 한 거야? 그러면 반말 좀 하지 말고 누나라고 부르지?"

집을 나올 정도면 마음이 많이 심란한 상황일 텐데 정우가 끈질기게 누나타령을 하는 유진한테 어이가 없는지 웃음을 터뜨렸다.

"포기해. 절대 그럴 일은 없을 테니까."

"너야말로 단념하는 게 좋을 거야. 내가 언젠가는 꼭 그렇게 부르도록 만들 테니까."

"기대할게."

정우가 물을 한 모금 마시며 건조하게 말했다.

"나야말로."

"그런데 여기 왜 이렇게 습해? 에어컨 같은 거 없냐?"

비가 들이쳐서 문을 닫아놓고 있으니 그럴 만도 했다.

"없어. 선풍기라도 틀어줘?"

"선풍기가 어떻게 습기를 빨아들여?"

"네 집엔 에어컨 있어?"

"당연히 있지, 왜?"

"그럼 그런 집에서 에어컨이나 껴안고 있지 뭐가 아쉬워서 이런 데까지 와 불평이야? 지금이라도 늦지 않았으니까 부모님 깨시기 전에 에어컨 있는 집으로 들어가든가."

유진이 같잖다는 듯 톡 쏘아붙였다.

"야, 더 이상 불평 안 할 테니까 선풍기나 틀어줘. 습기에 네 잔소리까지 아주 숨 막혀 죽겠다."

"미풍으로만 틀어. 전기세 많이 나오니까. 알았어?"

유진이 끝까지 투철한 절약정신을 보이며 선풍기를 갖다주었다.

살다 살다 유진이 같은 아이를 처음 보겠다는 듯 정우가 혀를 내둘렀다.

"대답 안 해? 싫으면 지금이라도 에어컨 있는 집으로 가든가!"

언젠가 신혁이 그랬다. 여선생을 뽑지 않는다는 방침을 깨고 정원을 선택한 이유는 그녀가 정우의 유일한 천적일 것 같다는 생각에서 그랬다고 말이다. 그러나 지금 보니 정우의 천적은 정원이 아니라 유진 같다는 생각이 들었다.

정원은 만날 때마다 아옹다옹하는 두 녀석의 모습이 재미있기만 했다. 정우가 도대체 무엇 때문에 신혁과 잘 지내다가 가출까지 결심하게 되었는지 아직 이유는 알 수 없었지만 잠시나

마 유진으로 인해 기분전환이 된 것 같아 다행스럽다는 생각이
들었다.
　노정우, 또 뭐가 널 그렇게 힘들게 하는 거니?
　정원은 말없이 정우에게 묻고 있었다.

19

밤새 비를 퍼붓던 하늘이 거짓말처럼 활짝 개었다. 새벽에 찾아온 정우는 이른 아침으로 차려준 밥과 김치찌개를 먹고 졸음이 몰려오는지 눈을 깜박이다 잠이 들고 말았다.

유진은 그런 정우를 민폐덩어리라고 부르며 배에다 이불을 덮어주고 일찍 도서관으로 떠났다.

정원은 그 틈을 타 주인집 아저씨가 옥상에 설치해 놓은 파라솔 아래 앉아 신혁에게 문자를 넣고 있었다.

「정우 저희 집에 있어요. 정우가 알리지 말라고 했지만 걱정 많이 하실 것 같아서요. 한숨 재우고 설득해서 집에 보낼게요. 그냥 모르는 척해주세요.」

잠시 후 답장이 도착했다.

「쪽지로 바람 좀 쐬고 오겠다고 하더니 결국 거기에 있군요. 정우…… 친모 만나고 와서 그러는 겁니다.」

정원은 깜짝 놀라고 말았다. 전혀 생각지도 못한 일이었기 때문이다.

「아…… 그렇군요. 정우한테는 내색하지 않을게요.」

곧 또 한 통의 답장이 들어왔다.

「친모와 내가 주장하는 진실이 서로 상반돼서 혼란스러워하는 것 같습니다. 미안합니다. 너무 많은 짐을 지게 해서.」

「별말씀을요. 아무쪼록 정우가 잘 극복했으면 좋겠네요. 신혁 씨도 너무 걱정하지 말고 계세요. 나중에 또 연락드릴게요.」

「고맙습니다. 진심으로…….」

정원은 바지주머니에 휴대폰을 집어넣고 빠르게 흘러가는 구름과 하늘을 올려다보았다.

오랜 시간 큰소리를 내며 실컷 운 하늘은 언제 그랬냐는 듯이 밝고 맑게 웃고 있었다. 장마철에 흔히 볼 수 있는 일시적인 현상이었다.

그래, 또 저러다 울겠지. 그러다 웃고 한숨을 내쉬기도 하고 삐치기도 하고 우울해했다가 온 세상을 축복하기도 하겠지. 사람도 자연도 그런 게 삶이니까…….

사색에 잠긴 정원은 갑자기 궁금해졌다. 정우와 은영이 만나게 된 경위와 어떤 말들이 오고 갔는지 말이다. 결과적으로 정우가 다시 삐뚤어졌다. 신혁의 말에 의하면 서로 주장하고 있는 진실이 엇갈려서 그렇다고 했다.

진실은 하나일 텐데 왜 서로가 다른 주장을 하고 있는 것일까?

오랜 세월 떨어져 살았다고는 하지만 그래도 열 달 동안 자식을 뱃속에 품고 말할 수 없는 고통까지 감수하며 출산한 어미였다. 그런 사람이 자식을 기만한다는 건 상식적으로 말이 안 되는 일이었다.

또 다른 한쪽은 긴 세월을 함께 해오고 가족을 지키기 위해 최선의 노력을 다하고 있는 사람이었다. 어떤 목적을 위해 그러한 노력을 한다고는 볼 수가 없었다. 그저 아낌없이 퍼주고 싶어하는 그런 마음이었다. 굳이 거짓된 주장을 하면서까지 가족을 지켜야 할 이유가 있어 보이지는 않았다.

하지만 누군가는 진실을 말하고 누군가는 거짓을 말하고 있다는 소리잖아.

팔이 안으로 굽는다고 신혁이 의심스럽지는 않았다. 그렇다면 거짓을 말하고 있는 건 친모라는 소리였다.

정원은 잘 이해가 가지 않았다. 이 일과 무관한 자신까지도 혼란스러운 판인데 정우야 오죽할까 싶은 생각이 들었다.

과연 진실은 뭘까? 그리고 왜 거짓을 주장하는 사람은 소중한 존재에게 상처를 줘가면서 일을 어렵게 만드는 걸까?

정원은 추리하느라 시간이 가는 줄도 모르고 있었다.

“선생님.”

정우의 목소리가 들려왔다.

“어! 일어났어?”

한숨 자고 일어나니 많이 회복된 것처럼 정우의 얼굴색이 좋아 보였다.

“이리 와서 앉아.”

정우가 옆으로 와서 파란색 플라스틱 의자에 앉았다. 정우도 거짓말처럼 맑게 갠 하늘이 신기한지 눈을 가느스름하게 접고 올려다보았다.

“저 때문에 많이 불편하셨죠?”

계속 하늘을 쳐다보며 정우가 말을 했다.

“그래 보였니? 난 괜찮았는데.”

“떽떽이는 어디 갔어요?”

정우가 사사건건 꼬투리를 잡아 떽떽거렸던 유진을 그렇게 불렀다.

“도서관. 고3이라 바쁘잖아.”

“독서실도 아니고 도서관이요? 도서관이 가까워요?”

“아니, 여기서 도보로 40분쯤 걸려.”

“버스 없어요?”

“있어. 그래도 운동 삼아 걸어다녀.”

“근처 독서실 다니면 되잖아요.”

“독서실 끊으라고 해도 말을 안 들어. 그 녀석 돈에 맺힌 게 많아서 함부로 쓰는 법이 없거든."

"돈에 맺힌 게 많다니요?"

정우가 정원을 쳐다보며 물었다.

정원은 안타까운 심정으로 입을 열었다.

"부모님이 사업하시다 감당할 수 없는 빚 때문에 스스로……
목숨을 끊으셨거든."

많이 놀랐는지 정우가 눈을 휘둥그렇게 떴다.

"돌아가신 이유가 그런 거였어요?"

"응."

정원은 씁쓸하게 말했다.

"그래서 그렇게 악착스럽고 지독하게 구는 거예요?"

"그러지 않으면 생존하기 힘들다는 걸 깨달은 거지. 유진이는
자신을 혹독하게 단련시키고 있는 거야. 그래야만 험난한 세상
에서 홀로 설 수 있다고 생각하니까."

"누나라고 부르라고 하더니 저보다 많이 성숙하기는 하네
요."

"그나저나 넌 무슨 일 있었던 거야? 잘 지내는 것 같더니 왜
또 안 하던 짓 해?"

정원은 넌지시 중요한 질문을 던졌다.

정우가 한숨을 길게 내쉬었다.

"도대체 뭐가 뭔지 알 수가 없어서요."

"뭐가?"

전혀 들은 바가 없다는 듯 말했다. 정우가 직접 하는 말을 듣고 싶어서였다.

"친…… 엄마 만났어요."

"그래? 네가 찾아간 거야?"

정우가 아니라는 듯 고개를 가로저었다.

"사인회에서 절 알아보기는 하셨대요. 차마 아는 척할 수가 없었다고 하면서 미안해하셨어요. 그 후로 절 많이 기다리셨대요. 제가 다시 찾아갈 줄 아셨나 봐요."

"그랬구나."

정원은 충분히 그럴 수 있다는 듯 고개를 끄덕였다.

"기다리다가 저에 대해 이것저것 알아보셨나 봐요. 학교로 차를 보내고 알아낸 연락처로 문자를 하셨더라고요. 그래서 양평에 있는 별장에서 만났어요."

정원은 호응하지 않고 말없이 진지한 표정으로 듣기만 했다. 뭔가가 마음에 걸렸기 때문이다. 은영이 정우를 만날 생각만 있었다면 얼마든지 만날 수 있었다는 소리였다.

그런데 왜 그동안 잠자코 있었던 걸까? 사인회 이후로 단순히 혈육의 강한 힘에 이끌려 생각과 마음의 변화가 있어서? 그게 아니면 다른 의도로?

정원은 정우의 말을 계속 들어보기로 했다.

"생각보다 굉장히 마음이 여리신 분이었어요. 말도 굉장히 조심조심해서 하시고 눈물도 많으셨어요."

어제 있었던 일이 생생하게 떠오르는지 정우가 울적한 표정을 지었다.

"제가 친부에 대해 단도직입적으로 물었어요."

정원은 자기도 모르게 긴장해 버렸다. 신혁과 만나면서도 그 일에 관해서는 차마 물어볼 수가 없었기 때문이다.

"알고 보니 작은형이랑 둘도 없는 친구였다고 하더라고요."

"아……."

정원은 전혀 상상하지도 못한 일을 깨달은 사람처럼 외마디 소리를 냈다. 신혁이 정우의 친부가 아니었다는 소리에 안심이 되는 건 어쩔 도리가 없었던 것이다. 되도록이면 내심이 간파되지 않게끔 조심하려 했는데 아무래도 정우한테 그런 마음을 들켜 버린 것 같았다.

정우가 충분히 이해한다는 식으로 살짝 미소를 지어 보였다. 하지만 곧 다시 어두운 얼굴을 했다.

"여기까지는 형이랑 친엄마의 주장이 일치했어요. 하지만 그다음부터는 달라도 너무 달랐어요."

"어떻게 다르다는 건지 물어봐도 될까?"

정원은 조심스럽게 물었다.

"우선 친엄마의 주장에 따르면 형이 친엄마를 너무……."

하기가 어려운 말인지 정우가 잠시 머뭇거렸다.

정원은 정우가 하던 말을 계속하기를 바라며 참고 기다렸다.

"사…… 랑했대요."

정원은 깜짝 놀라 자기도 모르게 눈을 동그랗게 떠버렸다. 계속되는 반전이 영화나 드라마에서라면 흥미진진했겠지만 이것은 허구가 아닌 현실이기에 마음에 거친 풍랑이 일고 말았다.

정원은 마음을 진정시키기 위해 마른침을 꿀꺽 삼키고 주먹을 꽉 말아 쥐었다. 냉수 한 컵이 간절했으나 참을 수밖에 없었다.

"친엄마는 형한테 마음을 접으라고 간곡하게 부탁을 했는데 형이 무시하고 계속 애정 공세를 폈대요."

다른 건 몰라도 연애만큼은 초짜인 티를 팍팍 냈던 노신혁이란 남자가?

정원은 차마 뇌리를 스치는 생각을 입 밖으로 내뱉지 못했다.

정우의 말은 계속되었다.

"친엄마는 형과 친부의 우정과 믿음을 걱정하는 마음에 말도 못하고 지냈대요. 그런데 결국 형이 친부한테 친엄마가 진심으로 사랑하는 사람은…… 형이고 뱃속에 있는 아이도…… 형의 아이라는 말도 안 되는 거짓말을 해서 친부와 친엄마를 힘들게 만들었대요."

정원은 신혁을 사이코패스로 만들어 버리는 설명에 할 말을 잃고 말았다. 애써 참고 있던 한숨이 입술이 비집고 새어 나왔다. 슬슬 머리가 아파오기 시작했다. 그래도 끝까지 듣고 싶어 정원은 정우의 말을 자르지 않았다.

"형의 방해가 있었지만 두 분의 사랑은 더욱 단단해졌대요.

하지만 저를 낳고도 형은 더 심한 집착을 보였고 친엄마한테 인간으로서 하지 말아야 할 치욕적인 일도 서슴지 않고 했대요. 우연히 그 광경을 목격한 친부가 친엄마까지도 오해를 하게 되었고 두 사람 모두 죽여 버리겠다고 나서는 바람에 친엄마는 도피할 수밖에 없었대요. 친부는 엄청난 정신적인 충격에 시달리다 스스로 목숨을 끊었고 형은 저를 미끼 삼아 데리고 있으면서 친엄마가 스스로 찾아오기만을 기다렸다는 거예요. 친엄마는 그동안 저를 찾고 싶었지만 형이 무서워 숨어 지냈대요. 그러다 힘을 모으고 강해져야겠다는 생각에 연예계도 진출하고 형이 함부로 할 수 없는 위치에 서기 위해 무던히 애를 썼대요. 이게 친엄마가 주장하는 진실이에요.”

정원은 참다못해 어깨를 들어 올리고 숨을 깊이 들이쉬었다. 관자놀이가 지끈거리고 속이 답답했다. 눈부신 하늘을 구실 삼아 불편한 심기를 둘러대고 싶었지만 핑계에 지나지 않을 것 같아 그러지도 못했다.

“많이 놀라셨죠?”

정우가 걱정스러운 눈빛을 하고 조심스럽게 물었다.

정원은 씁쓸하게 웃기만 했다. 친모의 말이 사실이라면 신혁은 엄청난 이중인격자에 정신적으로도 상당한 문제를 안고 있는 사람이었다. 반대로 이 모든 것이 사실이 아니라면 친모가 그렇다는 말이었다. 정우한테는 두 사람 모두가 중요하고 소중할 것 같아서 어느 쪽의 편을 들 수 있는 상황이 되지 못했다.

그러니 입이 열 개라도 할 말이 없을 수밖에 없었다.

"너야말로 많이 놀랐겠다."

한참 뒤에 정우에게 할 수 있는 말은 고작 그게 다였다.

"네. 형은 절대 아니라고 극구 부인하면서 다른 주장을 했지만 사실 어느 쪽이든 저한테는 엄청난 충격이었거든요."

"힘든 숙제가 생겼네."

정우가 크게 숨을 들이켰다가 내쉬었다.

"사람이 이래서 도망치고 싶은 건가 봐요."

"어떤 맘인지 이해는 할 수 있지만 피한다고 해결될 문제는 아니겠지?"

"알아요. 그런데도 피하고만 싶어요. 양쪽 다 자신이 하는 말이 진실이라고 하면서 맹세까지 하고 있는 상황이라 더 판단하기 힘들어요."

"나라도 그랬을 것 같다."

"말도 안 되는 질문이지만 선생님이 저라면 어떻게 하시겠어요?"

"음…… 글쎄다."

정원은 충분히 생각한 다음에 다시 입을 열었다.

"우선 나도 너처럼 집을 나와서 방황도 하고, 바람도 쐬면서 생각을 하겠지? 그러다 결론을 내리기 힘들면 누군가한테 도움을 청하고 조언도 구할 거야. 그래도 안 되면 상황을 지켜보지 않을까? 어차피 돌이킬 수 없는 과거에 일어난 일을 가지고 누구의 주장이 옳은가 대해 저울질해도 얻어지는 건 없으니까.”

정원은 정우의 반응을 살펴가며 말을 이어갔다.

“두 사람 모두 너에겐 아주 소중한 사람들이잖아. 무엇보다 신중해야 할 것 같아. 그렇지 않으면 의도하지 않은 상처를 안겨줄 수 있으니까 말이야. 진실이 궁금하기는 하지만 두 사람이 그렇게 주장하는 데에는 그럴 만한 이유가 분명히 있을 거란 생각을 해.”

정원은 말을 하다 보니 정우뿐만 아니라 자신에게도 필요한 말이라는 생각이 들었다.

“물이 혼탁할 때는 시간을 두고 기다리면 돼. 그러면 불순물은 아래로 가라앉고 맑고 깨끗한 물은 윗자리를 차지하게 되니까. 그렇다고 둘 중 어느 하나를 얻기 위해 그러라는 건 아니야. 사람은 누구나 실수할 수 있어. 실수를 덮기 위해 거짓말을 자꾸 보탤 수도 있고. 어떻게 사람이, 엄마가, 형이 그럴 수 있느냐고 하지는 마. 나이가 더 많다고 해서 완벽한 건 아니니까. 네가 앞으로 해야 할 일은 둥글고 부드러운 것만 안지 말고 뾰족하고 날카로운 것도 감싸 안을 수 있는 사람이 되도록 노력하는 일이 아닐까 싶다. 그러면 소중한 둘 모두를 얻을 수 있지 않을까?”

정우가 정원의 말에 동의하듯 고개를 조금씩 끄덕였다.

정원은 정우뿐만 아니라 자신도 이 난관을 잘 헤쳐 나갈 수 있기를 바라고 또 바랐다.

다음날이었다.

장맛비가 계속 오락가락했다.

대낮인데도 어두워 학교는 환하게 불을 켜고 있었다. 교실은 아주 시원했다. 아낌없이 돌리고 있는 에어컨 때문이었다.

이제는 덥다고 불평하는 아이들이 없었다. 오히려 춥다고 하는 아이들은 있어도 말이다. 1학년 12반은 이 모든 게 정원의 덕이라고 여겼다. 에어컨 좀 켜달라고 항의했던 그다음 날 바로 시정이 되었기 때문이다. 12반 아이들은 그 일을 아주 자랑스럽게 생각해서 다른 반 아이들에게 담임 자랑을 하기 시작했다.

그러나 말이 전달되는 과정에서 보태지고 부풀려져 이상한 형태의 소문이 돌게 되었다. 무슨 문제든 정원만 걸치면 척척 해결이 된다는 것이었다.

그래서 때로는 다른 반 아이들이 정원에게 와서 상담을 하기도 하고 영역을 벗어나는 일에 대해 부탁을 하기도 했다.

정원은 아주 난처한 입장이 되고 말았다. 사실 그날 정원은 교무실에서 차기 교장을 노리는 교감한테 에어컨 문제를 가지고 건의를 하기는 했다.

하지만 교감은 어련히 잘 알아서 하고 있는데 정교사도 아닌 기간제 교사가 나서서 왜 그런 걸 따지느냐며 면박을 주었던 것이다.

정원은 굉장히 무안했지만 그냥 넘어가려고 했다.

그러나 가까운 곳에서 대화를 듣고 있던 유준이 발끈해 항의를 하는 바람에 소동이 커지고 말았다.

교감과 유준은 서로 무례한 행동에 대해 사과하라며 언성을 높였다.

그러다 때마침 지나가던 신혁이 그 광경을 목격했고 자초지종을 알게 된 것이다.

신혁은 교실에서 직접 생활을 해보지 않았기 때문에 교실의 열악한 상황에 대해 전혀 알지 못하고 있었다.

그건 교감도 마찬가지였다. 그때 교감은 딴에는 학교 측 재정을 생각한답시고 자신의 소견을 밝혔다가 신혁에게 호된 질책을 받았다. 그리고 당장 시정하라는 명령도 받았다.

덕분에 일은 해결되었지만 원인 제공을 한 정원은 그때부터 교감의 눈 밖에 나는 인물이 되었다.

게다가 다른 반에 있던 아이 하나가 교감의 조카였는데 잘못된 소문을 정통으로 전하는 바람에 교감은 더욱 정원을 괘씸하게 생각하고 못마땅해했다. 그래서 무슨 꼬투리라도 잡아서 내쫓을 궁리만 하는 사람처럼 정원을 주시하며 사사건건 시비를 걸었다.

마침내 그런 교감이 큰 건수를 잡았다. 교감은 그 일이면 정원을 충분히 해임시킬 수 있다는 자신감에 사로잡혔다. 아무짝에도 쓸모없는 잔챙이 같은 여선생이 학교를 종횡무진 휘젓고 다니는 꼴을 더 이상은 두고만 보지 않으리라 마음먹었다. 교감은 우선 교장을 찾아갔다.

"잠시 드릴 말씀이 있습니다."

교감은 음흉한 마음과 야비한 미소를 심각한 표정 뒤에 감추고 말을 꺼냈다.

"무슨 말씀인지 해보십시오."

사태의 심각성을 부각시키기 위해 교감은 일부러 바싹 마른 얼굴에 깊은 주름을 새기고 뱀처럼 가는 입술을 꽉 다문 채 시간을 끌었다. 어두운 눈빛으로 혈관이 도드라진 손을 내려다보며 세상 근심 걱정을 모두 떠안고 있는 사람처럼 굴었다.

"아니, 무슨 말씀인데 그리도 심각하신 겁니까?"

"이런 말씀을 어떻게 드려야 할지 모르겠지만 40년 전통을 가진 저희 학교의 위신과 명예가 걸린 문제라……."

"뭡니까? 그게!"

거창한 말에 교장이 귀를 쫑긋 세우며 다급하게 물었다.

"제가 어제 새벽 상갓집에 갔다 오면서 우연히 강정원 선생을 봤습니다."

교감은 서두르지 않고 착 가라앉은 목소리와 조심스러운 태도로 차근차근 설명해 나갔다.

"아, 그렇습니까? 강 선생도 같은 상갓집에 가신 모양이죠?"

"그게 아닙니다."

교감은 답답하다는 듯 인상을 팍 썼다.

"그럼 뭡니까?"

“호텔에서 나오더군요.”

교감은 현장을 포착하고 맛보았던 아주 짜릿한 느낌을 감추고 심각하게 말했다.

“호텔이요?”

“네. 그것도 학생과 함께 말입니다.”

“하, 학생과 함께 말입니까?”

교장이 적지 않게 놀랐는지 말까지 더듬었다.

“분명히 학생이었습니다. 그것도 그 반에 있는 학생이요.”

“누군지 정확히 보셨습니까?”

“제 눈으로 똑똑히 봤습니다. 노정우라는 학생이었습니다.”

“노, 노정우요?”

사색이 된 교장이 간신히 정신을 차리고 손수건을 꺼내 식은 땀을 닦아냈다.

“학기 초에 그 학생 때문에 전 담임선생님이 쓰러지셨으니 교장선생님도 기억하실 겁니다. 호텔에서 나온 두 사람이 택시까지 잡아타고 어디론가 가더군요. 대체 이게 말이나 되는 이야기입니까? 현직 교사가 남학생과 호텔이라니요! 누가 알까 무섭습니다!”

교감은 말과는 다르게 온 세상에 다 알리고 싶은 사람처럼 크게 외쳤다.

“그럼 그렇게 큰소리로 말씀하지 마시고 조금 언성을 낮추시지요.”

“40년 전통을 가진 저희 학교의 위신과 명예가 걸린 문제라

저도 모르게 흥분을 해서 그렇습니다!"

"무, 무슨 사연이 있지 않았을까요? 강 선생이 그럴 사람은 아닌……."

교장이 난처한 듯 계속 어쩔 줄을 몰라 했다.

"믿는 도끼에 발등 찍힌다는 말은 그래서 생긴 게 아니겠습니까! 당장 불러서 어떻게 된 경위인지 물으셔야 한다고 생각합니다. 소문이 더 퍼지기 전에 말입니다."

"애고, 언성 좀 낮추십시오. 정말 누가 듣겠습니다."

"40년 전통을 가진 저희 학교의 위신과 명예가 걸린 문제라 좀처럼 흥분을 가라앉힐 수가 없어서 그러는 겁니다!"

"알겠습니다. 알겠으니 그만 하십시오. 당장 강 선생님을 불러서 경위를 알아보겠습니다."

교장이 쩔쩔매며 교감을 달랬다.

"만약 그 일이 사실로 밝혀지면 당장 해임시켜야 할 것입니다!"

교감은 절대 조용히 넘어갈 생각이 없는 듯 더 크게 외치며 교장실을 나섰다. 교감은 속이 다 후련했다. 조만간 자신이 원하는 대로 일이 해결될 거라 믿어 의심치 않았다.

오후가 되어 수업이 빈 정원은 교장실에 불려갔다. 하지만 아무 일도 생기지 않았다. 정원은 여전히 밝게 선생들과 어울렸으며 아무 일도 없었다는 듯 수업에 들어갔다.

교감은 슬슬 화가 나기 시작했다. 도대체 어떻게 된 일인지 알 수가 없어 다시 교장을 찾아갔다.

"저기, 강 선생 문제는 어떻게 됐습니까?"

"아, 그거요! 교감선생님께서 강 선생을 오해하신 겁니다."

교장이 해맑게 웃으며 말했다.

"오해라니요?"

교감은 날카로운 표정을 지으며 발끈했다.

"강 선생이 가정에 문제가 있어 잠시 집을 나온 아이를 호텔에서 데리고 나와 집으로 돌려보낸 겁니다."

"확실하십니까?"

"확실합니다."

"누구한테 확인을 하셨는데 그렇게 확신을 하시는 겁니까?"

"강 선생, 학생 본인, 학생 가족들 모두한테 확인을 받았습니다."

교감은 도무지 그 말을 믿을 수가 없었다. 하루 종일 교장실 주위를 맴돌았는데 정원 외에 교장실을 출입한 사람은 없었기 때문이다. 자신이 모르는 뭔가가 더 있을지도 모른다는 의혹이 짙어졌다.

"40년 전통을 가진 학교의 위신과 명예가 걸린 문제인데 너무 쉽게 단정하신 건 아닙니까?"

이 정도의 문제라면 꼴같잖은 여선생 하나를 단방에 내쫓을 수 있을 거라 생각했는데 교감은 일이 틀어진 것에 대한 분노를 강하게 표출했다.

"혹시 지난번 에어컨 사건 때문에 예민하게 생각하시는 거라면……"

정곡을 찌르는 교장으로 인해 교감은 잠시 움찔했다. 하지만 전혀 그런 마음을 품은 적이 없다는 듯 대응했다.

"아니, 무슨 말씀을 그렇게 하시는 겁니까? 제가 그 정도밖에 안 되는 위인으로 보이시는 겁니까?"

"그게 아니라 하도……."

"교장선생님, 정말 서운합니다. 누구보다 학교를 위하고 사랑하는 제 마음도 몰라주시고 그런 식으로 매도하시다니 정말 섭섭합니다."

"아닙니다. 아닙니다. 교감선생님의 학교에 대한 깊은 애착은 누구나 다 알고 있는 사실인데 그럴 리가 있겠습니까. 제가 좀 더 조사해 보겠습니다. 그러니 오늘은 이만……."

교감은 순간을 모면하려는 교장의 말을 끊었다.

"혹시 학교에 도는 이야기를 아십니까?"

"어떤 이야기를 말씀하시는 건지요?"

"강 선생이 애들한테 이런 말을 하고 돌아다닌다고 합니다. 무슨 문제가 있으면 모조리 자신한테 가져와 상의하라고요. 그럼 자신이 다 해결해 주겠다고 말입니다. 아니, 강 선생이 이 학교의 해결사라도 되는 겁니까? 엄연히 부장급 선생님들도 계시고 교감인 저와 교장선생님까지 이렇게 버젓이 있는데 왜 그런 언행을 하고 다니는 건지 도무지 이해를 할 수가 없습니다."

"교감선생님이 뭔가를 오해하시는……."

교장이 믿지 못하겠다는 표정을 지었다.

교감은 굉장히 언짢아서 말을 끊어버렸다.

"혹시 강 선생한테 뭐 받으신 거라도 있으신 겁니까?"

"아니! 무슨 말도 안 되는 그런 말씀을 하시는 겁니까?"

교장이 억울하다는 듯 외쳤다.

"저한테 그러시는 건 괜찮지만 혹시 다른 선생님들한테까지도 그러시면 교장선생님이 되레 오해를 받으실까 봐 그러는 겁니다. 그렇게 자꾸 감싸고도시면 안 됩니다. 진심으로 걱정이 돼서 드리는 말씀입니다."

"충고는 감사히 받겠습니다. 그리고 모든 일은 공명정대하게 처리하도록 하겠습니다."

"그럼 교장선생님만 믿고 이만 물러가겠습니다."

교감은 교장이 어떤 식으로 일 처리를 할지 두고 보기로 했다. 그리고 앞으로도 매의 눈으로 정원의 동태를 살펴 단시간 내에 자신이 원하는 바를 이루어내겠다고 마음먹었다.

교장실을 나온 교감은 사악한 기운을 담은 눈매를 가늘게 접고 격하게 비틀어지는 입술을 애써 오므렸다. 식은 죽 먹듯 해치울 거라 예상했던 일이 맘대로 되지 않아 냉랭한 분노가 크게 자리한 까닭이었다.

흥, 어디 보고 보자! 내 기필코 그 여선생을 이 학교에서 내쫓아 버릴 테다!

20

저녁식사 중이었다. 신혁과 강현 그리고 정우가 한데 모여 조용히 밥을 먹고 있었다. 다른 때 같았으면 수다스러운 강현이 먼저 화젯거리를 꺼내고 신혁과 정우가 호응하며 시종 화기애애한 분위기를 만들어갔을 텐데 한바탕 소동이 벌어진 이후라 누구 하나 쉽게 입을 열지 않았다.

정원이 어떻게 구슬렸는지 정우는 당장 나갈 것처럼 쌌던 짐도 풀어놓고 공부에만 전념했다. 기말고사가 얼마 남지 않아서 그렇기도 했지만 그 모습은 마치 골치 아픈 일로부터 벗어나려고 하는 도피적인 행동으로 비쳤다. 지금도 정우는 밥을 먹으면서 책을 보고 있었다.

신혁은 계속 망설였다. 오늘 교장한테 보고받은 내용 때문이었다. 곤경에 빠진 정원을 위해서라도 정우한테 꼭 일러두어야 할 말들이 있었다. 하지만 매사가 조심스러워 쉽게 말을 꺼낼 수가 없었다. 신혁은 한참 고민을 하다가 정우가 밥을 다 먹으면 말을 하기로 했다.

마침내 정우가 식사를 마치고 숟가락을 내려놓았다.

줄곧 기회를 엿보던 신혁은 헛기침을 하며 입을 열었다.

"어제 새벽에 교감선생님이 우연히 널 보신 모양이다."

정우가 신혁을 물끄러미 쳐다보았다.

신혁은 계속 말을 이어갔다.

"강 선생님이랑 네가 호텔에서 나와 택시를 탄 것을 보고 단단히 오해를 하신 것 같아."

정우의 눈이 휘둥그레졌다.

옆에서 함께 이야기를 듣던 강현도 마찬가지였다.

"교감선생님이 진상조사를 요구해서 강 선생님이 교장실로 불려 가셨다. 교장선생님은 너와 나의 관계를 아시니까 문제 삼을 생각이 없으시지만 교감선생님은 그렇지 않으니까 계속적으로 문제를 제기하고 계신다. 너나 나나 앞으로 강 선생님께 피해가 가지 않도록 주의해야 할 것 같아서 하는 말이야."

"조심할게요."

신혁은 정우의 말 한마디가 고마웠다. 이렇든 저렇든 간에 이번 일로 가장 큰 충격과 상처를 받은 사람은 정우였다. 그런 정우한테서 100%의 확고한 믿음을 기대하는 것은 사실상 욕심에 가까운 일이었다. 신혁은 정우가 떠나지 않고 그저 곁에 있어주는 것만으로도 기뻤다. 만족스럽고 고맙기만 했다. 다만 표현이 서툴러 입 밖으로 내는 게 어려울 뿐이었다.

정우가 자리를 뜨려고 했다.

신혁은 성마르게 정우를 불렀다. 지금이 마음속에 담아둔 말을 할 적기였기 때문이다.

"정우야."

정우가 남은 용건을 묻듯 다시 신혁을 쳐다보았다.

"고맙다. 너무 미안하고."

서로가 서로에게 처음 해보는 말이고 처음 들어보는 말이라 분위기가 어색하게 흘러갈 수밖에 없었다. 하지만 무엇에 대해 그렇게 말하는 건지는 서로가 잘 알고 있는 듯했다. 이심전심이 통했는지 아니면 감정의 동화가 일었는지 정우의 눈빛이 부드럽게 변해갔다.

"나도…… 미안해요."

더 큰 믿음을 주지 못해서 미안하다는 말로 들렸다. 어느 한쪽으로만 치우치지 말고 양쪽의 말을 듣고 더 신중하게 잘 판단해야 했는데 그러지 못해서 미안하다는 뜻으로 해석되었다. 신혁은 그 말에서 희망을 발견했다.

"저 그만 공부하러 들어갈게요."

정우가 많이 쑥스러운지 머리를 긁적이며 자리를 떠났다.

멀리서 문 닫히는 소리가 들렸다.

그와 동시에 강현이 속사포처럼 말하기 시작했다.

"제가 뭐라고 했습니까? 정우가 틀림없이 이사장님을 믿을 거라고 했잖습니까. 제가 여자는 아니지만 저의 직감은 메스보다 날카롭고 내시경보다 더 정확합니다. 속담에도 낳은 정보다 기른 정이 더 크다고 하잖습니까. 제가 모르긴 몰라도 이사장님 가족분들은 정우한테 하실 만큼 하셨…….."

"밥 다 드셨습니까?"

신혁은 숨도 쉬지 않고 말을 읊어대는 강현의 말을 끊고 물었다.

"네? 아, 조금 남았습니다."

"그럼 마저 드시고 정우가 먹을 만한 영양보충제 좀 알아봐서 주문 좀 해주십시오. 신경 쓰고 공부하느라 살이 부쩍 빠진 것 같습니다."

"네. 알겠습니다. 음식도 더 신경 쓰겠습니다."

"고맙습니다. 저 좀 나갔다 오겠습니다."

신혁은 자리에서 일어났다.

"강 선생님 만나러 가십니까?"

강현이 숟가락으로 밥그릇에 묻은 밥풀을 모으느라 딸그락딸그락 소리를 내며 물었다.

"아닙니다."

둘러대는 거라 생각했는지 강현이 샐쭉샐쭉 웃어댔다.

"아니긴 뭐가 아닙니까? 아무튼 잘 다녀오십시오."

신혁은 대구하지 않고 침실로 향했다. 그리고 정장을 차려입었다. 어느 때보다 표정이 어둡고 근엄했다.

집을 나온 신혁은 엘리베이터 안에서 손목시계를 들여다보았다. 저녁 8시였다.

지하주차장에 도착한 신혁은 엘리베이터 밖으로 나와 잠시 주위를 두리번거렸다.

정적이 흐르는 주차장 어디에선가 차 시동 거는 소리가 들려왔다.

곧 차 한 대가 그의 앞에 멈춰 섰다.

운전석 문이 열리고 한 남자가 밖으로 나와 신혁에게 고개를 숙여 인사했다. 그리고 뒷좌석 문을 열어주었다.

신혁은 망설임없이 차에 올라탔다.

곧 문을 닫아준 남자도 다시 운전석에 올라 출구를 향해 차를 몰았다.

바깥은 추적추적 비가 내리고 있었다. 비로 흠뻑 젖은 도시의 밤풍경은 운치가 있었다. 물기를 머금은 건물들이 잿빛으로 번질거렸다. 비에 먼지가 씻겨 내려갔는지 길가에 심겨진 나무와 꽃들의 색감이 유난히 뚜렷하고 선명했다.

우산을 쓴 사람들이 길을 오가고 있었다. 카페에 나란히 혹은 마주 보고 앉아 차를 마시고 있는 사람들도 보였다. 서로 다정하게 웃고 떠드는 모습이 보기 좋았다.

신혁은 문득 정원이 보고 싶었다. 머릿속이 어수선하고 불안하고 지칠 때 아늑하고 포근한 휴식처가 간절해지는 것과 같은 마음이었다. 매일 만나다가 삼 일째 보지 못해서 더 그러는 것 같았다.

지금 신혁은 은영을 만나러 가고 있었다. 어떻게 해야 하나 망설이고 있던 차에 때마침 은영에게서 연락이 왔다. 속속들이 조사를 했는지 은영이 그의 휴대폰으로 직접 전화를 걸어왔다.

은영은 자신의 본모습을 이미 알고 있는 사람이라 생각했는지 신혁에게까지 가면을 쓰고 행동하지는 않았다. 서로가 만나야 할 필요를 느끼고 있었기 때문에 약속은 일사천리로 정해졌다. 은영은 자신의 신분을 이유로 공개적으로 만날 수 없음을 시사하고 사람을 보낼 테니 응해달라고 했다.

꼭 호랑이 굴로 들어가는 기분이었다. 두렵지는 않았다. 다만 비정상적인 사고방식으로 온갖 거짓말과 헛소리를 늘어놓으며 우롱할 사람과의 만남이 반갑지 않을 뿐이었다. 정상적인 대화 자체가 불가능할 거라는 건 너무나도 잘 알고 있었다. 하지만 이번 일을 벌인 그녀의 의도는 정확히 파악할 필요가 있었다.

전은영, 그녀는 세상에 알려진 것과 달리 신혁보다 두 살이 더 많은 37살이었다. 본명도 전은영이 아닌 제니퍼 스웨드였다.

신혁은 막 18살이 되던 해에 그녀를 처음 보았다. 당시 신혁은 운전면허를 갓 딴 정빈에게 차를 빌려주었다.

정빈은 차를 몰고 가다 모퉁이에서 갑자기 튀어나온 은영을 치고 말았다.

신혁은 연락을 받고 사고 수습을 하기 위해 병원으로 달려갔다. 그리고 그곳에서 은영을 만났다.

다행히 은영의 부상은 심하지 않았다. 찰과상 정도였다.

하지만 은영은 쉽게 걷지 못했다. 골절된 부위는 없지만 근육이 놀란 것 같다는 의사의 소견에 당분간 물리치료를 받기로 했다.

지금 생각하면 의도적으로 낸 사고가 아니었나 싶었다. 멀쩡히 잘 걷다가 정빈 앞에서만 절뚝거리는 모습을 몇 번 목격했기 때문이다.

은영은 마땅히 갈 곳이 없었다. 폭력을 일삼는 양아버지를 피해 달아나 떠돌아다니느라 보호자가 없는 상황이었다.

정빈은 가냘프고 연약한 은영에게 보호 본능을 느꼈다. 또한 굉장한 미인이라 첫눈에 반해 있었다. 정빈은 은영이 낫기까지 당분간 돌보기를 원했다.

신혁은 친구의 부탁이기도 했고 아파트에 남아도는 방도 있어 이를 허락했다. 신혁은 굉장히 무뚝뚝하고 말도 없고 낯을 많이 가리는 편이라 은영이 말을 걸어도 좀처럼 입을 열지 않았다. 신혁은 은영을 잠시 머물다 떠날 사람쯤으로 생각하고 정빈이 모든 걸 알아서 처리하기를 바랐다.

은영은 감정이 아주 풍부한 사람이었다. TV를 보거나 책을 읽을 때 조금만 슬퍼도 눈물을 펑펑 쏟고 조금만 우스워도 웃음

을 참지 못했다. 갑자기 우울한 모습을 보였다가도 또 언제 그
랬냐는 식으로 쾌활한 모습을 보였다.

그런 모습에서 정빈은 깊은 연민을 느꼈다.

하지만 신혁은 달랐다. 일관성없이 과장된 말과 행동이 괴상
하다는 생각밖에 들지 않았다.

게다가 은영은 정빈 앞에서는 교태에 가까운 애교를 부리다
가 신혁과 단둘이 남으면 확 달라진 모습을 보였다. 왜 정빈한
테 얹혀사느냐, 왜 허락도 없이 남의 차를 마음대로 사용하느
냐, 셋이 지내기 불편하고 방해가 된다 하는 등의 무례한 말을
서슴지 않았다.

신혁은 스스로 착각하고 이중적인 성품과 행태를 보이는 은
영이 가소로웠다. 잘못 생각하고 있는 것을 바로잡아 줄까도 했
지만 곧 떠날 사람이고 정빈의 손님이라 참았다. 그리고 되도록
마주치고 싶지 않아 밖으로 돌았다.

훗날 신혁은 그 일에 대해 굉장히 후회했다. 은영이 그 틈을
이용해 계략을 꾸며 정빈을 자신의 남자로 만들었기 때문이다.
은영이 떠나지 않고 머무르는 기간이 점점 길어지는 게 이상하
다 싶어 정빈과 대화를 나누었다. 그러다 뒤늦게 그 사실을 알
게 되었다.

정빈은 자신이 사랑에 빠져 있음을 고백했다.

신혁은 아차 싶었다. 하지만 이미 때는 늦었다. 무슨 말을 해
도 정빈은 믿지 않았다. 받아들이지 않았다. 오히려 신혁을 오

해하기까지 했다.

그러는 사이에 은영은 정빈의 아이를 임신했다. 은영은 신혁이 있는 데서 정빈에게 임신 소식을 전했다.

정빈은 아버지가 되기엔 너무나도 이른 나이와 넉넉하지 않은 형편 때문에 난감해했다. 하지만 은영을 진심으로 사랑했기에 다정하게 껴안았다.

그때 은영은 신혁을 향해 악마의 미소를 지어 보였다. 그 이미지는 너무나도 강렬했다. 정빈이 죽은 후 가끔씩 꾸는 악몽에 여지없이 등장하는 은영은 늘 그 미소를 짓고 있었다.

깊은 생각에 잠겨 있는 사이에 차가 서울 외곽을 벗어났다. 낯익은 길이었다. 다름 아닌 정원과 첫 데이트를 할 때 함께 차를 타고 갔던 길이었다. 우연이겠지만 기분이 묘해졌다.

은영이 정한 약속 장소는 정원과 만났던 곳에서 멀지 않은 곳에 위치한 전원별장이었다.

차에서 내리자 운전을 했던 남자가 우산을 펼쳐 들고 그에게 다가와 길을 안내했다.

신혁은 남자가 열어준 현관문 안으로 들어섰다.

곧 은영이 모습을 드러냈다.

"왔군요."

은영이 신혁에게 미소를 지어 보였다. 오랜 세월임에도 불구하고 기억 속에 확연하게 남아 있는 악마의 미소였다.

신혁은 소름이 돋는 듯했다.

"먼 길 오느라 수고했어요. 들어오세요."

신혁은 거리를 두고 은영을 뒤따라 거실 소파로 가서 앉았다.

"차는 뭐로 드릴까요? 커피? 녹차?"

"됐습니다. 마시지 않겠습니다."

호의적이지 않은 말투에 은영이 은근한 비웃음을 머금었다.

"무뚝뚝하고 차가운 건 세월이 지나도 변함이 없군요."

은영이 신혁을 마주 보고 앉았다. 그리고 계속 말을 이어갔다.

"아, 맞다. 얼마 전에 이 근처에서 찍은 사진을 보니까 좀 변하신 것 같던데. 여자랑 데이트하면서 웃고 계시더라고요. 정말 신기해 죽는 줄 알았어요."

신혁은 미간을 좁히고 은영을 노려보았다.

"그렇게 무섭게 볼 것까진 없어요. 약간의 준비가 필요해서 뒤를 밟았을 뿐이니까요."

은영이 팔짱을 끼고 다리를 꼬며 의자에 편히 기댔다. 몸에 딱 달라붙은 스커트가 더욱 팽팽해지고 짧아지면서 아슬아슬한 느낌을 주었다.

신혁은 눈을 다른 곳으로 돌렸다.

"운명이라는 게 참 우스워요."

은영이 계속적으로 신혁을 뚫어지게 쳐다보며 말했다.

"만약 그 차에 정빈 씨가 아니라 신혁 씨가 탔더라면 일이 이렇게까지 꼬이진 않았을 텐데 말이죠."

“그때 의도적으로 사고를 내셨다는 거 압니다.”

신혁은 차갑게 말했다.

“오호! 그러셨어요? 그런데도 말 한마디 내색도 안 하시고. 왜 그러셨을까? 사실 난 정빈 씨보다 도도하고 쉽게 넘어가지 않는 당신한테 더 매력을 느꼈어요. 잠시 누가 주인이고 누가 객인지 착각을 하는 바람에 선택을 달리했지만요.”

“그런 얘긴 왜 하시는 겁니까? 오늘 만나자고 한 용건이나 밝히십시오.”

“내가 얼음을 좋아해서 그런가? 신혁의 그런 점에 매력을 느꼈고 지금도 느끼거든요. 하지만 얼음은 녹여먹는 것보다 사탕처럼 으깨서 먹는 게 제 맛이거든요. 와드득 하는 소리를 내며.”

“나이도 있는데 치아 걱정하십시오.”

신혁은 은영에게로 시선을 옮기며 말했다.

“하하, 이제는 유머까지 던질 줄 아시네요.”

“유머가 아니라 충고입니다.”

“하여간 신혁 씨는 특이한 사람이에요. 자기 자식도 아닌 애를 데려다 동생 삼아 키우는 것도 그렇고.”

은영이 계속 즐거운 듯 미소를 지으며 말했다.

“우리 정우 멋있게 컸더라고요. 감사 인사 정도는 드려야 할 것 같아서 뵙자고 했어요.”

“그게 다는 아닐 텐데요.”

“물론 그렇죠.”

“뭡니까? 이러는 이유가?”

“급하시기는. 많이 바쁘세요? 아, 맞다. 매일 애인 만나러 다니시죠? 주말에 오늘까지 결석한 건 정우가 말썽을 부려서 그런 건가요?”

“뭐 알아볼 게 있다고 치사하게 사람을 돈 주고 사서 옹졸한 짓을 하십니까? 원하는 게 있으면 대놓고 말씀하시지요.”

“지피지기면 백전백승이란 말도 있잖아요. 우선 좀 알아야죠. 어떻게 살고 어떻게 지내는지 어떤 취향을 가지고 있는지 등등.”

“그래서 많이 아셨습니까?”

“뭐 그런대로 대충.”

은영이 갑자기 소리를 내며 웃기 시작했다.

웃음소리가 커질수록 신혁은 짜증이 치솟았다. 더 구길 수 없을 만큼 인상을 구겼다.

“아, 미안해요. 사실 전 처음에 신혁 씨가 여자보다 남자를 더 좋아하나 했거든요. 지금 사귀는 분이 여자인 줄 모르고요. 게다가 정우 담임이더라고요?”

“그게 뭐 어쨌다는 겁니까?”

“아니, 취향이 좀 독특하시다고요. 요즘 들어 그분이 어떤 분인지 궁금해졌어요. 이름이 강정원 씨던가요? 보니까 정교사도 아니고 기간제 교사던데.”

신혁은 왠지 계속 정원을 걸고넘어지는 은영이 미심쩍었다.

“그래서요?”

“연애도 유효기간을 두고 하시는 건가요? 물론 아직까지 연애라 하기엔 너무 미적지근하다는 생각이 들지만요. 학교 선생님에 학교 이사장이라 그런가? 너무 건전하게 노시던데.”

“도대체 하고 싶은 말이 뭡니까?”

신혁은 더 이상 참지 못하고 신경질적으로 물었다.

“제 요구사항을 받아들이지 않으면 신혁 씨의 연애를 가지고 밀당 좀 해보려고요. 밀당이라는 말은 알고 계시죠? 밀고 당기기. 연애 초보라 모르시려나?”

“그 요구사항이 뭡니까?”

신혁은 세월이 지나도 변함이 없는 인간, 아니, 짐승만도 못한 존재에게 더 이상 시간을 낭비하고 싶지 않았다.

“정우를 돌려받았으면 해요.”

신혁은 둔기로 머리를 얻어맞은 기분에 잠시 멍해 있었다.

자식을 버린 여자였다. 그러고도 17년을 아무 상관 없이 살아왔다. 그런 여자가 갑자기 자식을 되돌려받기를 원하고 있었다. 말도 안 되는 요구였다.

“정우가 물건입니까? 돌려받게?”

“어미가 지난날의 과오를 후회하고 자식을 돌려받겠다는데 문제가 되나요?”

“어미라는 말을 할 자격이 있습니까? 그리고 후회라고 하셨습니까? 정말 후회를 하기는 하는 겁니까?”

신혁은 분노하고 말았다. 온몸의 피가 머리로 몰린 기분이 들었다.

"왜 성을 내시고 그러시죠? 건강에 해로워요. 진정하세요."

신혁은 이성을 되찾기 위해 애를 썼다. 이를 악물고 무릎 위에 올려둔 손을 꽉 말아 쥐었다.

"좋습니다. 그렇다고 칩시다. 그런데 곧 결혼하실 거 아닙니까?"

"할 거예요."

여전히 미소를 짓고 있는 은영이 사악하다 못해 극악무도하게 보였다.

"배우자 되실 분한테는 어쩌실 작정입니까?"

"제가 알아서 해요."

"연예인이라 이 일이 알려지면 타격이 크실 텐데요."

"할 만큼 했고 벌어들일 만큼 벌었어요. 더 이상의 미련도 없고요."

"은퇴라도 하시겠다는 말씀이십니까?"

"그래야 한다면 할 거예요."

신혁은 은영의 의중이 뭘까 싶어 계속 질문을 던졌지만 알 수가 없었다.

"당신이란 여자 때문에 사람에 대한 믿음이 깨진 지 오래라 그런지 도무지 당신에 대한 신뢰가 생기지 않습니다."

"그딴 거 필요없으니 가지란 말도 하지 않아요. 어차피 내 것이었던 것을 되찾겠다는 거니까요."

신혁은 말없이 눈살을 찌푸렸다.

"만나는 것까지 뭐라고 할 생각은 없습니다. 하지만……."

"뭔가 착각하고 계시군요."

은영이 비웃으며 말을 끊었다.

"착각이라니요?"

"당신은 부모의 동의도 없이 아이를 데려갔어요."

"버린 건 당신입니다!"

신혁은 화를 참지 못하고 언성을 높였다.

"버렸다고 누가 그러던가요? 증거 있으세요?"

신혁은 이제 은영이 사근사근 짓는 미소가 끔찍하게 보이기
까지 했다.

"당신이 데뷔하고 나서 내가 찾아갔을 때 날 모르는 사람 취
급했던 거 기억 안 납니까?"

"기억이라는 건 운명처럼 우스운 거죠. 담고 있는 사람이 쉽
게 수정하거나 삭제할 수 있는 거니까요."

"끝까지 거짓말을 하겠다는 건가요?"

"내가 유리하게끔 조금 손을 보겠다는 거예요."

신혁은 더 자세히 설명해 보라는 식으로 은영을 쳐다보았다.

은영이 입술을 들썩거렸다.

"제가 수정한 기억은 다음과 같아요. 당신은 내 아이를 한국
으로 빼돌렸죠. 전 아이를 찾으러 미국을 떠나 한국으로 온 거

고요. 얼굴을 알리면 쉽게 아이를 찾을 줄 알고 영화배우가 되었어요. 하지만 당신은 그런 날 찾아와 협박을 했죠. 아이는 줄 수 없으니 입 닥치고 살라고요. 당신의 재력과 힘에 주눅이 든 전 당신과 맞설 수 있을 만큼의 위치에 올라서기 위해 죽을힘을 다했어요. 아이를 찾겠다는 일념하에. 그래서 결혼도 하지 않고 오랜 시간을 기다렸던 거죠. 그러다 이제는 때가 되었어요. 배우자도 제 뜻에 동의하게끔 만들었으니 아들을 되돌려받는 일만 남은 거죠. 자, 어떤가요? 이 정도면 훌륭하지 않나요?"

신혁은 기가 차서 할 말을 잃고 말았다.

"당신이 어떤 식으로 협조하느냐에 따라 당신 가문에 먹칠을 하지 않게끔 수정을 잘해줄 수도 있고 그게 아닐 수도 있고……. 당신 하기 나름이라는 소리예요."

"당신이란 여자는 죄책감 하나 없는 끔찍한 존재군요."

"문제는 당신만 그렇게 본다는 거."

"그렇겠죠. 인생도 연기하며 사는 사람이니까요. 탁월한 연기력은 누구한테도 지지 않죠."

"고마워요. 칭찬으로 받아들일게요."

"거짓으로 얼룩진 인생의 끝막음이 좋을 것 같습니까?"

"이젠 제 미래까지 염려해 주시는 건가요?"

"내가 당신 따위를 염려하는 것 같습니까? 정우가 걸린 문제가 아니었으면 이런 자리에 오지도 않았습니다!"

신혁은 불처럼 화를 냈다.

"피 한 방울 섞이지 않은 애한테 지극정성이시군요."

"내 가족이고 내 동생입니다!"

"하하하!"

은영이 이보다 더 우스운 말은 들어본 적이 없다는 듯 크게 웃음을 터뜨렸다. 상대방의 부아를 치밀게 하는 웃음소리는 좀처럼 사그라지지 않았다.

"가족이요? 동생이요? 하하하! 교육에 앞장서는 가문이라 그런지 말도 참 교육적으로 하시네요. 어디 법정에서 그렇게 외쳐보시지요. 납치하다시피 해서 데려다 키운 아이를 가족이라고 동생이라고 한 번 말해보시죠. 난 그동안 쌓은 내공으로 눈물 연기를 펼치며 자식을 잃은 어미의 슬픔과 고뇌를 표현해 볼 테니."

"법정다툼도 불사하시겠다는 겁니까?"

"아까도 말했잖습니까. 내 요구를 받아들이지 않는다면, 이라고요."

"거짓말, 헛소리 그만 지껄이고 이러는 진심과 의도를 밝히십시오!"

신혁은 자리에서 벌떡 일어나 벼락을 내리듯 고함을 질렀다.

"정우가 필요하다잖습니까! 그러니 되돌려받겠다고요!"

은영도 지지 않고 본색을 드러내며 앙칼지게 소리쳤다.

비 내리는 창문 너머로 번개가 번쩍하더니 우르르 쾅쾅 천둥 치는 소리가 들려왔다. 하늘마저도 노여움을 금치 못하는 듯했다.

두 사람은 한동안 서로를 죽일 것처럼 노려보았다.

『비밀학교』 2권에 계속……